Kim Wakker, *Der Frauenbeauftragte*

Kim Wakker (*1981) studierte Theaterwissenschaft und Psychologie, lebt in Berlin und arbeitet im Coaching- und Medienbereich.

Kim Wakker

DER FRAUEN-
BEAUFTRAGTE

Ein queerer Campus-Krimi

Alexander Verlag Berlin

Alexander Verlag Berlin –
ein unabhängiger Verlag seit 1983

© Alexander Verlag Berlin 2024
Alexander Wewerka, Fredericiastr. 8, D-14050 Berlin
www.alexander-verlag.com | info@alexander-verlag.com
Alle Rechte vorbehalten.

Satz und Umschlaggestaltung: Antje Wewerka
ISBN 978-3-89581-613-0
Printed in the EU (March) 2024

»… und deshalb, meine Damen und Herren, haben wir es, wie ich zu zeigen versucht habe, in dieser Tragödie nicht nur mit dem Ödipuskomplex und Vatermord, sondern vielmehr auch mit dem Elektrakomplex und Muttermord zu tun. Ich danke Ihnen für Ihre Aufmerksamkeit und Ihre Geduld.«

Dr. Hartmut Frohmann betont die letzten Sätze seines Bewerbungsvortrags im vollbesetzten Hörsaal im Hauptgebäude der Ludwig-Maximilians-Universität München, setzt den Schlussakkord mit Pathos.

Nach dem Vortrag langanhaltender Applaus, *standing ovations* wie bei einem Star. Hartmut Frohmann sieht auch aus wie ein junger Star: smart, flotter Kurzhaarschnitt, Dreitagebart, gewinnendes Lächeln, schickes Outfit. Ein Autorität ausstrahlender älterer Professor, offenbar der Dekan und gottähnlicher Ordinarius, geht nach vorn zum Rednerpult, legt ihm die rechte Hand auf die Schulter:

»Genau so habe ich mir das vorgestellt, Herr Dr. Frohmann. Ihr Vortrag war exzellent, Ihre Präsentation war exzellent, Sie wirkten sehr souverän und überzeugend, nicht nur in Ihrer Argumentation, sondern auch persönlich als Wissenschaftler.« Leise: »*Entre nous*: Ich bin sicher, Ihrer Ernennung zum Professor steht nichts mehr im Wege. Sie haben Ihre Mitkonkurrenten und vor allem Konkurrent*innen* weit hinter sich gelassen. Sie waren mit Abstand der beste Kandidat. Den Sieg kann Ihnen keiner mehr nehmen. Das müsste ja mit dem Teufel zugehen.«

Weibliche Studierende überreichen Hartmut Frohmann rote Rosen.

*

Ein paar Wochen später im nebelgrauen Berliner November.

Wie jeden Morgen lesen Hartmut Frohmann und sein Partner Fred Grohé im Bett zum ersten Kaffee den *Tagesspiegel*, egal, wo sie übernachten. Heute sind sie im Hinterhof Parterre rechts in der Pestalozzistraße aufgewacht. Auf Hartmuts Schaumstoffmatratze. Eine Reliquie ihrer ersten Liebesnacht. Hier wollten sie einmal gemeinsam sterben. Das ist lange her. Inzwischen wird auf dem Schaumstoff weniger gemeinsam geliebt als vielmehr Kaffee getrunken und gelesen.

Als Verächter der Alltagskultur vertieft sich Hartmut wie immer zuerst ins Feuilleton, dann in den Wissenschaftsteil. Fred erfreut sich an Mord und Totschlag aus aller Welt, am Sonntag an den Todesanzeigen. Und heute ist Sonntag. Es könnte ja sein, dass jemand dabei ist, den man kennt. Mit wohligem Schauer rechnet er Lebensdaten aus: »Einundneunzig, dreiundvierzig, achtundzwanzig. So jung! Mein Gott, wie schnell alles geht. Ich sage dir, mein Schatz, man muss das Leben genießen.« Er stopft sich eine Kokosmakrone in den Mund und redet kauend weiter: »Schon wieder mehr tote Männer. Das ist ungerecht! Widerliche Witwen. Haben keinen Finger krumm gemacht und kassieren jahrelang die Rente ihrer Männer. Und du kriegst keinen Job, als kerngesunder junger Mann!«

Er fasst unter der Bettdecke an Hartmuts knackige Schenkel. Der quält sich dreimal wöchentlich im Fitness-Studio. Für Fred. Für die Karriere. Umsonst.

Freds Erotik ist die des Geldes! Er stopft sich Marzipanriegel, Mandelhörnchen und Liebesknochen rein, nimmt kein Gramm zu und platzt vor Selbstbewusstsein. Armer Hartmut, Privatdozent der Theaterwissenschaft. Zu jung für einen Lehrstuhl, zu alt für eine Juniorprofessur. Zehn Bewerbungsvorträge, zehn Absagen in Folge. Immer ein zweiter Platz. Immer eine Frau auf Platz eins. Das ist ungerecht. Aber vielleicht hat es ja diesmal geklappt, in München.

Fred jauchzt:

»Die Schuldt-Meißner ist gestorben. Ist das nicht die Gender-Tussi in Gießen?«

»Ich würde gerne mit ihr tauschen.«

»In deinem Alter denkt man ans aktive, nicht ans passive Sterben. Du solltest ihr auf Knien danken. Wieder eine weniger. Toll!«

Fred leckt die Finger ab, liest laut:

»Wir sind bestürzt über das plötzliche Ableben von Frau Prof. Dr. Elisabeth Schuldt-Meißner, eine bei Kolleginnen und Kollegen wie Studierenden und in internationalen Fachkreisen gleichermaßen hoch geschätzte und beliebte Wissenschaftlerin.

In tiefer Trauer: Die Präsidentin, die Dekanin des Fachbereichs, die Mitarbeiterinnen und Mitarbeiter des Instituts für Angewandte Theaterwissenschaft, die Gleichstellungsbeauftragte, die Fachschaft...«

Fred: »Woran ist die denn gestorben? Die war doch noch gar nicht so alt. Na ja, vielleicht hat ja jemand nachgeholfen.«

»Verdient hätte sie es jedenfalls!«

»Du musst dich sofort auf die Nachfolge von der Schuldt-Meißner bewerben. In so einem Provinzkaff hast selbst du Chancen, Professor zu werden! Eine Vorlesung über die *Vagina-Monologe* kriegst du allemal hin, ist doch sowieso dein Thema!«

Hartmut kneift die Lippen zusammen, versucht, sich auf einen Artikel zu konzentrieren, einen anthropologiekritischen Essay, der unter dem Titel *Tierische Liebe* behauptet, es sei ein Irrtum anzunehmen, sodomitische weibliche Sexualphantasien seien vorwiegend auf Schäferhund-Rüden ausgerichtet.

Fred überfliegt inzwischen die Dax-Entwicklung der vergangenen fünf Handelstage. »Sag mal, was war eigentlich gestern Abend los? Wieder tote Hose. Wieder wegen der Frauenquote? Lange mache ich das nicht mehr mit. Ich lasse mir doch von den Quoten-Tussis nicht den Sex versauen!«

»Deine frauenfeindlichen Sprüche helfen mir auch nicht weiter. Würdest du mich bitte in Ruhe lesen lassen!«

»Wir sollten lieber einen Champagner köpfen. Eine Flasche Champagner auf jede tote Professorin!«

»Fred, warum tust du mir weh? Es geht mir schon schlecht genug!« Hartmut lässt die Zeitung sinken, schließt die Augen.

»Du hast heute Nacht im Traum geschrien! Was ist los?«

Hartmut knirscht leise: »Ich habe nicht geschrien!«

»Das weiß du doch gar nicht. Natürlich hast du geschrien! Ich bin davon aufgewacht!«

»Wenn es dich stört, kann ja ich im Flur schlafen.«

»Hast du schlecht geträumt? Sag schon! Erzähl mir den Traum!« Fred legt den Arm um Hartmut, zieht ihn gegen seinen Widerstand fest an sich.

Hartmut schluchzt: »Es ist immer das Gleiche. Ich sehe mich in einem Auto sitzen, und das Auto rast auf eine Wand zu. Und alle anderen überholen mich.«

Fred tätschelt ihn: »Dann knallen sie ja auch vor dir an die Wand.«

»Ich weiß nicht mehr weiter. Ich wollte so viel machen. Ich hatte so viel vor... Ich kann nicht mehr... Ich lasse mir das nicht länger gefallen!«

»Höchste Zeit! Was willst du tun?«

»Ich weiß es nicht! Sag du mir, was ich tun soll!«

»Du musst zurückbeißen. Wie ein Hund. Du musst sie wegbeißen. Wenn du es nicht tust, tue ich es. Ich werde nicht zulassen, dass die Amazonen dich fertigmachen.«

»Du kannst mir auch nicht helfen. Keiner hilft mir.«

Sie liegen ein paar Minuten schweigend nebeneinander. Schließlich steht Hartmut deprimiert auf: »Ich gehe jetzt joggen!«

Er rafft T-Shirt, Slip, Socken, Hose zusammen, die verstreut auf dem Boden herumliegen, zieht sich an.

Fred legt sich Hartmuts Federkissen in den Nacken, sein Blick schweift durch die grauen Fenster in den trüben Sonntagmorgen hinaus, er spricht vor sich hin: »In tiefer Trauer... die Mitarbeiterinnen... die Gleichstellungsbeauftragte... Was ist aus meinem hübschen Blondschopf mit der Stupsnase geworden? Ein verbitterter Verlierer! Die Frauen sind an allem schuld. Das darf nicht sein. Ich lasse mir doch von denen nicht unsere Liebe zerstören.«

Fred hat weder Lust noch Zeit für Depressionen. Sein Motto lautet: »Mir geht es gut, mir geht es besser, mir geht es blendend! Fünfundvierzig Jahre rosa Zeiten! Das Leben ist ein Programm. Goldener Morgen ohne Sorgen.« Er springt auf, schlüpft in seinen weinroten Frotteebademantel und begibt sich in die kleine Küche, um das Frühstück vorzubereiten. Viel vorzubereiten gibt es nicht, denn in Hartmuts Kühlschrank grünen nur drei Scheiben ungarische Salami vor sich hin. Immerhin haben die mistverklebten Eier vom Ökohof ihr Haltbarkeitsdatum noch nicht überschritten, der Butterrest glänzt zwar zitronengelb, riecht aber nicht ranzig. Im Gemüsefach verschrumpeln angeknabberte Mohrrüben und Radieschen.

Fred trällert: »Baby, lock the door and turn the lights down low…«

*

Die Wohnungstür fällt krachend ins Schloss. Fred, der gerade die wachsweichen Eier unter kaltem Wasser abschreckt, zuckt zusammen. Hartmut streift die Turnschuhe von den Füßen, schleudert sie durch den Flur, läuft in sein Wohn-Arbeitszimmer – Wohnen und Arbeiten sind auch ideologisch für ihn eins, beziehungsweise wüsste er gar nicht, wie er sie in seiner Besessenheit trennen sollte –, zerrt sich das schweißdurchtränkte Polohemd vom Leib, reißt das Fenster auf und hyperventiliert. Aha, wieder mal schlechte Gedanken.

Fred zieht den Gürtel seines Bademantels enger zusammen, stürzt zum Fenster und schließt es wieder.

»Mein Schatz, du erkältest dich! Du musst dich warmhalten!«

Dann drapiert er die Kaiserbrötchen, die Hartmut auf dem Rückweg vom Joggen mitgebracht hat, auf den letzten Untertassen von Hartmuts geerbtem Hutschenreuther-Geschirr.

Hartmut steht mitten im Raum und stampft mit dem Fuß auf: »Dieses Biest! Diese Mistkuh!« Fred würde ihm jetzt am liebsten den

Schweiß von der Stirn und der glänzenden Brust ablecken, so sexy findet er Hartmut, wenn er zornig ist, aber das lässt er in dieser Situation besser bleiben. So tropft Hartmuts Schweiß vom Gesicht auf den Parkettboden. Fred entdeckt den aufgerissenen Briefumschlag, den Hartmut wütend auf den Boden geworfen hat. Also wohl wieder eine Absage. Die wievielte? Fred hebt den Brief auf und legt ihn auf den Schreibtisch: »Lag der heute im Briefkasten, am Sonntag?«

Hartmut steht mit vor der Brust verschränkten Armen mitten im Raum und starrt ins Leere. »Ich habe geahnt, was drinsteht. Jetzt hat diese widerliche Kuh mir auch noch München weggeschnappt!«

Fred liest:

Absender: Prof. Dr. Archibald Hoffmann,
Ludwig-Maximilians-Universität München.

Sehr geehrter Herr Dr. Frohmann,
das Bewerbungsverfahren für die Professur – W3 – Theaterwissenschaft ist nun abgeschlossen. Der Ruf ist inzwischen an Frau Prof. Dr. Heidelind Hausinger ergangen. Auf Platz zwei hat die Berufungskommission Dr. Elke Fletscher gesetzt.

Ich freue mich aber, Ihnen mitteilen zu können, dass die Berufungskommission Sie auf Listenplatz drei gesetzt hat.

Ich danke Ihnen noch einmal für Ihre Bewerbung und Ihr Interesse, an unserer Universität zu arbeiten, und wünsche Ihnen alles erdenklich Gute auf Ihrem weiteren Lebensweg.

Mit freundlichen Grüßen

Prof. Dr. Archibald Hoffmann
Vorsitzender der Berufungskommission

P.S.: Ihre Bewerbungsunterlagen gehen mit gesonderter Post an Sie zurück.

»Vielleicht nimmt sie den Ruf nach München nicht an. Hat die sich nicht auch in Berlin beworben?«

Freds beruhigende Stimme macht Hartmut noch aggressiver.

»Was verstehst du als Kunsthändler davon! Dann kriegt die Fletscher die Stelle! Auch nicht habilitiert!«

»Vielleicht wird sie von der Straßenbahn überfahren! Manchmal hat das Schicksal ein Einsehen! Jetzt komm erst mal frühstücken, mein Schatz.«

Fred geht in die Küche, kommt mit einer Flasche Champagner zurück, der einzige Luxus, der in Hartmuts Wohnung immer auf ihn wartet. Mit der rechten Hand schwingt Fred ein verrostetes Fleischermesser, das er in einer Küchenschublade gefunden hat.

»Pass auf, mein Schatz! So macht man das.« Mit einem Hieb köpft er die Champagnerflasche mit einem glatten Schnitt knapp unterhalb des Korkens. Hartmut dreht sich weg. Der Champagner sprudelt auf seinen Rücken.

»Angenehme Reise, Frau Professor Schuldt-Meißner! Jede tote Professorin ist eine gute Professorin! Los, trink! Du hast keine Chance. Nutze sie!«

Hartmut ignoriert die Champagnerschale, die ihm Fred entgegenstreckt: »Warum muss die Hausinger sich auch noch in München bewerben! Die ist doch versorgt! An der Uni Mainz! Rheinland-pfälzische Beamtin auf Lebenszeit.«

»Sie ist halt eine Karrierefrau!«

»Die geht über Leichen!«

»Du duschst jetzt, und dann frühstücken wir!«

»Mir ist der Appetit vergangen.« Er stampft wieder mit dem Fuß auf. »Was tun die mir denn noch alles an!«

Fred klopft sein Ei auf, löffelt es seelenruhig. Egal, wie dürftig das Frühstück bei Hartmut ist, Fred will es sich nicht vermiesen lassen.

»Ich muss gleich zum Flughafen. Heute fliegt eine Tunte aus Texas ein. Will eines von diesen Dackelbildern von David Hockney kaufen. Als Geschenk für Elton Johns Jagdhütte. Da sind sie genau richtig. Das nenne ich ›Kapitalistischen Realismus‹! Wie hieß das berühmte Stück von Botho Strauß noch, wo dem Galeristen untersagt wurde, eine Ausstellung untr dem Titel ›Kapitalistischer Realismus‹ zu zeigen? Das müsstest du als Theaterwissenschaftler eigentlich wissen!«

Hartmut starrt weiter abwesend vor sich hin. »Jeder Gang zum Briefkasten eine enttäuschte Hoffnung! Dieses Miststück hat mir schon die Stelle in Mainz weggenommen. Jetzt auch noch München! Es reicht!«

»Was ist denn jetzt noch offen? Wo hast du dich noch beworben?« Fred nimmt einen Schluck Orangensaft, den er mühsam von Hand gepresst hat. Es lohnt nicht, eine elektrische Orangenpresse zu kaufen. In zwei Tagen wäre sie in diesem Intellektuellen-Haushalt Schrott.

Hartmut aggressiv: »Hildesheim.«

»Why not Hildesheim? Lehrstuhl ist Lehnstuhl!«

Hartmut rutscht immer mehr in die Depression. »Ich kriege die Stelle ja sowieso nicht.«

»Warum hast du dich dann beworben?«

Hartmut ringt nach Luft: »Was soll ich denn machen!?«

»Ist da nicht der Steinbrecher Ordinarius, diese alte Ledertrine? Der setzt sich bestimmt für dich ein, wenn er in der Berufungskommission ist.«

»Der tut bestimmt nichts für mich. Wieder so eine Scheinausschreibung. Die haben bestimmt schon einen Favoriten, eine Favorit*in* natürlich, weil es dann Gelder aus dem Frauentopf gibt.«

»Und ziehen den Schwanz ein, wenn's hart auf hart geht. Wie alle Trinen. Was ist denn mit Berlin?«

Hartmut senkt den Kopf. »Hier will mich doch keiner!«

»Verstehe ich nicht. Du vertrittst die Stelle doch schon seit ewigen Zeiten.«

»Das zählt nicht. Ich kann so viel arbeiten wie ich will, tolle Seminare anbieten, jedes Semester eine neue Vorlesung halten. Überall sitzen Spione, die mich beobachten und verleumden. Und die alten Linken kassieren jeden Monat achttausend Euro und halten Kofferpredigten. Und außerdem wollen sie die Hausinger.«

»Ist das wieder die aus Mainz? Die verfolgt dich ja überallhin! Das muss ja eine tolle Frau sein! Ist sie wenigstens hübsch?«

»Hör auf! Ich weiß es nicht, ist mir auch egal. Ich gehe jetzt duschen.« Fred ruft ihm ins Bad nach: »Man muss verhindern, dass sie nach Berlin kommt. Dann kriegst du die Stelle. So einfach ist das. Du hast doch Heimvorteil!«

Aus der Dusche hallt es kläglich zurück: »Heimnachteil! Du hast keine Ahnung! Mich will doch keiner!«

»Idiot! So kriegst du natürlich keine Stelle.« Fred wird wütend. Er wischt sich den Mund mit einem Fetzen Haushaltsrolle ab, Servietten gibt es nicht. »Schau in den Spiegel! Man sieht dir den *Loser* schon von Weitem an. Da hilft auch kein Joggen! Ich würde dich auch nicht in meiner Galerie einstellen. Dein Gesicht ist geschäftsschädigend! Du musst strahlen, Optimismus verbreiten! Du musst kämpfen! Kämpfen! Mit allen Mitteln!«

Fred leert sein Champagnerglas, steht auf. Hartmut kommt klitschnass aus der Dusche. Er trocknet sich meist nicht ab, es trocknet ja von alleine.

Fred euphorisch: »Zeig es den *Ladys*!«

»Wie denn?«

»Du musst einfach besser sein! Oder kreativ sein! Lass dir etwas einfallen, wie du sie verhindern kannst! ›Corriger la fortune!‹«

»Wenn sie nicht kommt, kommt eine andere.« Fred wischt Hartmut mit dem Mittelfinger den Rasierschaum aus den Ohren. »Warum kastrierst du dich selbst? Der Dreitagebart stand dir besser. Da wirkst du männlicher. Als Model hättest du keine Probleme. Warum musst du auch so einen Scheißberuf wie Theaterwissenschaft haben. Bei deinem Aussehen, deiner Figur! ›Theaterwissenschaftler‹! Mit diesen versoffenen Genies kannst du die Straße pflastern! Jeder zweite Berliner Taxifahrer ist Theaterwissenschaftler! Und alle hoffen auf den *deus ex machina*! So läuft das nicht. Dann muss man eben etwas anderes machen. Wenn der Staat dir keine Stelle bietet, dann musst du sie dir selbst schaffen! Sieh mich an. Ich habe zwar auch so einen Quatsch studiert: Kunstgeschichte! Aber ich habe mein Schicksal selbst in die Hand genommen. Ich bin heute einer der führenden Galeristen der Hauptstadt, ganz Deutschlands, mit weltweiten Kontakten. Ich bin eben ein Macher!«

Hartmut steht nackt und noch immer tropfnass vor seinen Regalen und zieht Bücher heraus, stapelt sie auf den Schreibtisch. Fred zieht sich an, ohne zu duschen, das kann er eventuell heute Nachmittag nachholen, falls er nach erfolgreichem Geschäftsabschluss zur Feier des Tages noch einen Abstecher in eine Sauna unternimmt. Er ›leiht‹ sich bei Hartmut Boxershorts und ein hellblaues Baumwollhemd – hat alles er ihm geschenkt – und steigt in seinen leicht zerknitterten Markenanzug. Zum Schluss vergreift er sich noch an Hartmuts ungeöffnetem *Image*-Eau de Toilette. Das hat auch er ihm geschenkt. Hartmut kniet, noch immer nackt, auf dem Boden und packt Bücher, Mappen und Dokumente in Klarsichthüllen in ein gelbes Postpaket. Der uralte Tintenstrahldrucker druckt Briefe aus.

»Hältst du bitte mal den Finger auf die Schnur!«

Fred steht im Türrahmen: »Musst du deinem Doktor-Papi wieder irgendwelche Bücher hinterhertragen? Kann dieser blöde Erfurt seinen Mist nicht allein erledigen? Du bist ein Masochist. Der geborene Assistent! Das Parkett müsste auch neu lackiert werden. Ich werde mich doch mit meiner eleganten Hose nicht auf deinen schmutzigen Boden knien.«

»Es sind Bewerbungsunterlagen. Hildesheim hat meine Schriften angefordert.«

»Oh, Licht am Horizont!«

»Ich wäre selbst mit einer kleinen Stelle zufrieden. Akademischer Rat, Lehrkraft für besondere Aufgaben oder so. Hältst du bitte mal den Finger drauf! Aber sie muss auf Lebenszeit sein.«

Fred zieht einen Freischwinger heran, beugt sich sitzend hinunter.

»Lebenszeit, was ist das schon ... Hier müsste mal wieder geputzt werden. Soll ich dir einen Nackt-Putzer schicken?«

»Ich kann mir in meiner Situation keine Putzfrau leisten! Ich werde selbst putzen gehen müssen!«

Fred verdreht die Augen: »Jetzt kommt die Elendsnummer! Du armer Junge!«

Hartmut beginnt zu schreien: »So sieht deine Hilfe aus! Ich lasse mir von niemandem sagen, was ich zu tun oder zu lassen habe. Ich weiß, was ich will! Geh endlich!«

Fred steht auf, zieht die Hose glatt: »Du willst dir ja nicht helfen lassen. Sag mir, was ich tun soll, ich tue es für dich.«
»Die Hausinger! Die will mich fertigmachen! Die hasst mich!«
»Du bist paranoid, mein Schatz! Du zitterst ja.« Fred will Hartmut, der weiter auf dem Boden kniet, den Rücken streicheln. Hartmut schüttelt ihn ab.
»Die Ha..., die Hausinger. Die, die hat mich auf dem Gewissen!«
»Du solltest dir Betablocker verschreiben lassen!«
Hartmut steht der Schaum in den Mundwinkeln: »Ich brauche keine Betablocker. Ich brauche einen Frauen-Blocker!« Fred geht in den Flur, nimmt seinen anthrazitgrauen zweireihigen Kaschmir-Wintermantel von der Garderobe und zieht leise die Wohnungstür hinter sich zu.

*

Die Theaterwissenschafts-Professoren der Freien Universität Schuster und Schwegler speisen heute in der Mensa der Humboldt-Universität, sie sind beide in einer Expertenkommission, die seit Monaten immer wieder im Hauptgebäude der HU Unter den Linden tagt. So auch heute, am Dienstag, dem 2. November. Sie haben sich etwas abseits gesetzt, um ungestört lästern zu können.
Prof. Schuster liebt es rustikal und hat Rippchen mit Kraut vor sich, der etwas feinsinnigere Prof. Schwegler Nierchen in Sahnesoße. Prof. Schwegler atmet tief ein: »Die Humboldt-Universität ist auch nicht mehr das, was sie mal war. Wo ist der alte Ostmief aus Küchendunst und Desinfektionsmittel, den wir früher so geliebt haben? Aus und vorbei! Keine Professorenkantine mehr mit eingedeckten Tischen, Personal ohne Ende! Rotkäppchen und Wodka ohne Ende! Stattdessen Selbstbedienung, mit Krethi und Plethi an der Theke Schlange stehen!«
Prof. Schuster geheimnisvoll: »Patricia Wolff war bei mir in der Sprechstunde.«

Der fidele schlohweiße Prof. Schwegler klopft sich die Schuppen von seinem schwarzen zweireihigen Jackett: »Ich wittere Gefahr! Was wollte sie denn?«

»Sie hat sich auf die Menninger-Nachfolge beworben.«

»Hausbewerbungen sind untersagt, Herr Kollege!«

»Deshalb habe ich ihr ja auch einen Lehrauftrag an der Humboldt-Uni verschafft. Dieses Semester macht sie nichts bei uns an der FU. Also kann sie sich bewerben!«

»Die haben an der Humboldt gar keine Theaterwissenschaft mehr. Die haben wir doch selbst abgewickelt.«

»Deshalb habe ich sie ja auch bei den Gender Studies untergebracht.«

»Du treibst es zu bunt!«

»Sie ist eine Frau! Punkt!« Haut mit der Faust auf den Tisch.

Prof. Schwegler stopft sich ein Nierchen zwischen die Zähne: »Kläre mich auf. Ich kenne deren Innenleben nicht so gut wie du! Ist die habilitiert?« Prof. Schweglers Aussprache ist so flüssig, dass Prof. Schuster, um wieder besseren Durchblick zu haben, seine schwere Hornbrille mit der Krawatte putzt. Anschließend wischt er sich, ebenfalls mit der Krawatte, den Speichel des Kollegen und den eigenen Schweiß von der rot angelaufenen Stirn: »Wieso?«

Prof. Schwegler sprudelt: »Für eine W3-Stelle muss sie habilitiert sein!«

Professor Schuster leckt schwergewichtig seinen gelben Schnurrbart: »Kandidat*innen* nicht. Na ja, eigentlich schon. Aber in der Praxis nicht.«

Prof. Schwegler süffisant: »In der Praxis?«

»Gleichwertige Leistungen!«

Prof. Schwegler sticht mit der Gabel in die Luft: »Sie sind überführt! Gestehen Sie! Schildern Sie den Tathergang!« Einige Studierende an einem entfernter stehenden Tisch unterbrechen ihr Gespräch und schauen herüber.

Prof. Schuster säbelt an seinen Rippchen herum: »Du, die hat sich bei mir sofort aufs Sofa gesetzt. Du kennst doch die Sitzgruppe in meinem Büro, das durchgesessene Sofa.«

Prof. Schwegler: »Ich würde eher sagen, durchgelegen!«

Prof. Schuster: »Ich habe ihr den Holzstuhl neben meinem Schreibtisch angeboten. Aber nein, sie will gleich aufs Sofa!« Er wischt sich mit der Krawatte das Fett von den rosigen Lippen: »Da sitzt man ja sehr tief. Man versinkt regelrecht. So dass die Knie fast spitz nach oben stehen. Du verstehst. Und gespreizt. Quasi wie beim Gynäkologen.«

Prof. Schwegler lacht pervers auf: »Ich setze mich nie wieder auf dein Sofa!«

Prof. Schuster stopft sich ein Stück Schwarte in den Mund, das Fett tropft auf den röhrenden Hirsch seiner grünen Stoffkrawatte: »Sie sitzt also vor mir, der Rock rutscht nach oben …« Seine Unterlippe zittert: »Wusstest du, dass die gepiercт ist?«

»Ist mir nie aufgefallen. Die ist doch schon über dreißig!«

Prof. Schuster berührt mit dem Doppelkinn fast den Teller: »Du musst genau hinschauen. Unten! Rasiert und gepierct!«

Prof. Schwegler verschluckt sich fast an einem Nierchen, schreit auf vor Erregung: »Nein! Die hatte kein Höschen an!?« Er sackt in sich zusammen: »Warum passiert mir so etwas nie! Auf meinem Sofa sitzen immer nur Graue Panther und Damen aus Zehlendorf, die mit siebzig promovieren wollen, oder ungewaschene Linke aus Friedrichshain-Kreuzberg.« Legt Messer und Gabel nebeneinander auf den Teller zurück. Zieht die Serviette aus dem Hemdkragen.

Prof. Schuster hämisch: »Du brauchst dich nicht zu wundern. Du bietest ja auch nur Seminare zum Bürgerlichen Trauerspiel oder zum Arbeitertheater in der Weimarer Republik an. Du musst dich eben mehr mit der ›Neuen Innerlichkeit‹ beschäftigen. Mach es wie ich: ich biete im Sommersemester ein Oberseminar zur Performation des weiblichen Begehrens an!«

Prof. Schwegler, traurig, klopft sich wieder die Schuppen vom Revers seines Zweireihers, fängt sich aber langsam wieder: »Schusters Perforation.« Er beugt sich über den Tisch: »Weiter: Papa ante Portas, du lagst also auf dem Sofa zwischen ihren Beinen …«

Prof. Schuster lehnt sich zurück, sachlich: »Nein! Niemals mit einer Frau allein im Zimmer! Ich lasse immer die Tür auf.«

»Exhibitionist bist du auch noch!«
»Vorsicht ist die Mutter der Porzellankiste! Nahkampftechnik. Langsam durchs Gebüsch nach vorn robben, verstehst du?«
Prof. Schwegler, depressiv lüstern: »Wie machst du das bloß!?«
Prof. Schuster: »Du willst mich reinlegen! Du alter Fuchs! Ich knalle dich ab!« Schuster schlägt seinem Freund Schwegler auf die Schulter. Singt mit sonorem Bassbariton: »Piff! Paff! Piff! Paff!« Einige Studierende blicken erneut herüber.
Prof. Schuster, wieder ganz sachlich: »Wir machen erst mal ein Arbeitswochenende des Graduiertenkollegs im Kloster Chorin. Mit Kegeln, Waldspaziergängen. Ich erkläre die Natur! Komm doch mit!«
»Du missbrauchst mich als Stimmvieh, damit wir sie zur Anhörung einladen! Das kostet dich ein Jagdwochenende in Wandlitz mit Vollpension und so weiter, du verstehst… Nein, jetzt aber mal im Ernst. Wir müssen genau sortieren, erst einmal sehen, was sonst noch auf den Tisch kommt. Haha! Aber gegen die Hausinger hat deine Kleine sowieso keine Chance, gegen die hat keiner eine Chance!« Er schlägt mit der flachen Hand auf den Tisch und wiederholt: »Gegen die Hausinger hat keiner eine Chance!«
Prof. Schuster haut mit der Faust auf den Tisch und wird mit jedem Satz lauter: »Diese alte Lesbe! Wenn die die Stelle kriegt, mache ich einen Bums-Streik! Die hat sich doch auch in München beworben! Soll sie doch zu den Bajuwaren gehen!«
Prof. Schwegler schmettert in den Raum: »Eben! Da ist etwas faul im Staate Dänemark! Alarmstufe drei!«
Immer mehr Gäste beobachten schweigend das Professorenduo.
Prof. Schuster brüllt: »Die will uns die Eier abklemmen! Ich brauche einen Underberg!« Er putzt erneut die Brille an seiner Krawatte. Dann raunt er dem Kollegen geheimnisvoll ins Ohr: »Weißt du, wie das ist, wenn man Schmetterlinge im Bauch hat!?«
Prof. Schwegler mit Schnappatmung: »Du hast keine Schmetterlinge im Bauch! Du hast Flausen im Kopf!«
Prof. Schusters Kopf läuft vor Erregung immer röter an: »Die Frauen fliegen auf mich! Ich bin ein *womanizer*!« Er fingert

einen Flachmann aus der Innentasche seines Jacketts und gluckert ihn ex.

Prof. Schwegler blickt um sich, beschwichtigt ihn mit leiser, fester Stimme: »Beherrsch dich! Du bist ein pensionsreifes *asshole*! Pass bloß auf! Ich kann dich nicht schon wieder decken! Die Frauenbeauftragte hat in einer Besprechung mit dem Dekan Andeutungen gemacht – ich habe es *en passant* mitbekommen –, du hättest deine Frau unter ihrem Mädchennamen als Doktorvater betreut! Weißt du, was das heißt?«

»Das ist verjährt. Außerdem sind wir längst geschieden.«

»Sei dir da nicht zu sicher. Also, wenn du meinen Rat hören willst: Finger weg von der gepiercten Lady!«

»Du siehst Gespenster! Also, wie machen wir das jetzt? Sag mal, hat der Frohmann in München eine Chance?«

»Keine Ahnung. Ich glaube aber nicht, dass die den haben wollen!«

»Mist! Wenn wir den los wären, könnte ja die Patricia die Stelle vertreten, die der Frohmann gerade vertritt. Dann hätten wir den Fisch schon an der Angel.«

»Ich sehe richtig, wie sich der Angelhaken einhakt! Zack!« Prof. Schwegler lacht lüstern.

Prof. Schuster: »Wie lange läuft denn der Vertrag von dem Warmduscher noch?«

»Höchstens noch dieses Semester. Ich werde mal schnuppern gehen.«

Prof. Schuster brüllt: »Wenn das Weichei sich einklagt, lasse ich mich pensionieren. Pensionieren!« Haut wieder mit der Faust auf den Tisch.

Prof. Schwegler: »Das traut der sich nicht! Nein, also der Frohmann ist harmlos!«

»Unterschätze diese Schwuchteln nicht! Die sind bösartig! Die sind zu allem fähig! Die schieben ihre eigene Mutter in den Ofen!«

Prof. Schwegler kneift die Augen zusammen, beobachtet das aufgedunsene, verschwommene Gesicht des Kollegen: »Nicht der Frohmann.«

»Der klagt sich ein!«
»Da verlasse ich mich auf unseren Justitiar!«
»Der Frohmann macht auf behindert!«
»Wie soll das denn gehen?«
»Als Weichei! *Sexually handicapped*, oder wie das heißt.«
»Du bist *mentally handicapped*. Wir kommen zu spät zur Sitzung!« Prof. Schwegler steht auf.

Prof. Schuster haut erneut mit der Faust auf den Tisch: »Den müssen wir loswerden!« Er stemmt sich mühsam am Tisch hoch, Kollege Schwegler hilft ihm in seinen Glockenmantel. Setzt Schuster den Tirolerhut schief auf, klopft sich fidel ein letztes Mal die Schuppen vom Kragen, schlüpft in seinen braunen Kamelhaarmantel.

Prof. Schuster mit einer wegwerfenden Handbewegung beim Hinausgehen: »Frohmann muss weg. Und die Hausinger gleich mit!«

»Du, der Fall Frohmann erledigt sich von alleine. Wenn es Schwierigkeiten gibt, schreiben wir einfach ins Gutachten ›labil und sensibel‹. Jeder weiß, was gemeint ist. Und: ›wissenschaftlich und didaktisch hat er die in ihn gesetzten hohen Erwartungen leider nicht erfüllt‹! Da soll uns erst mal einer das Gegenteil beweisen. Bei der Hausinger wird das nicht so einfach gehen. Auf in den Kampf!«

*

Schon wieder eine Prüfung! Mittwoch, 3. November, Institut für Theaterwissenschaft der Freien Universität, Büro Prof. Dr. Schuster. Der gewichtige Ordinarius sitzt breitbeinig im Sessel seiner IKEA-Sitzgruppe, die er selbst finanziert hat, weil die FU für solchen Luxus keine Mittel mehr bereitstellen kann. Man will es ja bequem haben, Schuster fühlt sich in der Uni wie zu Hause. Sein glänzendes rosiges Gesicht mit den geplatzten Äderchen auf Nase und Wangen verdampft ein süßliches Rasierwasser, von dem Hartmut Frohmann, der schon wieder Protokoll führen muss, übel wird. Prof. Schuster wirkt sehr aufgeräumt, es ist ja auch noch früh am Morgen, die Sonne scheint kalt. Er trägt ein gebügeltes blau-gelb-kariertes Flanellhemd mit erbsensuppenfarbener schmaler Lederkrawatte, ein Lederwestchen, das am Bauch spannt, senffarbene Cordjeans und Budapester Schuhe.

Für die Prüfung hat Hartmut Frohmann ein weißes Hemd angezogen, zwar ungebügelt, aber mit einer zum anthrazitfarbenen Jackett passenden anthrazitfarbenen breiten Baumwollkrawatte. Er weiß nicht, dass er sündhaft teure Markenartikel trägt, es ist ihm auch egal. Der Krawattenknoten ist natürlich misslungen, weil er nicht bei Fred übernachtet hat, der ihm sonst immer die Krawatte bindet. Hartmut Frohmanns Aftershave hat gegen Prof. Schusters süßliches Rasierwasser keine Chance.

Hartmut Frohmann sitzt auf Schusters Drehstuhl am Schreibtisch vor dem Fenster, mit dem Rücken zu Schuster. So muss er den widerlichen Fettsack mit dem gelben Haar und buschigen gelbgrauen Schnurrbart zumindest nicht die ganze Zeit sehen. Hartmut Frohmann schiebt, um Platz zum Schreiben zu haben, vorsichtig Aktenberge zur Seite. Auf der obenauf liegenden Mappe steht: Abteilung I → Prof. Schuster, und mit schwarzem Filzstift, unterstrichen und mit Ausrufezeichen, ›Vertraulich!‹. Prof. Schuster ist so sehr damit beschäftigt, sich auf die Kandidatin einzustimmen, dass er nicht bemerkt, wie Hartmut Frohmann vorsichtig den Deckel der Mappe anhebt: »Unterlagen Frohmann!« Ihn durchzuckt ein Stich im Solarplexus.

Prof. Schuster: »Na, meine Hübsche, was prüfen wir denn heute?« Er drückt seine schwere Hornbrille an die Nasenwurzel und wandert mit seinen Vampiraugen vom flauschigen roten Rollkragenpulli der Kandidatin, die ihm wie eine Flugbegleiterin mit eingezogenem Bauch und abgewinkelten Beinen auf dem Sofa schräg gegenübersitzt, über den grauen Mini-Seidenrock hinunter zu den silbrig changierenden grauen Seidenstrümpfen und wieder zurück. Die Kandidatin lächelt ängstlich. Schuster deutet mit einer seitlichen Kopfbewegung auf Hartmut Frohmann: »Das ist der Unter- beziehungsweise Oberassistent Frohmann, ich weiß das nie so genau. Er wird heute Protokoll führen. Also, haben Sie keine Angst, wir machen das schon. Und wie heißen Sie?«

»Beatrice Page.«
»Schöner Name! Französisch?«
Die Kandidatin haucht: »Genau.«
Prof. Schuster grinst breit: »Wieso kenne ich Sie eigentlich nicht?«
»Ich war in Ihrer Vorlesung!«
»Sie schwindeln!« Lacht. »Sie wären mir aufgefallen.«
»Ich war auch bei Herrn Professor Frohmann!«
»Doktor Frohmann. Professor will er ja erst noch werden. Das ist ein steiniger Weg. Wenn er das schafft, ist er eine gute Partie, *wäre* er eine gute Partie.«

Hartmut wendet sich um: »Ich kenne Frau Page aus dem Fleißer-Seminar.«

»Na sehen Sie, Sie sind sogar dem Herrn Frohmann aufgefallen! Frohmann, lesen Sie mal die Prüfungsthemen vor.«

»1. Thema: Das Theater der Aufklärung. 2. Thema: Johann Kresniks ›Choreographisches Theater‹ am Beispiel von *Ulrike Meinhof*. Es handelt sich um eine Prüfung ›Magister-Nebenfach‹ nach der alten Prüfungsordnung mit Sondergenehmigung. Das heißt, 15 Minuten für jedes Thema.

Ich notiere als Prüfungsbeginn 10 Uhr 37.«

Prof. Schuster: »Na ja, aufgeklärt sind wir ja nun. Beginnen wir mit dem 2. Thema. Wer war denn Frida Kahlo?«

Die Kandidatin: »Frida Kahlo … Das habe ich nicht vorbereitet. Mein Thema ist eigentlich Ulrike Meinhof.«

»Was? Sie kennen Frida Kahlo nicht? Ich frage Sie, wer war Frida Kahlo? Ihr Thema ist Johann Kresnik, und Sie kennen Frida Kahlo nicht. Ich bitte Sie! Das war die Frau von Diego de Rivera. Schon mal gehört? Nein? Das war ein berühmter mexikanischer Maler, ein M u r a l i s t, mit ›u‹ geschrieben, nicht mit ›o‹. Das hat mit Moral nichts zu tun! Rein gar nichts! Der hat, wie der Name schon sagt, Wände bemalt, und zwar mit Revolutionsthemen. Und er hatte ein Verhältnis mit seiner Schwägerin. Sie sehen ihr sogar ähnlich! Sie könnten Mexikanerin sein! Und Frida Kahlo wiederum hatte ein Verhältnis mit einem, der dort in Mexiko im Exil war, nämlich mit wem? Na? Mit Trotzki! Obwohl sie behindert war.

Nach einem Verkehrsunfall im zarten Mädchenalter. Sie war von einer Straßenbahn überrollt worden. Das wissen Sie alles nicht?! Doch, Sie wissen es, ich sehe es Ihnen an. Natürlich kennen Sie die Bilder, die waren doch im Haus am Waldsee ausgestellt, vor ein paar Jahren, diese kitschigen bunten Dinger. Sie erinnern sich doch: Frida Kahlo liegt hingebungsvoll auf der Erde, und Zweige und Äste wachsen aus ihrem Körper...«

Hartmut Frohmann: »Es ist jetzt 10 Uhr 45. Würden Sie bitte Ihre Fragen stellen, Herr Schuster! Die Uhr läuft!«

Prof. Schuster: »Sehen Sie, Dr. Frohmann wird schon ungeduldig!«

Die Kandidatin haucht: »Jetzt fällt es mir wieder ein.«

»Na sehen Sie, Beatrice! Na ja, und Kresnik hat das eben vertanzt. Und nun ist doch die entscheidende Frage: Wie hat er das gemacht? Und genau das will ich von Ihnen wissen! Also die Frage lautet: Mit welchen ästhetischen Mitteln hat Kresnik das Dreiecksverhältnis, vielleicht sollte man sagen, Vierecksverhältnis szenisch umgesetzt, ›geschrieben‹, denn wir sprechen ja heute vom ›szenischen Text‹.«

Die Prüfungskandidatin beißt sich auf die Unterlippe: »Hm...«

Hartmut Frohmann: »Herr Schuster, ich darf daran erinnern, dass das Spezialthema von Frau Page *Ulrike Meinhof* lautet!«

Prof. Schuster: »Von *Ulrike Meinhof*, 1990, zu *Frida Kahlo*, 1992, ist es doch nur ein Katzensprung, da läuft doch eine Entwicklungslinie, nicht wahr, Beatrice?! Man kann ja nicht das eine ohne das andere betrachten. Das eine entwickelt sich aus dem anderen!«

Die Prüfungskandidatin: »Genau. Ulrike Meinhof war ursprünglich auch Künstlerin. Sie stammte aus einer schwäbischen Pastorenfamilie...«

Hartmut Frohmann: »Ich berichtige. Das war Gudrun Ensslin!«

Die Prüfungskandidatin: »Also, sie hatte Geigenunterricht... Und dann hat sie mit dem Schreiben angefangen. Als Journalistin. In der Zeitschrift *Konkret*. Und dann hat sie den Herausgeber geheiratet und hatte mit ihm zwei Kinder... und dann hat sie den Terroristen Andreas Baader kennengelernt. Oder war es umgekehrt?«

Prof. Schuster: »Na, jedenfalls war sie, wie Sie ganz richtig sagen, den Männern verfallen. Dem Mann schlechthin. Dem Urbild sozusagen, der Virilität. Eine gesunde Hermeneutik ist essentiell! Das wollten Sie doch sagen?«

Die Prüfungskandidatin haucht: »Genau!«

»Richtig! Man darf das Biographische nicht unterschlagen! Nicht wahr, Dr. Frohmann! Das rächt sich später. Und den Geschlechterkampf greift Kresnik nun auf. Und da gibt es doch die Szene, wo der Tänzer namens Siska, glaube ich, der Name trägt nichts zur Bedeutung bei, mit Sonnenbrille und Hut auf dem Kopf, wenn ich mich recht erinnere, den Geigenkasten unter dem Arm, auf der Meinhof herumtrampelt, ziemlich am Anfang, und sie rollt sich immer weg. Das ist eine sehr eindrucksvolle Szene.« Prof. Schuster knetet die Szene in der Luft, sein breiter goldener Ehering blitzt in der Sonne.

Die Prüfungskandidatin haucht: »Er tanzt über Leichen.«

Prof. Schuster strahlt sie an, beugt sich vor: »So ist es! Das haben Sie schön gesagt: Er ›tanzt‹ sozusagen über Leichen!«

Die Prüfungskandidatin: »Über eine ihrer Spaltpersönlichkeiten! Denn gleichzeitig sitzt Ulrike im Schnürboden, mit einer schwarzen Hornbrille, und schreibt auf der Schreibmaschine Texte für die Zeitung, oder Pamphlete…«

»Richtig! Was hat sie denn so geschrieben, die Meinhof?« Er rutscht auf dem Sessel nach vorn, die Hose spannt im Schritt.

»Also zum Beispiel einen Text über Jürgen Bartsch, wo sie halt versucht hat, die soziale Genese einer Deprivation, auch einer sexuellen, nachzuzeichnen!«

»Wunderbar. Das war dieser geistig minderbemittelte Metzger, der Männer abgeschlachtet hat, die er am Bahnhof aufgegabelt hat.«

Hartmut Frohmann: »Entschuldigen Sie, Herr Schuster. Es gibt zwei Fehler zu berichten. Erstens: Jürgen Bartsch hatte, so vermutet die Wissenschaft, eine geburtsbedingte Hirnläsion, zweitens war er pädophil. Bitte kommen Sie jetzt zum zweiten Thema. Sie haben die für das erste Thema zur Verfügung stehende Zeit bereits überzogen. Sie haben nur noch vier Minuten.«

»Danke, Herr Kollege! Und wie hat Kresnik dies nun ästhetisch umgesetzt, wenn überhaupt, denn das ist ja nur marginal?«

Die Prüfungskandidatin: »Soweit ich weiß, nicht explizit, eher implizit.«

»So ist es! Er hat es übersetzt, transponiert. Bei Kresnik sind alle Nazis und schwul. Aber die Homosexualität bleibt Metapher, sie bleibt zum Glück draußen! Muss sie auch, denn Baader wird als richtiger Mann dargestellt, als eine Art Identifikationsmodell, wie auch Ulrike Meinhof, obwohl die ja nicht nur in der Realität, sondern auch im Stück potthässlich war.«

Hartmut Frohmann: »Ihre Zeit ist um, Herr Schuster!«

Prof. Schuster: »Eine abschließende Frage noch, Beatrice: Von wem war das Bühnenbild?«

Hartmut Frohmann: »Herr Schuster, reine Wissensfragen sind in der Zwischenprüfung, aber nicht in einer Magisterprüfung gestattet. Magisterprüfungen beinhalten beziehungsweise fordern eine wissenschaftliche Aussprache. Und Sie müssen der Kandidatin Zeit und Gelegenheit zur Reflexion geben!«

Prof. Schuster: »Na denn! Das war's. Wunderbar! Die Aufklärung können wir uns schenken! Das wissen Sie ohnehin alles! Sie kriegen eine Eins von mir, etwas hinkend, aber eine Eins! Freuen Sie sich! Feiern Sie mit Ihrem Freund? Was machen Sie denn jetzt, ich meine in Zukunft, generell? Jetzt beginnt doch das Leben erst richtig!« Streckt Beatrice Page seine Pranke entgegen. »Herzlichen Glückwunsch!«

Hartmut Frohmann dreht sich um, steht auf: »Herr Kollege Schuster! Die Prüfung ist ungültig! Ad 1: Sie sind verpflichtet, auch das zweite Thema zu prüfen, um der Kandidatin Gelegenheit zu geben, ihre Kenntnisse umfassend unter Beweis stellen zu können. Ad 2: Noten dürfen nicht in Gegenwart der Kandidaten festgelegt werden, sondern nur in geheimer Abstimmung zwischen Prüfer und Zweitprüfer, respektive Protokollantin oder Protokollant.«

Auf Schusters Stirn wachsen Schweißperlen, er läuft rot an.

Hartmut Frohmann fährt ruhig fort: »Ad 3 muss mindestens ein Drittel der Zeit dem Spezialthema gewidmet sein. Ad 4 dürfen

Sie der Beantwortung einer Frage nicht vorgreifen. Ad 5, ich sagte es schon, müssen in Magister- wie auch in Promotionsprüfungen wissenschaftlich relevante, also auch theoretische und methodische Fragestellungen behandelt werden. Das können Sie alles in der Prüfungsordnung nachlesen. Im Übrigen kann ich mich auch Ihrer Bewertung nicht anschließen.«

Prof. Schuster, mit roten Flecken am Hals, kreidefressend: »Frau Page, würden Sie bitte einen Moment den Raum verlassen!«

Hartmut Frohmann: »Frau Page hat das Recht, diesem Gespräch im Sinne der Transparenz beizuwohnen. Selbst ihre Kommilitoninnen und Kommilitonen haben dieses Recht, natürlich auch der Geschäftsführende Direktor oder der Dekan. Sie kann auch die Gleichstellungsbeauftragte dazubitten.«

Die Prüfungskandidatin verlässt zitternd den Raum.

Prof. Schuster steht auf, schnaubt: »Sagen Sie mal, Frohmann, haben Sie nicht mehr alle Tassen im Schrank!? Was fällt Ihnen eigentlich ein, mir in die Parade zu fahren, vor einer Studentin! Wollen Sie mich belehren, wie ich zu prüfen habe? Ich prüfe seit 25 Jahren!«

»Wenn Sie seit 25 Jahren so prüfen, dann sind sämtliche von Ihnen abgenommenen Prüfungen ungültig.«

»Jetzt machen Sie mal halblang! Sie ticken ja nicht mehr richtig! Ich lasse mir doch von Ihnen keinen Nachhilfeunterricht erteilen! Ich lasse mir doch von Ihnen nichts vorschreiben.«

»Ich schreibe Ihnen gar nichts vor. Das tut die Prüfungsordnung. Sie müssen sie nur genau lesen.«

Prof. Schuster explodiert: »Jetzt hören Sie auf, Sie Paragraphenhengst! Sie haben doch keine Ahnung! Keine Ahnung! Jetzt werde ich Ihnen mal was sagen, und hören Sie genau zu, da können Sie nämlich was lernen: Es geht in Prüfungen auch um die Prüfungssituation als solche, um Kommunikation, um Psychologie, um Einfühlung in den anderen oder die andere, um es korrekt auszudrücken. Haben Sie mal was von Didaktik, von Pädagogik gehört?! Frohmann, Sie müssen noch eine Menge lernen!«

»Da mögen Sie durchaus recht haben. Ich weigere mich dennoch, das Protokoll zu unterschreiben. Damit ist die Prüfung null und nichtig!«

»Wollen Sie der jungen Frau die Zukunft verbauen? Los, unterschreiben Sie!«

»Ich weigere mich!«

Prof. Schuster geht auf Hartmut los, der nicht zurückweicht. Schuster bremst ab: »Mensch, Frohmann, nun reißen Sie sich doch mal am Riemen! Was soll denn das? Wollen Sie eine Palastrevolution anzetteln? Das ist der falsche Zeitpunkt! Nicht auf dem Rücken der Studierenden! Mit mir nicht! Das ist hier auch der falsche Ort! Wenn Sie an der Prüfungsordnung etwas auszusetzen haben, gehört das in die Gremien!«

»Ich habe nichts an der Prüfungsordnung auszusetzen! Sie wurde im letzten Jahr in einer überarbeiteten Fassung vom Akademischen Senat verabschiedet!«

»Was hat denn die arme Frau Page damit zu tun? Warum wollen Sie ihr das antun?«

»Ich will niemandem etwas antun!«

»Ich weiß, Sie können keiner Fliege was zuleide tun! Sie schaden letztlich nur sich selbst, Frohmann! Na bitte, wenn Sie unbedingt wollen. Aber ich lasse nicht zu, dass Sie unseren Studierenden schaden. Haben Sie denn überhaupt kein Herz? Wenn Sie nicht unterschreiben, muss die kleine Beatrice Page sich der ganzen Prozedur noch einmal unterziehen! Mit all den damit verbundenen Ängsten!«

»Das wird man Frau Page leider nicht ersparen können. Und das haben Sie zu verantworten. Und genauso wird es ihr vom Prüfungsamt auch schriftlich mitgeteilt werden. Aber Sie können auch eine mündliche Erklärung abgeben. Das ist laut Prüfungsordnung zulässig. Frau Page muss die Prüfung in jedem Fall wiederholen! Mehr als ›Mangelhaft‹ hätte man ihr sowieso nicht geben können.«

Hartmut Frohmann setzt sich wieder an Prof. Schusters Schreibtisch, schreibt quer über den Prüfungsbogen, in Versalien: ›PRÜ-

FUNG UNGÜLTIG WEGEN MEHRERER FORMFEH-
LER.*‹ Und unter dem Sternchen merkt er an: ›*Schriftliche
Begründung folgt. Unterzeichnet: Dr. Hartmut Frohmann,
Protokollant, Dienstag, den 3. 11. usw., 11:07‹. Er tütet den Prüfungsbogen in das DIN-A4-Kuvert ein, klebt ihn mit Tesafilm zu, klemmt seinen Kugelschreiber mit dem eingravierten Keith-Haring-Männchen, den Fred ihm aus Boston mitgebracht hat, in seine Brusttasche und verlässt den Raum.

Prof. Schuster brüllt: »Das wird ein Nachspiel haben! Darauf kannst du dich gefasst machen!«

Dann schließt er seinen Schreibtisch auf, holt einen Underberg aus der untersten Schublade, leert ihn ›ex‹ und wirft das Fläschchen krachend in den Metallpapierkorb: »Dich werden wir noch in den Arsch ficken. Darauf kannst du dich verlassen!«

*

Sprechstunde bei Privatdozent Dr. phil. Hartmut Frohmann. Wie jeden Freitag warten auch an diesem 5. November über zwanzig Studierende vor seiner Tür. Da es aufgrund feuerpolizeilicher Vorsichtsmaßnahmen keine Stühle gibt, lehnen sie müde an der Wand oder hocken wie bei einem Sit-in auf dem Boden.

Hartmut Frohmann wippt nervös auf seinem Drehstuhl. Mühsam freundlich zur inzwischen fünften Kandidatin, die leise angeklopft und ebenso leise den Raum betreten hat und nun mit nach vorn geschobenen Schultern gesenkten Kopfes vor ihm steht.

Hartmut Frohmann ungeduldig: »Was kann ich für Sie tun?«

Die Studentin streicht die grufti-schwarz gefärbten Ponyfransen aus der Stirn: »Ich möchte mich bei Ihnen zum Examen anmelden.«

Er schaut an ihr vorbei: »Ich kenne Sie nicht.«

»Petra Stamm.« Sie streckt Hartmut Frohmann die Hand entgegen. Er ignoriert sie.

»Stehen Sie nicht herum. Setzen Sie sich endlich. Waren Sie überhaupt angemeldet?«

Petra Stamm knöpft die Jacke ihres schwarzen Hosenanzugs auf und setzt sich vorsichtig auf einen wackligen Seminarstuhl. »Ich stehe auf der Liste.« Sie blickt von unten zu Dr. Frohmann auf.

Er schlägt seinen Ordner ›Studierende‹ auf und sucht ihre Unterlagen. »Ich kenne Sie trotzdem nicht. Sie sind vermutlich nur eine Karteileiche, die jetzt noch schnell einen Titel abstauben will für das Arbeitslosenamt.«

»Ich war in Ihrem Seminar über Marie-Luise Fleißer.«

»Sie sind mir nicht aufgefallen.«

»Ich habe auch ein Referat gehalten.«

»Eins von fünfzig!«

»Es war ein Gruppenreferat.«

»Das kann jeder sagen.«

»Zusammen mit Ralf Strauch.«

Hartmut Frohmanns Gesicht hellt sich auf: »Wie geht es ihm?«

»Ich soll Sie grüßen.«

»Hat das mit der Hospitanz an der Schaubühne geklappt?«

»Sie meinen, ob ich eine Hospitanz…?«

»Nicht Sie. Ich meine Ralf Strauch.«

»Das weiß ich nicht.«

Hartmut Frohmanns Gesicht verfinstert sich wieder: »Also, was wollen Sie?«

Petra Stamm setzt mit fester, dennoch leicht brüchiger Stimme an: »Ich möchte meine Bachelorarbeit bei Ihnen schreiben und mich auch mündlich von Ihnen prüfen lassen.«

Hartmut Frohmann unterbricht sie scharf: »Erstens heißt es in Ihrem Sprachgebrauch doch wohl eher ›Bachelorette‹, und zweitens nehme ich niemanden mehr zur Prüfung an. Meine Tage an diesem Institut sind gezählt. Ich möchte nicht, dass Sie plötzlich vor verschlossener Türe stehen. Ich meine nicht Sie persönlich, sondern Sie und alle Ihre Kommilitonen.«

Petra Stamm kramt ihr Studienbuch aus ihrem schwarzen Lederrucksäckchen hervor: »Ich habe mehrere Lehrveranstaltungen bei Ihnen besucht. Ihre Seminare haben mir auch immer am besten gefallen. Sie müssten mich eigentlich von allen Dozenten auch am besten kennen. Ich saß immer ganz vorn, links von Ihnen!«

Hartmut Frohmann blafft sie an: »Wollen Sie sich bei mir einschmeicheln? Wer hat Sie geschickt? Sollen Sie mich auf die Probe stellen? Ich sagte schon, ich kenne Sie nicht, Sie sind mir nie aufgefallen. Wenn Sie in meinen Lehrveranstaltungen waren, muss Ihnen bekannt sein, dass ich sehr streng bin, auch in den Prüfungen. Aber ich würde Sie ohnehin nicht prüfen, auch wenn meine Stelle nicht auslaufen würde. Ich kann nicht jede Woche ganze Tage mit Prüfungen verlieren, mit Restposten, die die Kollegen mir ins Zimmer kippen. Warum lassen Sie sich nicht von einem fest angestellten Professor, von Herrn Schuster, Herrn Schwegler oder Herrn Erfurt prüfen, oder sind Sie nicht einmal denen aufgefallen?«

Die Studentin starrt ihn mit weit aufgerissenen Augen an. Hartmut Frohmann schließt den obersten Hemdknopf und starrt böse zurück: »Wenn Sie eine hochbegabte Studentin wären, wären Sie mir aufgefallen. Da Sie mir nicht aufgefallen sind, können Sie nicht hochbegabt sein, höchstens Mittelmaß. Aber damit gebe ich mich nicht ab, das ist Zeitverschwendung! Und da Sie mir nicht aufgefallen sind und ergo keine überdurchschnittlich begabte Studierende sein können, haben Sie in unserem Beruf ohnehin keine Chance, sind Ihre Aussichten als Akademikerin gleich null. Da nützt es Ihnen nicht einmal, eine Frau zu sein, sich aufreizend anzuziehen und mit dem Dozenten zu flirten, wie Sie es mit mir versuchen. Als Sekretärin hätten Sie vielleicht eine Chance. Im Grunde bilden wir in den geisteswissenschaftlichen Fakultäten ohnehin nur Sekretärinnen aus, die ihren Vorgesetzten Schreibarbeiten abnehmen, Theaterkarten besorgen und Reisen buchen. Insofern hat das Studium für Sie vielleicht doch einen Sinn gehabt. Sind Sie inzwischen wenigstens einigermaßen gebildet? Buchstabieren Sie Witkiewicz!«

»V – I – D – C…«

»Das genügt! Drei von vier Buchstaben falsch. Alles falsch! Sie taugen nicht einmal zur Sekretärin! Was haben Sie in den vier Jahren an unserem Institut gemacht? Waren Sie jemals in der Bibliothek? Vermutlich nicht! Sonst wüssten Sie, wer Witkiewicz war! Wenn Sie in der Bibliothek waren, dann nur, um Ralf Strauch schöne Augen zu machen! Aber der hat noch geringere Chancen als Sie. Auch wenn er viel begabter ist als Sie! Er hat keine Chancen, weil er ein Mann ist! Angeln Sie sich lieber einen BWL-er oder Juristen! Davon wimmelt es an der FU! Dann haben Sie, was Sie wollen! Eigentlich hätte man Sie gar nicht zum Studium zulassen dürfen! Sie und alle anderen! Sie haben alle keine Chance. Das hat Ihnen in der Studienberatung natürlich niemand gesagt. Wenn wir ehrlich wären, müssten wir Sie alle nach Hause schicken, müssten wir Ihnen empfehlen, etwas anderes zu machen. Egal, ob Mann oder Frau. Aber das tut natürlich keiner.«

Petra Stamm ringt nach Luft. Tränen schießen ihr in die Augen, die schwarze Wimperntusche tropft auf ihr Studienbuch, das sie mit den schwarz lackierten Fingern umklammert.

Hartmut Frohmann ereifert sich immer mehr: »Wir sind nicht ehrlich, und das System ist korrupt! Sie werden alle wie Lemminge die Klippen hinunterstürzen, und die ›weisen weißen Herren Professoren‹ stehen im Talar am Abgrund und prosten sich mit Champagner zu! Und sorgen für ihre Daseinsberechtigung für Nachschub am Fließband! So wird es kommen, wenn Ihrer Generation Praktikum keiner die Augen öffnet! Ich bin der Einzige, der hier am Institut die Wahrheit ausspricht, wie Sie von der patriarchalen Gewalt zur Sicherung des Systems missbraucht werden! Dafür müssten Sie mir dankbar sein, auf den Knien müssten Sie vor mir rutschen vor Dankbarkeit! Und ich bin dennoch nicht besser! Mein Kampf ist selbst nichts anderes als der Überlebenskampf der Sinngebung des Sinnlosen.«

Die Studentin ringt schluchzend nach Atem. Hartmut Frohmann springt auf, schreit: »Wissen Sie eigentlich, wie obszön Sie sind? Man müsste Ihnen Hausverbot erteilen! Sie haben begabteren Kommilitonen, als Sie es jemals sein können, den Studienplatz weggenommen, kassieren jahrelang BAföG, und wenn Sie sich mit Ihrer minderen Begabung einen Arbeitsplatz erschlafen und wieder einen begabteren Konkurrenten übervorteilt haben, betrügen Sie den Staat ein weiteres Mal, indem Sie während Ihres Zeitvertrags zweimal in den Mutterschaftsurlaub gehen.«

Die Studentin steht vorsichtig auf, presst Studienbuch und Rucksack wie einen Schutzschild an ihre Brust und weicht ängstlich zurück.

Hartmut Frohmann fuchtelt wild mit den Armen: »Sie, die Sie nicht einmal den Namen eines bedeutenden polnischen Dramatikers kennen, wagen es auch nur in Erwägung zu ziehen, dass ich Sie als Prüfungskandidatin annehmen könnte? Was fällt Ihnen eigentlich ein?! Sie sollten sich schämen! Gehen Sie! Sie stehlen mir meine kostbare Zeit mit Ihrer Ignoranz, Ihrer Unverschämtheit und Dreistigkeit! Raus!«

Die Studentin stürzt schluchzend aus dem Büro. Hartmut wirft hinter ihr die Tür ins Schloss und sperrt ab. Dann reißt er das Fenster auf und lehnt sich weit hinaus.

Es klopft an der Tür. Erst leise, dann lauter. Eine junge männliche Stimme: »Herr Dr. Frohmann? Sind Sie noch da?« Die Klinke wird heruntergedrückt. Mehrmals hintereinander, in immer längeren Abständen. Dann hört auch das Klopfen auf.

*

Freitagabend, gegen 23 Uhr. Fred Grohé gleitet mit seinem nachtblauen Jaguar *Sovereign* langsam den Tauentzien runter, links das KaDeWe, dann rechts die Gedächtniskirche, schließlich biegt er rechts in die Joachimsthaler Straße ab. Er telefoniert lässig: »Die Tunte aus Texas hat beim Dackelbild von Hockney angebissen. Und ich habe ihr auch noch einen Neo Rauch angedreht. Die Amerikaner fahren voll ab auf die Neue Leipziger Schule, ›It's so German‹! Das müssen wir feiern! Und wie lief es bei dir? Ich erwarte dich in der *Paris Bar*, okay!?« Fred summt vergnügt. Aus dem Autoradio erklingt *Smooth Jazz*. Er biegt links ab in die Hardenbergstraße, dann wieder rechts in die Jebensstraße. Er fährt jetzt im Schritttempo. Am Straßenrand stehen vereinzelt junge Männer. Fred genießt es, wenn die Stricher den Kopf nach seinem

Jaguar verdrehen. Keiner dabei, den er kennt. Also fährt er gleich in die Kantstraße und parkt seine Limousine im Parkverbot in Sichtweite der *Paris Bar*.

An der Tür werden gerade frierende Falk-Plan-Touristen in roten und gelben Friesennerzen weggeschickt: »No table!« Fred rauscht hoheitsvoll an ihnen vorbei und steuert auf einen altgedienten Kellner am Tresen zu: »Bon soir, Pierre!«

»Bon soir, Fred!«

»Hättest du noch einen kleinen Zweiertisch für mich?«

»Für dich immer!« Er hilft Fred aus dem sandfarbenen Herbstmantel, dirigiert ihn mit der Speisekarte am Tresen vorbei und weist ihm einen kleinen eingedeckten Tisch am Fenster zu. Fred zwängt sich am Nachbartisch vorbei auf den zwischen Fenster und Tisch eingeklemmten Stuhl, öffnet den mittleren Knopf seines ebenfalls sandfarbenen Sakkos und den obersten Knopf seines zartblauen Hemdes. Am Nachbartisch sitzt ein zerfurchter Theaterregisseur in einem zerknitterten schwarzen Sakko, Fred erinnert sich nicht an seinen Namen, offenbar ein *has-been*. Ihm gegenüber eine junge Blondine, vermutlich Schauspielerin. Fred versucht sie einzuordnen. Nie gesehen. Er beugt sich über die Speisekarte: »Plat du jour: Rôti de Canard au Romarin«. Er bestellt zunächst ein Bier gegen den Durst.

»Ich warte noch auf jemanden.«

Aus einem Bier werden vier. Die Blondine lauscht mit halbgeschlossenen Lidern hingebungsvoll den Texterklärungen ihres Meisters. Nach einer Dreiviertelstunde quetscht sich Hartmut auf den Stuhl Fred gegenüber. Er nickt dem Regisseur zu, dieser reagiert nicht, dann lächelt er Fred verzerrt an.

Fred: »Hallo, mein Schatz, du bist ja klitschnass! Herr Ober! Würden Sie bitte das Fenster schließen! Es zieht!«

Hartmut knirscht: »Es zieht nicht!«

Fred herrisch: »Doch, mein Schatz! Du erkältest dich. Nass und total durchgeschwitzt bist du!«

»Würdest du bitte etwas leiser reden!« Hartmut hängt seine durchweichte Wildlederjacke, die einmal hellbraun war, über die

Stuhllehne und zieht seinen schwarzen Cashmere-Rollkragenpulli aus, der unter den Armen bereits eingerissen ist, obwohl Fred ihn für seinen Schatz erst vor drei Wochen bei Versace am Kudamm gekauft hat. Aus Versehen zieht Hartmut das T-Shirt mit über den Kopf. Die Blondine mustert Hartmuts durchtrainierten Body und steckt sich eine Zigarette an.

Hartmut hechelt: »Ich ersticke hier drin!« Er streift sich das T-Shirt wieder über, das nasse Haar steht wie mit Gel gestylt in alle Richtungen ab. Er seufzt: »Eine Sauna, und total verqualmt!«

Hartmut ist richtig sexy, wenn er sich aufregt, findet Fred.

Er fährt den Kellner an: »Herr Ober, würden Sie bitte das Fenster schließen. Wie oft muss ich das noch sagen! Außerdem herrscht hier Rauchverbot! Mein Schatz, du solltest nicht mit dem Fahrrad durch den Regen fahren. Warum hast du kein Taxi genommen! Warum kommst du überhaupt so spät?! Ich warte eine geschlagene Stunde auf dich!«

Der Ober schließt das Fenster.

Hartmut kleinlaut: »Ich musste noch etwas erledigen!«

»So spät nachts!?«

»Der Poststempel ist ausschlaggebend.«

»Schon wieder eine Bewerbung, die du in letzter Minute abgeschickt hast?«

Der Kellner will die Bestellung aufnehmen: »Messieurs!?«

»Einmal Canard au Romarin! Und du?«

Hartmut reicht dem Kellner die Karte zurück und bestellt mit leiser Stimme ein Omelette aux fines herbes.

Der Kellner verzieht das Gesicht: »Können Sie nicht lauter sprechen!?«

Fred schüttelt den Kopf. »Davon wirst du doch nicht satt. Nimm doch wenigstens noch eine Zwiebelsuppe, mein Schatz. Können Sie nicht zuhören!? Mein Freund will eine Soupe à l'oignon und dann eine Omelette aux fines herbes.«

Der Theaterregisseur am Nachbartisch streicht sich die grauen Strähnen aus der Stirn, kratzt sich am unrasierten Kinn und betreibt weiter Texterklärung, die Blicke der Blondine schweifen immer wieder zu Hartmut ab.

Hartmut entfaltet die Stoffserviette und knabbert an einem Stückchen Baguette: »Ich esse nur, um dir Gesellschaft zu leisten.«

»Mein Schatz, du hast bestimmt den ganzen Tag nichts gegessen!«

Hartmut ballt die Faust und zischt Fred verhalten aggressiv an: »Ich habe keinen Appetit. Und du sollst mich nicht andauernd bemuttern und vor anderen Leuten Schatz nennen!«

Vielleicht ist Hartmut der Appetit vergangen, weil der bedeutende Regisseur ihn nicht kennt, obwohl Hartmut erst vor sieben Wochen ein Live-Gespräch mit ihm auf BR-Klassik geführt hat: »Was nun? – Vergangenheit und Zukunft des Regietheaters«. Vielleicht hätten sie sich doch besser in einem schwulen Restaurant verabreden sollen. Doch eine von Freds Maximen lautet: »Gut essen ist besser als schwul essen.«

Der Kellner kann trotz des französischen Akzents einen rauen Berliner Ton nicht verbergen: »Zu trinken, Messieurs!?«

»Zwei Glas Champagner, s'il vous plaît!« Nachdem die Bestellung endlich aufgegeben ist, kann Fred seinen Schatz fragen, was er denn den ganzen Tag Schönes gemacht habe. Aber Hartmut klagt wie immer: »Ich bin heute zu nichts gekommen. Ich war den ganzen Tag in der Uni. Dreißig Leute in der Sprechstunde. Davon neunzig Prozent Frauen. Furchtbar. Drei neue Masterarbeiten usw. usw.«

»Und was macht dein Aufsatz über Elfriede Jelinek?«

»Das interessiert dich doch gar nicht. Du verstehst nichts von Theater. Und außerdem möchte ich nicht darüber reden. Ich komme zu nichts. Aber es ist lieb, dass du danach fragst. Erzähle lieber von dir, was hast du heute gemacht?«

Fred großspurig: »Ich habe außer dem Hockney und dem Neo Rauch auch noch einen Francis Bacon verkauft! Ist das nicht großartig? Für einen sechsstelligen Betrag! An eine alte Schwuchtel aus Palm Springs. Du weißt, da waren wir doch mal und haben uns das Haus von Liberace angesehen. Das möchte ich mit dir feiern, mein Schatz. Herr Ober, bitte noch zwei Glas Champagner!«

Hartmut ist nicht nach Champagner. Fred versucht weiter, Hartmut aufzumuntern.

»Ihr seid eben alle schon alt! Ihr steht nicht unter Strom!«, bellt der Regisseur die Blondine an, die inzwischen mehr an Hartmut interessiert zu sein scheint als an den Textflächen ihres Meisters.

Fred tastet mit den Augen Hartmuts immer noch jungenhaftes Gesicht ab. Aber auch die suggestive Wiederholung des Satzes »Freue dich mit mir! Das Leben ist schön!« kann Hartmut nur trübsinnig weglächeln: »Für dich vielleicht.«

»Für dich auch. Geld spielt keine Rolle. Wir sind in den besten Jahren. Sehen prächtig aus! Du zumindest noch. Du siehst viel jünger aus, als du bist. Man muss das Leben genießen. Jeden Tag! Es kann jederzeit zu Ende sein!«

»Jetzt kommt das schon wieder!«, stöhnt Hartmut. Er dreht aus dem Baguette kleine Kügelchen und weicht Freds aufdringlich fröhlichem Blick und seinen lebensphilosophischen Phrasen aus.

Mit jedem Schluck Champagner steigert sich Fred mehr in seine lebensbejahende Stimmung hinein: »Stell dir vor, du bist siebzig. Und schaust zurück. Und musst feststellen, dass du ein Leben lang traurig warst. Das ist doch eine schreckliche Vorstellung! Dass du dein Leben nicht genossen hast. Du bist ein junger Mann, gesund, durchtrainiert, promoviert, habilitiert! Wer ist das schon? Heute! Die Welt steht dir offen, die Welt liegt dir zu Füßen!«

»Ich kann mich nicht freuen! Das weißt du.«

Der Kellner stellt Brot und Butter auf den Tisch und zwei weitere Champagner.

Hartmut kann nicht verstehen, warum Fred ihn nicht versteht: »Ich kann nicht lügen. Da würde ich mir etwas vormachen und dir auch. Ich kann mich nicht verstellen und dir den jungen Lover vorspielen, der immer gut drauf ist. Das müsstest du inzwischen wissen. Wenn du das willst, musst du dir jemand anderen suchen.«

»Ich will, dass es dir gut geht! Du sollst dich freuen. Freue dich mit mir!«

Hartmut leise: »Ich freue mich ja für dich. Prost! Du bist toll! Du bist super! Ein 500.000-Dollar-Deal! Ich bewundere dich!« Er nippt an seinem Glas. Fred leert sein Glas in einem Zug, und dann auch Hartmuts. »Warmer Champagner ist grässlich!« Bestellt ein weiteres Glas.

Fred prostet Hartmut zu: »A la vida! Auf das Leben!«

»Ich stehe vor dem Nichts!«

»Du spinnst. Mein Geld reicht auch für zwei ... oder drei ... oder vier ...«

Der Kellner knallt die bestellten Gerichte auf den Tisch.

»Ich will nicht von dir abhängig sein. Ich will auf eigenen Füßen stehen.«

»Frauen haben damit kein Problem!«

Hartmuts Gesicht verfinstert sich. Seine Lippen werden immer schmaler. Er legt den Suppenlöffel auf den Unterteller zurück und zischt: »Ich bin nicht deine Ehefrau! Ich bin Theaterwissenschaftler!«

Der Regisseur unterbricht seinen Redefluss, wirft einen Zehntel-Sekunden-Blick auf Hartmut.

Fred fährt fort: »Du sollst mir ja auch nicht den Haushalt führen. Aber du hättest keinen Ärger mehr mit der Uni. Könntest in Ruhe deine schönen Aufsätze schreiben. Könntest in meiner Galerie mitarbeiten. An der Schnittstelle zwischen Theater und Bildender Kunst. Du redigierst die Kataloge, führst Interviews mit den Künstlern. Eine Vernissage jagt die andere, Performances, Happenings mit Body-Painting. Mit hübschen jungen Männern, und, wenn es sich partout nicht vermeiden lässt, ab und zu sogar mit Frauen.«

Hartmut, sehr leise, aber eindringlich: »Ich kann das nicht, ich will das nicht!«

Fred kauend: »Das kann ich nicht nachvollziehen. Es ist doch oft so, dass Lebenspartner beruflich etwas gemeinsam machen oder sich auch gegenseitig finanzieren, je nach Geschäftslage. Ich rede ja nicht von den höheren Töchtern, die sich ins gemachte Nest setzen und ihre Fußnägel lackieren.«

Hartmut wird etwas lauter: »Bitte hör auf! Ich kann das nicht! Ich will das nicht. Eher bringe ich mich um! Ich will *mein* Leben, *meinen* Beruf, ich will mich *selbst* finanzieren und ich will *Professor* werden, und sonst gar nichts! Das ist mir diese Gesellschaft schuldig! Ich will von meinem Beruf leben! Ich will endlich leben!«

»Also, mein Schatz, ich verstehe das nicht! Du mit deinem Professoren-Tick! Alles oder nichts! Das hat dir sicher wieder so eine Psycho-Schwester im Waldschlösschen-Selbsterfahrungs-Wochenende eingeredet! Dass du erst dann ganz in deinem Körper bist, wenn du den Vatermord vollzogen hast. So ein Schwachsinn! Das ist schon nicht mehr neurotisch, sondern psychotisch. Lass es dir schmecken, mein Schatz! Muttermord finde ich übrigens besser!«

Der Regisseur räuspert sich und bestellt die Rechnung: »Getrennt bitte!«

Hartmut wird die Situation immer peinlicher. Fred leert ein weiteres Glas Champagner. Hartmut sitzt ihm schweigend gegenüber, sieht verloren hinaus auf die verregnete Kantstraße.

»Gibst du mir bitte meinen Pullover...«

Der Kellner fragt im Vorbeigehen, mit schmutzigem Geschirr in der linken Hand: »Dessert?«

Hartmut lehnt höflich ab und verlangt die Rechnung. Hartmut und Fred schweigen sich an.

Nach ein paar Minuten legt der Kellner die Rechnung auf den Tisch. Fred fingert seine *Platin-AmEx*-Karte aus der Brusttasche seines Hemdes.

Hartmut zum Kellner: »Getrennt bitte!« Er legt einen Fünfzigeuroschein auf den Tisch, streift sich den Rollkragenpulli über, schlüpft in seine durchweichte Lederjacke und geht grußlos hinaus. Fred läuft ihm hinterher. Es regnet in Strömen. Hartmut macht sich an seinem Fahrradschloss zu schaffen, das wieder einmal klemmt. Fred steht frierend hinter ihm.

»Hartmut, was soll denn das, was ist denn los? Sei nicht so kindisch. Wann wird aus dir endlich ein vernünftiger Erwachsener? Du kommst sofort zurück ins Restaurant.«

»Ich will nach Hause. Ich muss allein sein. Bitte versteh das. Es hat nichts mit dir zu tun. Wir telefonieren morgen. Geh wieder rein, du könntest dir den Tod holen.«

Auf Freds sandfarbenem Anzug breiten sich dunkle Wasserflecken aus. Hartmut wischt den Fahrradsattel mit dem Ärmel der Lederjacke ab, steigt auf und fährt auf dem Gehsteig Richtung Savignyplatz. »Schalte das Licht ein!«, ruft ihm Fred noch hinterher.

»Für den ruiniere ich mir den Anzug!« Fred geht zurück ins Restaurant, zahlt, trinkt in Ruhe seinen Champagner aus. Mit dem Mantel über dem Arm vor der *Paris Bar* im Regen stehend, fragt er sich, was er jetzt machen soll. Null Uhr dreißig. Soll er noch auf einen Sprung ins *Tabasco* oder ins *Classico ma non troppo*? Das ist zwar teurer, hat aber mehr Niveau. Oder zu Hause in der Mommsenstraße mit der neusten Philippe Jaroussky-CD wegdösen? Ist das Bequemste, aber möglicherweise Deprimierendste. Zum Schlafengehen ist es jedenfalls noch zu früh.

Den Jaguar lässt er besser stehen. Er winkt ein Taxi heran. »Fuggerstraße bitte. Kurzstrecken-Tarif!« Der Taxifahrer, ein junger Schwarzer, lachend im Rückspiegel: »Fuckerstraße?« Er dreht das Autoradio lauter. Chet Baker singt: »Let's get lost«.

*

Ein Italo-Boy in goldglitzernder Frackjacke über dem nackten Schwimmerbody und enger roter Lederhose nimmt Fred Grohé den Mantel ab. Fred will sich auf einen Barhocker hieven, zuckt jedoch zurück, weil neben dem Tresen ein schweinsgesichtiger Albino-Kampfhund den Kopf hebt und ihn mustert. Die Infrarotleuchte und die blauen Neonröhren lassen ihn morbid und noch gefährlicher aussehen. Fred schnauzt den Tresenboy an, er solle sofort dieses widerliche Vieh entfernen.

Bruno, der Geschäftsführer vom *Classico ma non troppo*, Typ Panzerknacker, tritt von hinten an Fred heran und legt ihm seine Pranke auf die Schulter. Eine falsche Bewegung und seine Schultern sprengen die Nähte des Nadelstreifenanzugs: »Hallo, Fred, wie geht's? Der tut nichts! Was trinkst du? Wie immer?« Gibt dem Tresenboy mit dem Kopf ein Zeichen.

Fred nickt, bleibt aber weiter stehen.

»Du musst ihn nur streicheln. Dann akzeptiert er dich. Der hat eine tolle Menschenkenntnis. Streichle ihn doch einfach mal.« Fred blickt sich um. Er ist mit Bruno, dem Tresenboy und dem Hund allein.

Bruno beugt sich zum Kampfhund hinunter: »Nero, das ist Fred! Guter Freund!« Zu Fred: »Jetzt musst du ihn streicheln.« Fred traut sich nicht. Der Hund hebt den Kopf, bewegt den Schwanzstummel. Der Tresenboy stellt einen silbernen Sektkühler mit einer Flasche *Pommery* und zwei Sektgläser auf den Tresen. Bruno geht in die Hocke.

»Gib mir deine Hand, Fred.« Er nimmt Freds Hand, lässt Nero an ihr schnuppern und führt sie dann langsam über Neros Nacken.

»Siehst du, wie lieb er ist? Er tut dir nichts, er respektiert dich. Der hasst nur Frauen und Tunten!« Lacht mit rauer Stimme.

»Fass mal seine Arschbacken an. Da hast du was in der Hand! Ein Hintern wie ein Eiskunstläufer.« Fred fährt mit der Hand vorsichtig den Rücken hinunter. Der Hund richtet sich auf und leckt Bruno das Gesicht ab.

»Ist ja gut, mein Schatz!« Küsst ihn auf die Schnauze: »Ist ja gut, mein Schatz!« Zeigt auf Fred: »Das ist auch ein ganz liebes Herrchen!« Er krault Nero hinter den Ohren, küsst ihn und richtet sich auf.

»Die sind so lieb. Du weißt ja. Tiere sind die besseren Menschen. Die sind nicht böse! Die töten nur, um zu überleben! Ich sage es dir! Die sind so was von anschmiegsam. Die fressen dir aus der Hand. Die können keiner Fliege etwas antun.«

Wo der anschmiegsame Sascha ist, interessiert Fred viel mehr.

»Kommt gleich. Der wirft sich für dich in Schale.« Bruno lacht guttural.

Aus den Boxen tönt Charles Aznavour: »Wenn dann der neue Tag erwacht / Kehr ich zurück in meine Nacht / Der Einsamkeiten / Das Kleid und die Perücke fällt / Ich bin ein Clown vor aller Welt … / Isch bin ein Omo!«

Fred schwitzt: »Kannst du dem Boy hinterm Tresen bitte sagen, er möchte eine andere Musik auflegen!«

Bruno donnert: »Hast du gehört, Paolo?! Schieb eine Boy-Group-CD in den Player.« Er schwärmt: »Du, der Nero ist ganz vernarrt in den Sascha! Fred, ich kann dir sagen, da ist was los! Wie die miteinander schmusen! Ein richtiges Liebespaar!« Bruno lacht in rauchigen Obertönen, hustet: »Du, der Sascha spricht mit ihm Russisch, und der reagiert auf jedes Wort. Daran siehst du, wie intelligent Hunde sind! Der Nero ist richtig sprachbegabt! Die sind nicht so dumm, wie die Tierfeinde immer behaupten. Und wenn der Sascha mit ihm spazieren geht, da pariert der aufs Wort! ›Fass! Sitz!‹ Der macht alles für den Sascha! Der würde sein Leben für ihn geben. Der Sascha hat eben ein glückliches Händchen! Man hat's oder man hat's nicht! So ist das eben.« Paolo grinst Fred lasziv an.

Fred sieht im Spiegel hinter dem Tresen, wie der schwere rote Samtvorhang, der in den hinteren Bereich des Etablissements führt, leicht angehoben und zur Seite geschoben wird. Sascha tritt auf, in einem eng anliegenden schwarzen Netz-T-Shirt, das seine athletische Figur betont, schwarzer Lederhose, an den Beinen geschnürt. Der Hund stürzt sich freudig auf ihn, jault, springt an ihm hoch, will ihn ablecken. Sascha wehrt ihn ab, herrscht ihn auf Russisch an. Der Hund legt sich flach vor ihm auf den Boden und winselt leise. Sascha kommandiert irgendetwas auf Russisch. Der Hund kriecht auf allen Vieren an den Tresen, schaut, die Schnauze auf dem Boden, wimmernd zu ihm auf. Zehn Sekunden fixiert Sascha den Hund, dann tritt er von hinten an Fred heran, der ihn die ganze Zeit im Spiegel beobachtet, umarmt ihn und küsst ihn auf den Nacken. Paolo gießt auf einen Wink Brunos ganz vorsichtig Champagner in die Gläser. Bruno begibt sich hinter den Tresen.

Fred ordert auch ein Glas für Bruno: »Auf deine Menschenkenntnis, mein Tierfreund!«

Bruno verdreht die Augen: »Sascha, Du siehst heute wieder wie der junge Nurejew aus!« Er hat Fred einmal geflüstert, Sascha sei Solotänzer am Kirow-Ballett in St. Petersburg gewesen. Seither sucht Fred die Nähe dieses begabten jungen Künstlers noch mehr.

Man stößt an. Paolo öffnet Sascha eine Schachtel *Dunhill*-Zigaretten, zieht eine halb heraus und hält ihm die Schachtel hin. Fred nimmt Paolo das Feuerzeug aus der Hand und gibt Sascha selbst Feuer. Sascha haucht ihm Rauchkringel ins Gesicht, was Fred widerwillig genießt. Man prostet sich zu, aber nur Fred und Sascha stoßen klirrend an.

»Fred, mein Allerliebster!« Sascha bohrt mit der Zunge in Freds Ohr und knabbert an seiner Ohrmuschel, während Paolo ihm halblaut zuflüstert: »Ich habe Zimmer 3 vorbereitet. Soll ich die Flasche schon hinaufbringen?«

Sascha knurrt leise. Der Hund springt auf und legt die Vorderpfoten auf Saschas Schenkel. Sascha schnippt Asche ab und drückt dem Hund die glühende Zigarette an die Hoden. Der Hund heult auf und verkriecht sich jaulend hinter dem Vorhang. Sascha und Bruno lachen laut.

Fred verschluckt sich, dann begleitet er Sascha auf Zimmer 3.

*

Montag, 8. November. Der Ordinarius und Geschäftsführer des Instituts für Theaterwissenschaft, Prof. Dr. Siegfried Erfurt, kommt, ohne anzuklopfen, in Hartmut Frohmanns Büro. Hinter ihm trottet Tristan, sein zottiger alpenländischer Hirtenhund. Hartmut Frohmann schrickt zusammen, blickt kurz zur Tür, springt aber nicht, wie sonst üblich bei Professorenbesuch, vom Schreibtisch auf, sondern beendet in Ruhe einen Satz auf dem Notebook. Der mächtige Erfurt steht in seinem Hamburger Fischerhemd, brauner Cordhose, blauen Wollsocken und den Gesundheitssandalen etwas hilflos im Raum, wie ein Bayreuther Wotan, der bei der Probe auf seinen Einsatz wartet. Tristan geht schwanzwedelnd zum Schreibtisch und legt seinen schweren Kopf in Hartmut Frohmanns Schoß. Prof. Erfurt blickt auf Bücherrücken, zupft sich einen Essenrest aus seinem roten Vollbart.

Hartmut Frohmann fragt beiläufig, während er eine Fußnote überprüft: »Was gibt es? Soll ich Bücher in die Staatsbibliothek zurückbringen, oder warum kommst du?«

»Junge, was ist los mit dir?« Erfurt druckst herum: »Der Dekan hat mich angesprochen.«

Hartmut Frohmann hackt weiter auf die Tastatur ein: »Ach so, der schickt dich. Du kommst im Auftrag des Dekans!«

»Du hast letzte Woche schon wieder einer Studentin die Prüfung versaut. So geht das nicht.«

»Wieso? Sie ist doch durchgekommen.«

»Aber nur, weil ich als Vorsitzender der Prüfungskommission und der Dekan ein Auge zugedrückt haben.«

»Ihr drückt immer ein Auge zu.«

»Du legst den Leuten unnötig Steine in den Weg. Wie soll die mit einer Fünf im Zeugnis jetzt noch promovieren können?«

»Du und der Dekan, ihr werdet das schon hinkriegen. Ihr werdet ihr schon ein Stipendium besorgen, dieser talentierten jungen Frau.«

»Unsinn. Ich wollte dir nur sagen: Es fällt inzwischen auf, man redet bereits darüber.«

Hartmut Frohmann blickt weiter auf den Bildschirm: »Es ist doch völlig normal, dass Leute durchfallen. Bei den Medizinern fallen vierzig bis fünfzig Prozent durch.«

Erfurt setzt sich auf die Kante von Hartmut Frohmanns Schreibtisch, klopft seine Pfeife am Tischbein aus. Er gibt sich väterlich: »Junge! In Theaterwissenschaft fällt man nicht durch.«

Hartmut Frohmann sichert seinen Text und klickt auf ›Beenden‹: »Dann wird es ja höchste Zeit.« Klappt das Notebook zu und wirft es in seine schwarze Tasche.

Prof. Erfurt steckt die Pfeife weg: »Rede doch nicht so einen Quatsch. Bei den Berufsaussichten kannst du doch Leute nicht durchs Examen fallen lassen.«

Hartmut Frohmann: »Ich gebe ihnen den Gnadenschuss. Ob sie ein Jahr früher oder später auf der Straße stehen, ist doch egal, ich habe die objektive Wirklichkeit auf meiner Seite.«

»Aber du lässt nur Frauen durchfallen«, kontert Erfurt mit zusammengezogenen Augenbrauen.

Hartmut Frohmann schiebt Tristans Kopf weg, steht auf, stopft sich das Hemd in die Jeans, fährt in seine abgeschabte braune Wildlederjacke: »Es gibt sowieso zu viele.« Er nimmt sein Eau de Toilette vom Schreibtisch, den grüngestreiften Männertorso von Jean-Paul Gaultier, sprüht sich ein und wirft den Flakon in die Tasche.

Prof. Erfurt steht ebenfalls auf, wird laut: »Jetzt hör aber auf! Was soll denn das! Was redest du denn da für einen Unfug! Junge, was ist los mit dir?«

»Du weißt genau, was los ist.«

»Das geht aber so nicht. Du musst von deiner persönlichen Situation abstrahieren! Das musst du als Wissenschaftler können!«

»Ich ziehe hier einfach andere Saiten auf, solange ich noch Gelegenheit dazu habe. Das kann mir niemand verbieten. Ich bin nur gerecht. Im Gegensatz zu euch. Ihr seid parteiisch und ungerecht. Und fahrlässig! Ihr lasst Menschen ins Verderben rennen. Ich nicht. Ich öffne ihnen die Augen.«

Hartmut Frohmann steht jetzt vor Prof. Erfurt, presst die Tasche an die Brust, hält dem Blick seines Chefs stand: »Ich engagiere mich an diesem Institut für die Studierenden, wie ihr schon lange nicht mehr. Ihr lasst alles treiben. Ich setze mich ein, und jetzt wird mir das auch noch vorgeworfen! Das ist ungerecht und gemein! Ich habe immer gedacht, du hilfst mir. Es fällt mir wie Schuppen von den Augen. Du hast mich an dieses Institut geholt, und jetzt lässt du mich fallen. So kann man sich auf dich verlassen. Mona hat recht.«

Erfurt legt ihm den Arm um die Schulter: »Du musst dich besser beherrschen. Du bist so dünnhäutig in letzter Zeit. Du willst mit dem Kopf durch die Wand. Da knallst du höchstens gegen die Wand! Ich sage dir noch einmal: So geht das nicht weiter.«

»Ich kann mich nicht verstellen, das weißt du.« Hartmut Frohmann wird ungeduldig, schüttelt Prof. Erfurts Arm von der Schulter, will gehen.

»Junge, leg dich nicht unnötig mit dem Kollegen Schuster an, der Schuss kann nach hinten losgehen...«

»Ich werde nicht kuschen! Im Gegensatz zu euch. Ihr habt nichts zu verlieren, und ich habe nichts mehr zu verlieren... Ich war mir immer treu.«

»Der Schuster setzt da irgendwelche Gerüchte über dich in die Welt.« Prof. Erfurt geht nachdenklich zur Tür: »Nicht das mit den Examen! Das ist ja dokumentiert. Sondern, dass du männliche Studierende bevorzugt behandelst. Geh da nicht zu weit!«

Hartmut Frohmann steht wie eingefroren da, denkt scharf nach. Prof. Erfurt dreht sich an der Tür noch einmal um: »Komm, Tristan! Wir müssen noch zu *Fressnapf*, Hundefutter kaufen. Heute Abend gibt es Eintopf. Willst du nicht kommen?« Dann könne Hartmut Frohmann ja noch bei der Staatsbibliothek vorbeifahren und Bücher für ihn abholen. Nicht viele. Prof. Erfurt zieht seine Bibliothekskarte aus der Brieftasche. Hartmut Frohmann nimmt sie kommentarlos entgegen. Aber er ist fest entschlossen, nur die Bücher vorbeizubringen und das Abendessen auszuschlagen.

*

Dienstag, 9. November. Fred hat Sascha beim Italiener in der Kurfürstenstraße zum Mittagessen eingeladen. Nun vertreten sie sich im Tiergarten etwas die Beine. Für eine längeren Spaziergang ist das Wetter zu neblig und nass. Schneeregen, die Wege matschig. Vor allem braucht Saschas Hund etwas Auslauf. Fred schlägt den Kragen seines Chinchilla-Pelzmantels hoch. Legt den Arm um Sascha und seine Nappa-Lederjacke: »Weißt du eigentlich, was heute für ein Tag ist? Der 9. November! Ohne diesen Tag wärst du nicht hier. Mauerfall. Freiheit!«

Sascha kuschelt sich an Fred: »Wäre ich doch in St. Petersburg geblieben. Habe getanzt *Schwanensee*. Hier will mich keiner.«

Fred besänftigt ihn mal wieder: »Ich kenne einen der Chefs vom Staatsballett. Ich werde mit ihm reden. Habe ich dir doch versprochen.«

Sascha schmiegt sich noch enger an Fred: »Du bist ein so guter Mensch! Wenn ich dich nicht hätte! Ich habe ein so schweres Leben. Puff ist Scheiße. Ich brauche Geld. Auch für Nero und für meine Familie in Russland.«

Fred drückt Sascha: »Das kriegen wir schon hin! Wir finden schon etwas für dich. Das mit der Aufenthaltserlaubnis kannst du mir überlassen.«

Sascha lässt Nero von der Leine. Der Kampfhund rast los und stürzt sich auf den Rauhaardackel einer älteren Dame, schleudert ihn durch die Luft und verbeißt sich dann in dessen Ohren. Der Dackel jault um sein Leben.

Die ältere Dame schreit um Hilfe und schlägt mit ihrer Leine auf den Kampfhund ein.

Sascha rennt zu den Hunden, Fred warnt die ältere Dame: »Nehmen Sie sich in Acht. Sonst sind Sie die Nächste!«

Die ältere Dame: »Nehmen Sie Ihren Hund weg!« Nero knurrt, der Dackel winselt. »Sie müssen Ihren Hund an die Leine nehmen. Hier herrscht Leinenzwang!«

Sascha lacht und pfeift Nero zurück. Streichelt ihn. »Braver Hund!« Er gibt ihm ein Leckerli.

Fred fröstelt. Er winkt in der Tiergartenstraße ein Taxi heran. Man will den Nachmittag gemeinsam im geheizten Dachterrassen-Pool von Freds Zweihundert-Quadratmeter-Penthouse-Wohnung in der Mommsenstraße ausklingen lassen.

*

Mittwochnachmittag. Gremientag. Fachbereichsratssitzung. Die Mitglieder sind vollzählig anwesend, elf Professoren, zwei Professorinnen, fünf Mittelbauvertreter und die beiden studentischen Delegierten der Fachschaft, ein junger Mann mit Zopf und eine junge Frau mit grünem Lippenstift. Die Fachbereichsratsmitglie-

der sitzen um die hufeisenförmig zusammengerückten Tische. Auch Hartmut, obwohl nicht Mitglied des FB-Rates, ist anwesend.
Der Dekan, der dynamische Univ.-Prof. Dr. phil. Dr. h.c. mult. Eckhardt Baumann – auf das ›Univ.-‹ vor dem ›Prof.‹ legt er Wert, um sich von gewöhnlichen Fachhochschul-, außerplanmäßigen APL- und Honorarprofessoren abzusetzen – rückt seine goldene Reitpeitschen-Krawattennadel zurecht, die er vermutlich bei einem Senioren-Reit- und Springturnier in Bad Kissingen gewonnen hat, wie Kollegen süffisant feststellen. Denn Univ.-Prof. Dr. phil. Dr. h.c. mult. Baumann ist nicht nur blendender Musiktheater-Historiker, sondern auch ein ausgewiesener Pferdenarr. Er sitzt natürlich an der Stirnseite, flankiert von Prodekan Univ.-Prof. Dr. Ludwig Kirsten, Amerikanist, mit dem Schwerpunkt Geschichte der Sklaverei in den Südstaaten – sein Jeans-Hemd zu beschreiben, erübrigt sich, würde Fred sagen –, und dem kränkelnden Fachbereichsreferenten Burghard Schmitz, der heute eine hellbraune Wildlederjacke mit grünen Herzchen auf den Ellenbogen trägt, die ihn etwas kräftiger erscheinen lässt.
Die Sitzung hat vor zweieinhalb Stunden begonnen. Draußen dunkelt es bereits. Immerhin ist Wintersemester und schon der 10. November. Einige FB-Vertreter, vor allem der Professorenschaft, dösen inzwischen, lesen überregionale Zeitungen, Bachelor- oder Hausarbeiten.
Der Dekan, der sich heute nicht bedeutungsvoll die graumelierten Haare aus der Stirn streichen muss, weil er sie mit Brillantine festgeklebt hat, hebt die Stimme, als würde er auf seinen Einsatz als Tenor in einem Requiem im Berliner Dom warten. Dann beginnt er sein Rezitativ: »Meine Damen und Herren, wir kommen nun zu Punkt römisch drei der Tagesordnung: ›Wiederbesetzung der W3-Professur Theaterwissenschaft‹, die bisher den Schwerpunkt ›Theater des 20. Jahrhunderts‹ hatte. Es geht um die Nachfolge Lehrstuhl Professor Menninger. Wie Sie alle wissen, meine Damen und Herren, wird die Stelle unseres hochverehrten und unvergessenen Kollegen Menninger seit nunmehr drei Jahren vertreten von dem hier heute zu diesem Tagesordnungspunkt

ebenfalls anwesenden jungen Kollegen, Privatdozent Dr. Hartmut Frohmann – ihn hier näher vorzustellen, erübrigt sich –, der den ausdrücklichen Wunsch geäußert hat, an dieser heutigen Sitzung teilzunehmen, obwohl er nicht Mitglied des Fachbereichsrates ist, ja gar nicht sein kann, da er sich nicht in einem Angestelltenverhältnis mit der Universität befindet. Ich habe nach Rücksprache mit dem Kollegen Prodekan der Bitte von Herrn Dr. Frohmann stattgegeben, ja stattgeben müssen, denn die Hochschulgesetze sehen vor – und ich betone: es ist gut, dass dies so ist –, dass sich die Fachbereichsratssitzungen in einen öffentlichen und einen *nicht*-öffentlichen Teil gliedern.«

Der Protokoll führende Fachbereichsreferent Schmitz nickt.

Der Dekan fährt bedeutungsschwanger fort: »Warum das so ist, muss ich Ihnen, sehr verehrte Kolleginnen und Kollegen, nicht eigens erklären. Da wir nun zum gegenwärtigen Zeitpunkt nur grundsätzliche Fragen der Wiederbesetzung erörtern wollen, habe ich weder Grund noch Anlass gesehen, den Tagesordnungspunkt im *nicht*-öffentlichen Teil zu behandeln. Im Gegenteil: die Grundsätzlichkeit, die Exemplarität verlangt geradezu Öffentlichkeit, weswegen ich Dr. Frohmanns Wunsch zur Teilnahme an der Sitzung sogar ausdrücklich befürworte. Und ich denke, meine Damen und Herren, dies ist auch in Ihrem Sinne. Seien Sie also willkommen, Herr Dr. Frohmann, ich danke Ihnen für Ihr Interesse an unserer Hochschuldebatte, die ja wahrlich von einiger Brisanz ist in den letzten Jahren und sogar Jahrzehnten, eine Folge der Wende, von Bologna, der Gender- und Migrationsdebatte, nicht nur, aber auch.«

Dr. Eberhard Kern, 59, Hochschuldozent auf Lebenszeit, hebt den Arm aus seinem kurzen Konfirmationsanzugsärmel: »Spectabilis, gestatten Sie?« Sein noch immer jungenhaftes rosiges Gesicht glüht, der Hals ist in ein blau-weiß gestreiftes Hemd mit rot-grün-gelb-blauer Blumenkrawatte eingezwängt.

Der Prodekan fährt ihm in die Parade: »Die Aussprache ist noch nicht eröffnet.«

Dr. Kern: »Pardon, Spectabilis!« Er steht auf und zieht einen Vierkantschlüssel aus der Gesäßtasche. »Ob ich wohl das Fenster einen Spalt...«

Der Fachbereichsreferent klärt den Dekan auf: »Er fragt, ob er ein Fenster öffnen darf.« Dieser antwortet mit einer herablassenden Geste: »Machen Sie das ruhig, mein lieber Herr Kern. Fünf Minuten, dann schließen Sie es wieder.«

Dann fährt mit seinem Sprechgesang fort, der sacht in Moll übergeht: »Ich hätte mir gewünscht, dass sich noch mehr Kolleginnen und Kollegen, gerade der jüngeren Generation, um die es ja letztlich auch und vor allem geht, an den Diskussionen und Entscheidungsfindungen, die uns an den deutschen Universitäten alle gemeinsam betreffen, beteiligen würden. Dies ist leider nicht der Fall, wie ich bedauerlicherweise immer wieder und auch heute feststellen muss. Meine Damen und Herren, wir behandeln die Wiederbesetzung der Stelle Menninger. Diese Stelle ist natürlich im Grunde gar nicht wiederzubesetzen. Kollege Menninger ist nicht zu ersetzen! Wir alle wissen das, aber gestatten Sie mir, es an dieser Stelle noch einmal ausdrücklich zu betonen. ›Stelle‹, ›Wiederbesetzung‹, was für hässliche Wörter!«

Der Dekan legt eine feierliche Schweigeminute ein. Dann setzt er eine Oktave tiefer wieder ein, in heftigem Stakkato: »Meine Damen und Herren, wie Sie wissen, sind wir seitens der Landesregierung, das ist in unserem Falle der Berliner Senat, aufgefordert, im kommenden Doppelhaushalt 250 000 Euro einzusparen, pro Jahr, ich betone, pro Jahr, allein in unserem Fachbereich! Sollen wir weniger Bleistifte kaufen? Gewiss nicht. Sie lachen zu Recht entsetzt, Herr Schmitz! Was kann ein Fachbereichsreferent wie Sie auch anderes tun! Soll der Dekan auf seinen Dienstwagen verzichten? Er würde es sofort tun! Aber er hat ja gar keinen! Einen Dienstwagen mit Chauffeur fährt nur der Präsident! Nein, meine Damen und Herren, es wird natürlich zuallererst am Personal gespart! Das sind die Posten, die am meisten ins Gewicht fallen! Geräte können wir so viele kaufen, wie wir wollen. Da wird das Geld mit vollen Händen hinausgeworfen! Jede noch so kleine Sekretärin, ja sogar der Pedell wird mit einem überteuerten Computer ausgestattet, einem Scanner, einem Farbdrucker! Ich will das hier nicht weiter ausführen. Punkt.«

Nach kurzer Pause setzt der Dekan sein Requiem auf die deutschen Universitäten fort, wieder hell und deutlich, jede zentrale Silbe betonend: »Meine Damen und Herren: Stellen werden abgebaut. Was heißt das? Sie werden nicht mehr nur für sechs Monate oder ein ganzes Jahr gesperrt, nein, sie werden ganz gestrichen. Nicht die kleinen C2-Stellen wie die vom Kollegen Kern – die es gar nicht mehr gibt und womit ich beileibe nichts gegen die Kollegen sage, die eine solche Stelle innehaben, es sind wahrlich nicht wenige in unserem Fachbereich, etliche davon hochqualifizierte Wissenschaftler, die sich vor Jahrzehnten eingeklagt haben –, nein, meine Damen und Herren, ›eingestampft‹ werden ausgerechnet die wichtigsten Stellen, die Ordinariate, auf die nur Koryphäen ihres Faches einen Ruf erhalten. Zumindest in München ist dies so, in Frankfurt am Main, in der Hauptstadt Berlin. Keiner wird oder sollte auf einen berühmten Lehrstuhl einer namhaften Universität berufen werden, wie der Ludwig-Maximilians-Universität, der Johann-Wolfgang-Goethe-Universität, der Humboldt-Universität und auch unserer noch jungen Freien Universität, der nicht schon in der Provinz C4 oder W3 und exzellent war!«

Hochschuldozent Dr. Kern steht auf. »Pardon, Spectabilis!« Er zieht den Vierkantschlüssel aus der Gesäßtasche, zeigt ihn in die Runde: »Ob ich wohl das Fenster wieder schließen…« Er nickt und schließt das Fenster wieder.

Der Dekan nutzt die Pause für ein kurzes Räuspern und fährt nun salbungsvoll fort: »Meine Damen und Herren: Sie kennen alle die Debatten zum Personalbemessungskonzept. Auch wir, der Herr Prodekan und ich als Ihr Dekan, haben die traurige Pflicht«, er beugt sich vor und blickt einigen Kollegen tief in die Augen, »alle unsere Stellen zu überprüfen. Ich spreche nicht von der Evaluierung, die steht uns ohnehin noch ins Haus. Ich meine die sogenannte ›Emeritierungswelle‹, die angeblich auf uns zurollt. Das Bundesministerium für Bildung und Forschung liebt es, Verlautbarungen herauszugeben, in denen es heißt, in den nächsten Jahren würden sechzig Prozent, wenn nicht gar mehr, der W- und C-Stellen frei werden, also Professorenstellen. Für die Ministerien sind Professoren ein Problem der Gerontologie. Zum Glück haben wir in Deutschland noch immer das Berufsbeamtentum, auch wenn unerfahrene junge Politikerinnen und Politiker ohne Studienabschluss sich eifrig bemühen, es abzuschaffen. Es wird ihnen nicht gelingen! Denn es ist das Berufsbeamtentum, das die Universitäten vor dem Untergang rettet! Ich sage das mit aller Deutlichkeit! Ohne das Berufsbeamtentum wären die jungen Menschen, die Jahr für Jahr in die deutschen Universitäten strömen und ein Anrecht auf eine qualifizierte Ausbildung haben, verloren. Verraten und verkauft! Und noch etwas: Ich kann Sie beruhigen, Sie, die Sie hier sitzen. Sie alle, zumindest die Älteren unter Ihnen, sind von den Attacken«, er sticht mit dem rechten Arm in die Luft, so dass der goldene Manschettenknopf selbst im trüben Neonlicht der Deckenbeleuchtung blitzt, »der Bundesforschungsministerin in Wirklichkeit nicht betroffen, weil in diesem unserem Lande noch immer die Besitzstandwahrung greift! Die Leidtragenden sind die jungen Menschen, die nachfolgenden Generationen, etwa die unseres jungen Kollegen Dr. Frohmann, unsere Junioren, obwohl Herr Frohmann ja auch kein Junior mehr ist.«

Der Dekan setzt zum Finale an:

»Meine Damen und Herren, wir werden kämpfen, wir kämpfen um das Ansehen des Faches Theaterwissenschaft, wir kämpfen um einen Lehrstuhl in Deutschland von internationalem Renommee. Und damit kämpfen wir auch für das Ansehen der Freien Universität Berlin, national und international. Wir müssen diesen Lehrstuhl retten, damit retten wir die Theaterwissenschaft und letztlich auch die Freie Universität Berlin. Wenn es denn ein historisches Gedächtnis und eine historische Verpflichtung gibt, dann ist dies ein würdiges Exemplum.«

Die Kollegen trommeln mit den Fingerknöcheln auf die Tischplatte.

Der Dekan entfaltet ein weißes Stofftaschentuch und wischt sich den Erregungsspeichel aus den Mundwinkeln. Hochschuldozent Dr. Kern steht auf: »Pardon, Spectabilis!« Er zieht den Vierkantschlüssel aus der Gesäßtasche. »Ob ich wohl das Fenster einen Spalt...« Dr. Kern nickt sich selbst zu und öffnet erneut das Fenster.

Der Dekan faltet das Tuch zusammen und steckt es ein. Der Prodekan zieht den Knoten seiner Krawatte enger, rückt sein durchsichtig blaues Plastik-Brillengestell zurecht, das immer nach vorn rutscht. Mit einer einladenden Geste beugt er sich vor: »Meine Damen und Herren, Sie haben die Worte des Herrn Dekans gehört. Nun sind Sie und wir alle gefordert zu überlegen, wie wir die Streichung beziehungsweise Kürzung der Stelle verhindern können. Ich eröffne die Aussprache.«

Die Gleichstellungsbeauftragte der FU, Frau Apl.-Prof. Dr. h. c. Ulrike Hofmann, Psychologie, mit der Fachbeschreibung ›Persönlichkeitspsychologie‹, eine junge Frau in dezentem beigefarbenen Kostüm, meldet sich mit einem unauffälligen Handzeichen zu Wort. Mehr ist bei einer Gleichstellungsbeauftragten nicht nötig. Sie streicht sich ihre weich fallenden Isabelle-Huppert-Strähnen hinters rechte Ohr und spricht mit sanfter, aber sicherer Mezzo-Stimme: »Mein lieber Herr Baumann, zunächst einmal darf ich feststellen – und das bitte ich zu Protokoll zu nehmen –, dass in diesem Fachbereich mit zweiundvierzig Professuren noch immer achtundzwanzig von Männern besetzt sind. Im Mittelbau sieht es nur wenig besser aus.«

»Ein Hoch auf die Mittelbäuerinnen!« Der fidele Weißschopf Prof. Dr. Heinz Schwegler hat nur den letzten Halbsatz gehört, denn er kommt gerade aus dem Stadtbad Charlottenburg und wie immer zu spät. Er freut sich, dass der Saal über seinen Kommentar lacht und blickt vergnügt in die Runde. Er klopft sich die Schuppen von seinem schwarzen Zweireiher, setzt sich neben den Kollegen Schuster, der ihm den Platz freigehalten hat, und findet ›die Ulrike‹ mit ihren Lachgrübchen richtig neckisch.

Die Gleichstellungsbeauftragte lächelt milde: »Dies ist keine Kritik an der falschen Kompetenz der Kollegen. Aber dies ist, im Vergleich zu anderen Fachbereichen, zu anderen Instituten, ein nicht zu tolerierender Zustand. Nehmen Sie unsere heutige Sitzung. Neunzig Prozent Männer! Sie wissen, dass die Bundesforschungsministerin den Anteil der Professorinnen bundesweit paritätisch auf fünfzig Prozent anheben will – und das wird Gesetz, glauben Sie mir.« Lächelt. »Das bedeutet, dass wir in diesem Fachbereich in den nächsten Jahren jede frei werdende Professur, ich betone *jede*, mit einer Frau besetzen, und wenn ich es als Frau formuliere: besetzen *wollen* und *werden*. Dazu wurden zu Recht auch die Vorgriffsprofessuren geschaffen.«

Der hochprozentige Intellektuelle Prof. Schuster wacht aus seinem Sekundenschlaf auf: »Was für ein Ding?« Prof. Schwegler versucht, dem Genossen Kollegen halblaut, aber so deutlich, dass alle es hören können, zu erklären, was damit gemeint ist: »Du wärmst einer Frau deinen Donnerbalken vor. Hast du das verstanden? Deine Professur ist im Voraus für eine Frau reserviert. Auf Lebenszeit.« Niemand lacht.

Dr. Hartmut Frohmann hebt die Hand. Sein Habil-Vater Prof. Dr. Siegfried Erfurt, der ihm schräg gegenübersitzt – er ist nicht nur Fachbereichsratsmitglied, sondern auch Kommissionsvorsitzender der zu besetzenden Stelle und Geschäftsführender Direktor des Instituts für Theaterwissenschaft –, kommentiert seine Geste mit einem mürrischen Blick.

Die Gleichstellungsbeauftragte ignoriert Prof. Schweglers Querschläger und Dr. Frohmanns Wortmeldung: »Gerade bei einem Fach wie Theaterwissenschaft, das heute hier Thema ist und das bis zu fünfzig Prozent, wenn nicht sogar mehr, von weiblichen Studierenden belegt wird, muss, wenn wir uns an die Vorgaben der Bundesforschungsministerin halten, und ich bin fest entschlossen, dies zu tun, der ›Lehrkörper‹, wie es heißt, mindestens ebenfalls zu fünfzig Prozent aus weiblichen Lehrenden bestehen, und zwar Professorinnen! Ich muss also darauf bestehen, dass die Menninger-Professur ausschließlich für eine Frau ausgeschrieben wird.« Sie lächelt nicht mehr.

Der Dekan: »Verehrte Kollegin, ich danke Ihnen für Ihre Ausführungen. Nur glaube ich nicht, dass wir das dürfen, ich bin mir sogar ziemlich sicher, dass wir das *nicht* dürfen. Ich bitte um Ihr Pardon. Das wäre ein Formfehler und ist rein *juristisch* nicht möglich, fürchte ich. Wir können uns dies intern vornehmen, es auch als Wunschziel formulieren, aber selbst das, ich wiederhole mich, ist uns im Grunde untersagt, solch eine Absichtserklärung ist nicht bindend und jederzeit anfechtbar. Zum Beispiel durch eine Konkurrentenklage. Wie wir alle wissen, muss das Menschenrecht der ›Gleichberechtigung‹ – die Chancengleichheit gilt auch für Männer – gewahrt werden, denn, wie heißt es doch um Grundgesetz, Artikel 3: ›Niemand darf wegen seines Geschlechtes (…) benachteiligt oder bevorzugt werden.‹« Eisige Stille. Der Fachbereichsreferent weist den Herrn Dekan auf weitere Wortmeldungen hin.

Der Dekan: »Ja, Herr Kollege Schwegler, Sie hatten sich gemeldet. Herr Frohmann, bitte nehmen Sie die Hand herunter. Ich rufe Sie auf, wenn Sie an der Reihe sind!« Hartmut Frohmann nimmt die Hand nicht herunter.

Prof. Schwegler heroisch, mit gerecktem Kinn: »Ja, Moment! Der Gedanke der Frauenbeauftragten – ich nenne Sie jetzt einfach so, Frau Kollegin Hofmann, denn im Grunde sind Sie ja nichts anderes – ist gar nicht mal so abwegig, wie es zunächst scheint. Und auch gar nicht dumm. Respekt! Wir würden damit doch gar nicht so schlecht fahren. Als politisches Argument sollten wir die Überlegungen der Genossin Frauenbeauftragten durchaus nutzen. Ich würde mal sagen, auf Präsidialebene und durchaus auch schon mal bei Sondierungen im Senat. Mal sehen, was die dazu so anklingen lassen. Das verpflichtet uns ja zu nichts. Es geht jetzt erst einmal um den Erhalt der Stelle an sich. Wenn die gesichert ist, dann können wir uns immer noch überlegen, was wir damit machen.«

Der Akademische Direktor Dr. Erwin Huber, romanistischer Sprachwissenschaftler, mit siebenundfünfzig habilitiert und vor Kurzem zum krönenden Abschluss seiner Karriere zum »Apl.-Prof.«, also außerplanmäßigen Professor ernannt, mit Urkunde vom Wissenschaftssenator, wie es sich gehört, aber, Berlin bleibt doch Berlin, nicht vom Senator überreicht, sondern per Post zugesandt und noch nicht eingetroffen, bereitet sich innerlich auf seinen Redebeitrag vor. Er putzt seine versilberte Tropfengestell-Brille, legt seine Notizen zurecht.

Prof. Schwegler: »Mit anderen Worten: Ich glaube nicht, dass man uns zwingen kann, die Professur mit einer Frau zu besetzen, wenn unter den Kandidaten ein höher qualifizierter Mann ist. Und wer qualifiziert ist oder nicht, das entscheiden immer noch *wir* beziehungsweise die Berufungskommission.«

Hartmut Frohmann stützt den erhobenen rechten Arm mit der linken Hand ab.

Der Dekan: »Herr Frohmann, bitte nehmen Sie die Hand herunter. Das ist ja wirklich irritierend.«

Der Prodekan: »Das muss ich auch sagen. Also bitte, Herr Dr. Frohmann.«

Prof. Erfurt gähnt, blickt aber nicht auf. Hartmut Frohmann nimmt die Hand herunter.

Prof. Schwegler fasst zusammen: »Also kurz und gut, ehe uns die Stelle flöten geht, kann sie von mir aus auch mit einer Frau besetzt werden, so flexibel sind wir da schon. In der Not frisst der Teufel Fliegen. Nicht wahr, Genosse Schuster?« Der Saal lacht.

Die Gleichstellungsbeauftragte, schon etwas schärfer: »Herr Dekan, ich bitte Sie, Herrn Kollegen Schwegler zur Ordnung zu rufen und ihm zu untersagen, sich in dieser Weise verächtlich über das weibliche Geschlecht zu äußern.«

Der Akademische Direktor Prof. Dr. Erwin Huber, der mit seinem Redebeitrag an der Reihe ist, betont jedes Wort: »Also ich sehe das so.« Rutscht auf dem Stuhl weiter nach vorn, stützt die Ellenbogen auf den Tisch: »Ich stimme in Teilen dem Kollegen Schwegler zu, in Teilen aber auch der Kollegin Hofmann. Es sollte in der Ausschreibung der Fairness halber deutlich werden, dass wir planen, die Stelle mit einer Frau zu besetzen. So! Das muss im Ausschreibungstext deutlich werden, damit sich auch die entsprechend qualifizierten Frauen bewerben und qualifizierte Männer sich nicht unnötig bewerben. Können Sie mir folgen?«

Der Dekan: »Herr Huber, sind Sie fertig?«

Prof. Huber: »Nur noch ein Satz. Ich gehe sogar so weit vorzuschlagen, in den Ausschreibungstext eine Formulierung aufzunehmen, die über das hinausgeht, was ohnehin schon immer im Kleingedruckten steht, nämlich, Sie wissen schon: ›Frauen, Behinderte und so weiter werden nachdrücklich aufgefordert, sich zu bewerben‹.«

Prof. Schwegler: »Also gegen eine gutaussehende Transvestitin – oder sagt man Transsexuellin? – da müssten wir Herrn Dr. Frohmann fragen, der ist Experte auf diesem Gebiet –, also dagegen hätte ich nichts einzuwenden. Solange man es nicht merkt!«

Prof. Schuster: »Spätestens im Prinzenbad merkst du es!«

Die Professoren Schwegler und Schuster lachen als Einzige über ihre Wortspiele, die Studierenden trauen sich nicht zu protestieren, um ihren Modulabschluss nicht zu gefährden.

Der Dekan: »Meine Herren, ich muss doch sehr bitten!«

Prof. Erfurt kämpft mit dem Schlaf. Der Wodka, den er in der Projektbesprechung mit seiner Lehrbeauftragten, Priv.-Doz. Dr. Monika Schneider, konsumiert hat, ist allmählich abgebaut. Hartmut Frohmann hebt wieder den Arm.

Prof. Huber blickt in die Runde, fährt fort: »Nur noch dies eine: Man müsste also einen Passus aufnehmen, der etwa folgendermaßen lautet: ›Theater des 20. Jahrhunderts‹ – und jetzt kommt es – ›mit einem Schwerpunkt in der Frauen- und Geschlechterforschung.‹« Lehnt sich selbstzufrieden zurück.

Die Gleichstellungsbeauftragte nickt: »Das sehe ich genauso. Das hätte ich auch so vorgeschlagen. Diese oder eine ähnliche Formulierung möchte ich als Beschlussantrag gestellt wissen.«

Der Dekan: »Wir werden die Stelle natürlich nicht als W3-Lehrstuhl halten können.«

Hartmut Frohmann spricht laut dazwischen, mit gehobenem Arm: »Es gibt keine Lehrstühle mehr! Die sind längst abgeschafft. Es hat auch nicht mehr jeder Professor Anspruch auf eine eigene Sekretärin!«

Der Dekan scharf: »Herr Dr. Frohmann, ich fordere Sie auf, nehmen Sie die Hand herunter und halten Sie sich an die Rednerliste! Ich betone noch einmal: Wir werden die Stelle natürlich nicht als W3-Lehrstuhl erhalten können. Sie wird, wenn wir sie mit einer Frau besetzen, natürlich auf W2 herabgestuft werden, wenn nicht gar auf eine Juniorprofessur mit Tenure-Track.« Die Gleichstellungsbeauftragte schüttelt den Kopf.

Der Dekan pocht elegant mit der Faust auf den Tisch: »Aber ich werde kämpfen, um dies zu verhindern, das kann ich Ihnen versprechen!«

Die Gleichstellungsbeauftragte nickt wieder.

Hochschuldozent Dr. Kern gestattet sich diesmal, ohne zu fragen, in schweigendem Einvernehmen mit Spectabilis, das Fenster ganz weit aufzuziehen, eine Aktion, bei der die beiden Fachschaftsvertreter sich wegducken müssen. Dr. Kern steht mit sehr ernstem Gesicht da und hält den Fensterflügel fest, damit sich niemand verletzt. Nach fünfzehn Sekunden bedeutet er den Studierenden mit einer Geste, sich wieder zu ducken, und schließt das Fenster erneut mit dem Vierkantschlüssel. Die Fenster können alle nur mit dem Vierkantschlüssel geöffnet werden, und zwar nur vom Lehrpersonal – oder natürlich den Reinigungskolonnen – oder unter Aufsicht des Lehrpersonals, denn zu viel ist schon passiert in den letzten Jahren. Nicht nur Studierende, sondern auch ›Lehrkörper‹ haben auf diese Weise ihre Universitätslaufbahn beendet. Der letzte traurige Fall war ein Oberassistent, verbeamtet auf Lebenszeit, dessen paranoiden Schub keiner voraussehen konnte.

Die Gleichstellungsbeauftragte klar und freundlich: »Sie können auf mich zählen. Ich bin auch nicht so pessimistisch, was die Einstufung betrifft. Gerade die Tatsache, dass wir die Stelle mit einem Frauen- und Geschlechterschwerpunkt ausschreiben und mit einer Frau besetzen werden, ist das beste Argument, sie als W3-Stelle zu erhalten. Die Bundesforschungsministerin ist ja bestrebt, den Frauenanteil gerade bei den Stellen mit der höchsten Besoldungsstufe zu erhöhen!«

Prof. Schwegler vergnügt: »Jawohl, Frau Frauenbeauftragte. So gefallen Sie uns! Werfen Sie sich voll in die Waagschale, wuchern Sie mit Ihren veganen Pfunden! Der Frauentopf ruft!«

Prof. Schuster, mit rotem Kopf, langsam irritiert: »Können wir nun endlich abstimmen? Die Sache scheint ja klar zu sein...«

Hartmut Frohmann reckt seinen Arm jetzt senkrecht in die Luft. Prof. Schwegler bewundert Hartmut Frohmanns Hemd: »Hübsch. War das ein Hochzeitspräsent vom damaligen Regierenden Bürgermeister? Sagen Sie mal, Genosse Frohmann, im Ernst, vielleicht wissen Sie eine Antwort. Können Sie mir erklären, warum lesbische Frauen in puncto Mode, anders als homosexuelle Männer, keine Trendsetterinnen sind?« Betretenes Schweigen im Saal.

Der Dekan: »Auf meiner Rednerliste stehen noch Kollege Lorenz und Dr. Frohmann. Herr Dr. Frohmann, bitte nehmen Sie die Hand herunter, ich sehe auch so, dass Sie sich gemeldet haben. Kollege Lorenz, bitte.«

Hartmut Frohmann nimmt den Arm herunter, schüttelt den Kopf.

Prof. Schwegler leise, fast kameradschaftlich: »Lassen Sie sich nicht unterbuttern, junger Mann. Homophobie, nein danke! Machen Sie es wie ich. Wenn Sie etwas zu sagen haben, fahren Sie ihnen in die Parade!« Zu Prof. Lorenz, der seine Wortbeiträge immer stehend abgibt, schneidend: »Fassen Sie sich kurz! Dr. Frohmann will auch noch etwas sagen!«

Prof. Dr. Lorenz, 58, Akademischer Rat für Anglistik, Australien-Experte mit einem Aborigines-Schwerpunkt, wirkt in seinem hellbraunen Wildlederblouson und dem braun-grün gestreiften Hemd eher unauffällig, seine Haut- und Gesichtsfarbe korrespondiert mit seinem Blouson. Er formuliert bedächtig monoton: »Spectabilis, liebe Kolleginnen und Kollegen. Wir müssen unsere genetisch und gentechnisch nicht veränderten biologischen Professuren erhalten!« Lachen und Raunen im Saal.

Der Dekan klopf auf den Tisch: »Meine Damen und Herren, so kommen wir nicht weiter!«

Prof. Lorenz redet unbeirrt monoton weiter: »Ja, Sie lachen. Aber das sind keine *peanuts*. Wenn ich zum Beispiel ein Kalb mit gentechnisch verändertem Futter aufziehe, so hat das fatale Folgen für den *out-put*, das heißt, für die Qualität des Fleisches und die Fortpflanzung. Nun übertragen Sie das mal auf unsere Lehre! Sie werden staunen, was dabei herauskommt! Ich bin der Auffassung, und davon lasse ich mich nicht abbringen, dass von der ›Genderisierung‹ – man könnte auch sagen ›Gendrifizierung‹ – der Lehre und Forschung an den deutschen Hochschulen ein gesundheitsschädigender Einfluss ausgeht. Auf wen? Auf unsere Studierenden! Die folgenden Generationen!« Die beiden Studierendenvertreter sehen sich an und kichern hinter vorgehaltener Hand.

Prof. Lorenz schließt mit einem Statement: »Ich plädiere für einen artgerechten Verbraucherschutz an den deutschen Hochschulen.« Er nimmt wieder Platz, blickt triumphierend um sich.

Der Dekan sehr ernst: »Ich danke Ihnen, Herr Kollege! Nun bitte keine weiteren Wortmeldungen. Herr Dr. Frohmann hatte sich noch gemeldet. Bitte! Aber fassen Sie sich in Anbetracht der fortgeschrittenen Zeit bitte kurz.«

Hartmut Frohmann schließt den obersten Knopf seines türkisfarbenen Hemdes, eine Krawatte hat er sich aus Protest gegen den korrupten Staat heute Morgen von Fred nicht umbinden lassen. Auch knöpft er den mittleren Knopf der grünen Fischgrätenjacke zu, die nicht richtig sitzt. Er hebt seine leise Stimme, blickt den Dekan scharf an: »Ich protestiere auf das Schärfste gegen Form und Inhalt dieser Diskussion!«

Tristan, der die ganze Zeit schnarchend hinter Prof. Erfurts Stuhl gelegen hat, setzt sich auf und blinzelt Hartmut Frohmann mit seinen feuchten Augen an.

Prof. Schuster lehnt sich saturiert zurück: »Damit können wir leben!« Betretenes Schweigen. Prof. Erfurt, der sich nicht einmal von einer Sprinkler-Anlage das Rauchen verbieten lassen würde, steckt sich seine Pfeife an und bläst dicke Rauchschwaden in die Runde. Dr. Kern packt den Vierkantschlüssel, den er gerade gezückt hat, wieder in die Gesäßtasche.

Hartmut Frohmann fixiert weiter den Dekan: »Die Gleichstellungsbeauftragte hat hier sachliche Argumente vorgetragen, die inhaltlich zum großen Teil richtig sind. Die Misere ist bekannt.

Und das politische Ziel, dass der Anteil der Professorinnen erhöht werden muss, ist richtig. Aber wie soll die Zahl der Professorinnen auf fünfzig Prozent erhöht werden bei einem derzeitigen Männeranteil von neunzig Prozent? Indem in den nächsten Jahren ausschließlich Professor*innen* berufen werden! Nur so kann der Anteil von insgesamt fünfzig Prozent erreicht werden! Und das ist männerfeindlich, das ist Sexismus! Haben Sie sich schon einmal Gedanken gemacht, was der Quotenterror für junge Männer meiner Generation bedeutet? Wir werden von der Universitätslaufbahn ausgeschlossen, wir werden von den Universitäten ausgesperrt, wir werden mit Berufsverbot belegt!«

Prof. Schwegler beschwichtigt fröhlich: »Junger Kollege! Jetzt lassen Sie doch mal die Kirche im Dorf! Noch ist nicht aller Tage Abend! Sie kriegen in zwanzig Jahren eine Senior-Professur für Spätberufene!«

Der Dekan: »Herr Dr. Frohmann, kommen Sie bitte zum Ende!«

Hartmut Frohmann scharf: »Ich lasse mir von Ihnen nicht das Wort verbieten. Ich habe mir stundenlang schlüpfrige Bemerkungen anhören müssen. Jetzt hören Sie mir zu!«

Tristan schüttelt sich und trottet zur Tür des Sitzungssaals.

Der Dekan: »Herr Dr. Frohmann! Ich rufe Sie zur Ordnung! Bitte nicht in diesem Ton! Und bitte reden Sie zur Sache, und verschonen Sie den Fachbereichsrat mit Ihren privaten Problemen und persönlichen Befindlichkeiten. Sie sind hier immerhin nur Gast. Bitte missbrauchen Sie Ihr Rederecht nicht!«

Hartmut Frohmann: »Es ist widerlich, mitansehen und hören zu müssen, mit welcher Nonchalance, mit welchem Zynismus und welcher Kaltschnäuzigkeit Sie sich hier gebärden!«

Prof. Schuster platzt der Kragen: »Geht's eine Nummer kleiner?! Keiner zwingt Sie! Ich höre mir das nicht länger an!« Er bleibt aber sitzen und verschränkt die Arme mühsam vor dem Bauch.

Hartmut Frohmann blickt in die Runde: »Sie machen es sich so einfach, Sie hatten es alle so leicht. Sie wurden berufen, als die Bundesrepublik in Geld schwamm und zahlreiche Universitäten und Gesamthochschulen neu gegründet und im Osten mit ›Buschzulagen‹ ausgestattet wurden. Greifswald, Leipzig, Chemnitz, Zwickau. Sie waren damals alle Hochschulassistenten. Alle Anfang 30! Sie konnten sich die Professuren aussuchen. Und das, ohne habilitiert zu sein! Die meisten von Ihnen hier im Raum, die sich als Ordinarien aufspielen, sind nicht habilitiert, haben außer ihrer mickrigen Doktorarbeit und Festschriftbeiträgen, in denen Sie alte Artikel aufwärmen, keine Zeile mehr geschrieben, seit einem Vierteljahrhundert! Ich habe das überprüft! Und dann gehen Sie vorzeitig in den Ruhestand, sitzen in Ihrem Haus in Spanien am Swimmingpool und kassieren noch dreißig Jahre dicke Pensionen! Mit der Haushaltssperre und den gestrichenen Stellen finanziert der Staat Ihr Rentnerparadies. Das ist pervers und kriminell!«

Prof. Schuster tobt: »Jetzt reicht es! Ich lasse mich doch von Ihnen nicht als Kriminellen beschimpfen! Dafür kann ich Sie anzeigen! Hören Sie endlich auf!«

Der Dekan schlägt mit der flachen Hand auf den Tisch. Der Prodekan redet leise beschwichtigend auf ihn ein.

Hartmut Frohmann wird immer lauter. »Es ist abscheulich, wie Sie sich auf Kosten junger Männer vor den Frauen als die spendablen Kavaliere aufspielen! Wenn Sie es wirklich ernst meinen, wenn Sie wirklich so soziale Demokraten sind, wie Sie großsprecherisch immer behaupten, dann müssten Sie Ihre Stellen halbieren, dann müsste jeder von Ihnen die Hälfte oder ein Drittel seines Gehaltes für die Finanzierung junger Nachwuchswissenschaftlerinnen und Nachwuchswissenschaftler zur Verfügung stellen!«

Prof. Schuster hebt beide Arme: »Ich mache einen konstruktiven Vorschlag! Professor Erfurt verzichtet für Herrn Dr. Frohmann auf die Hälfte seines Gehalts. Was hältst du davon, Siegfried!?«

Prof. Erfurt runzelt die Stirn.

Prof. Schwegler halblaut zum Kollegen Schuster, so dass es alle hören: »Der Frohmann ist doch nicht darauf angewiesen. Der hat doch seinen Galeristen. *Der* könnte doch eine Stiftung für benachteiligte Männer gründen! Das wäre die Rettung der Nation!«

Der Dekan: »Meine Herren, ich bitte Sie! Herr Dr. Frohmann, sind Sie nun endlich mit Ihrer Suada zu Ende?«

Hartmut Frohmann stottert: »Das Wort kriminell nehme ich zurück. Dafür entschuldige ich mich!« Mit festerer Stimme: »Ich stelle den Antrag, dass der Antrag von Frau Prof. Hofmann abgelehnt wird!« Er setzt sich. Prof. Erfurt wirft einen besorgten Blick auf ihn. Betroffenes Schweigen.

Der Dekan fragt den Fachbereichsreferenten: »Darf Herr Dr. Frohmann überhaupt einen Antrag stellen, Herr Schmitz? Er ist doch hier nur Gast.«

Der Fachbereichsreferent: »Also Rederecht hat er, das weiß ich!« Er blättert im Universitätsgesetz: »Einen Antrag aber darf er nicht stellen, soweit mir bekannt ist.«

Prof. Dr. Schuster fährt kurz und bündig dazwischen: »Ich stelle den Antrag, dass der Antrag von Herrn Frohmann abgelehnt wird.«

Der Dekan hakt rasch nach: »Gibt es einen Gegenantrag zu dem Antrag von Professor Schuster? Nein? Ich sehe, das ist nicht der Fall ... Wer ist gegen den Antrag von Herrn Professor Schuster? Eine Stimme. Wer enthält sich? Niemand! Der Antrag von Prof. Schuster, dass der Antrag von Herrn Frohmann abgelehnt werde, ist somit angenommen! Factum est!« Zum Fachbereichsreferenten Schmitz: »Sie brauchen nicht weiter zu suchen!«

Der Fachbereichsreferent leise zum Dekan: »Wir dürfen keinen Formfehler machen!«

Der Dekan beiseite: »Ist gegessen. Selbst wenn sich herausstellen sollte, dass Frohmann antragsberechtigt ist, so ist der Antrag bereits abgelehnt.«

Eine Stimme aus dem Hintergrund: »Ich stelle den Antrag, dass keine Anträge mehr gestellt werden dürfen.« Der Saal kann wieder lachen.

Der Dekan: »Meine Damen und Herren, somit kommen wir nun zum Beschluss über den Antrag der Gleichstellungsbeauftragten. Frau Professor Hofmann, würden Sie bitte Ihren Formulierungsvorschlag noch einmal wiederholen, gegebenenfalls präzisieren.«

Die Gleichstellungsbeauftragte spricht langsam, damit der Fachbereichsreferent mitschreiben kann: »Ich beantrage also, als verpflichtend in den Ausschreibungstext der wiederzubesetzenden W3-Professur für Theaterwissenschaft, ›Theater des 20. Jahrhunderts‹, die Zusatzformulierung aufzunehmen, ›mit einem Schwerpunkt in der Frauen- und Geschlechterforschung‹.«

Der Dekan: »Ich danke Ihnen, Frau Kollegin. Meine Damen und Herren: vorbehaltlich der Nichtstreichung, vorbehaltlich der Nichtherabstufung, fassen wir nun also den Beschluss, dass der Ausschreibungstext folgende Zusatzformulierung erhält…«

Der Fachbereichsreferent korrigiert zurückhaltend: »Richtig muss es heißen: ›Wir stimmen darüber ab, ob…‹«

Der Dekan: »Richtig! Wir stimmen nun also darüber ab, ob der Ausschreibungstext die genannte Zusatzformulierung erhalten soll oder nicht.« Zum Fachbereichsreferenten: »Das muss nicht geheim sein, das können wir doch mit Handzeichen machen, mein lieber Herr Schmitz?« Der Fachbereichsreferent nickt wohlwollend. »Wer also dagegen ist, dass der Text die Zusatzformulierung erhält, der hebe die Hand. Eine Stimme! Enthaltungen kann es bei dieser Abstimmung nicht geben. Dann sind alle anderen dafür. Damit ist der Antrag angenommen. Herr Schmitz, Sie zählen das dann noch genau aus.« Erneutes Nicken des Fachbereichsreferenten.

Hartmut Frohmann hebt den Arm und ruft dazwischen: »Ich protestiere. Sie dürfen gar nicht darüber abstimmen. Der Fachbereichsrat ist dazu nicht befugt. Sie dürfen höchstens eine Empfehlung aussprechen! Die Entscheidung darüber fällt in letzter Instanz der Präsident der Universität.«

Der Dekan ignoriert Frohmann: »Damit wäre Punkt römisch drei der Tagesordnung abgeschlossen. Ehe wir zu Punkt vier, ›Bibliotheksmittel‹, schreiten, unterbreche ich die Sitzung für zehn Minuten.« Er erhebt sich und rauscht mit dem Prodekan und Fachbereichsreferenten hinaus.

Dr. Kern zieht den Vierkantschlüssel aus der Gesäßtasche, öffnet das Fenster weit und bewacht es mit sehr ernster Miene, auch, um den liebenswerten Kollegen, Privatdozent Dr. Frohmann, vor einer unüberlegten Handlung bzw. vor sich selbst zu schützen. Die Mitglieder des Fachbereichsrats strecken sich, gehen hinaus in den Flur. Hartmut Frohmann rafft seine Unterlagen zusammen. Einer der beiden Fachschaftsvertreter, der junge Mann mit dem Zopf, kommt, sich eine Zigarette drehend, um den Tisch herum: »Ich finde es supergeil, dass du es den alten Säcken gezeigt hast. War echt scharf, du, super!« Der Student schlendert hinaus in die Raucherecke.

Auch Prof. Erfurt, der der Zusatzformulierung zugestimmt hat, kommt zu Hartmut Frohmann. Er ist betreten. Er klopft ihm verlegen auf die Schulter, weiß nicht so recht, was er sagen soll.

Hartmut Frohmann, ohne ihn anzuschauen: »Und du bist auch umgekippt!«

Prof. Erfurt: »Du siehst das viel zu verbissen!« Dann trottet er auf die Toilette. Tristan trottet ihm hinterher.

Hartmut läuft, mit seiner Tasche unterm Arm, auf dem Gang dem bleichen Professor in die Arme, der die Sonderabteilung Puppenspiel betreut: »Nicht so stürmisch, junger Mann! Hat mir übrigens gefallen, Ihr Auftritt, auch was Sie gesagt haben.« Hartmut bleibt widerwillig stehen.

Der Professor packt ihn mit seinen Nikotinfingern am Arm, was Hartmut Frohmann unangenehm ist: »Sie müssen noch viel gelassener werden. Sie gehen viel zu emotional an die Sache heran. So kriegen Sie keinen herum. Ich weiß, was ich sage. Ich war auch mal so wie Sie.«

»Sie haben eine Stelle!«

»Sie werden auch noch Professor. Früher, als Ihnen lieb ist. Wie alt sind Sie? Fünfunddreißig? Sie haben noch so viel Zeit! Schauen Sie: Die können doch den Laden nicht ganz dicht machen! Sehen Sie sich um. Alle um die sechzig. Alles K-Professoren: Krebs, Kreislauf-Kollaps, Knacks im Kopf!«

Hartmut Frohmann ist das Gespräch unangenehm. Der Puppenspiel-Professor lässt ihn nicht los. »Ich kenne meine Pappenheimer. Das hier ist ein Sauladen. Wer geht schon in den Fachbereichsrat! Hier sitzen nur Nullen herum.«

Hartmut Frohmann aggressiv: »Warum sitzen Sie im Fachbereichsrat?«

»Ich war an der Reihe. Ließ sich nicht vermeiden.« Hebt in Zeitlupe die Schultern: »Die zwei Jahre gehen auch vorüber. Ich bringe mir Arbeit mit. Ich lese die Sonderdrucke, die mir von Kollegen geschickt werden. Dazu komme ich ja sonst nicht. Im Fachbereichsrat kann man ungestört arbeiten.«

»Mit der Einstellung wird sich nie etwas ändern.«

»Was wollen Sie denn ändern? Hier ändern Sie sowieso nichts. Hier wird nur geredet. Ich rate Ihnen in Ihrem eigenen Interesse: Suchen Sie sich eine Nische. Betreiben Sie Ihre Forschung, solange Sie jung sind. Carpe diem! Später kommt nicht mehr viel. Da können Sie sich in die Gremien setzen. Schreiben Sie weiter Ihre schönen Texte. Jetzt!«

»Genau das kann ich nicht mehr. Wie soll ich denn in Ruhe arbeiten, wenn es morgen aus ist. Wenn die Stelle ausläuft, stehe ich vor dem Nichts!«

»In Deutschland steht niemand vor dem Nichts!«

Hartmut Frohmann macht sich frei: »Das hilft mir auch nicht weiter. Sie verschwenden Ihre kostbare Zeit.«

»Na, na. Das sind starke Worte. Denken Sie mal darüber nach. Wie sagt Ihr Lehrer immer: ›historisch gesehen!‹ Machen Sie's gut. Ich muss gehen. Ich habe einen Arzttermin. Schauen Sie doch mal auf einen Kaffee vorbei. Ich unterhalte mich gern mit Ihnen.«

*

Abends geht Hartmut Frohmann ins Fitnesscenter. Wenn er es schafft, dreimal die Woche. Vor allem an solchen Tagen wie heute, nach dieser ekligen Fachbereichsratssitzung. Hartmut trainiert nicht in einem gestylten schwulen Club, sondern in einem stinknormalen Fitnesscenter: fleckiger, abgeschabter Teppichboden, Pilz in der Dusche, aber rundum polierte Spiegelwände und die neusten Aufbaupräparate. Hier trainieren vor allem die jungen Typen aus der Nachbarschaft. Viele von ihnen sind arbeitslos und kommen deshalb täglich. Wohin denn sonst mit der ganzen Kraft und Schönheit! Die Schwulen danken es ihnen. Aber Hartmut sieht nicht hin. Fred umso genauer. Hartmut interessiert auch nicht, woher Fred den Geschäftsführer, einen jungen Serben, kennt, der ihm immer einen Ehrenplatz bei internationalen Boxkämpfen verschafft. Hartmut weiß auch nicht, warum er hier umsonst trainieren darf. Egal. Selbst die beiden Rottweiler begrüßen ihn herzlich, wenn man das von Hunden behaupten kann, obwohl Hartmut Hunde nicht ausstehen kann.

Und jetzt absolviert Hartmut gerade seine Aufwärmübung, das heißt, er joggt seit zwanzig Minuten, nur mit einem *Calvin-Klein*-Slip bekleidet, auf dem Fließband auf der Stelle. Der Serbe, Hartmut kann sich seinen Namen nicht merken, bittet ihn wieder, ein Sweatshirt und Jogginghosen anzuziehen, das rosa Badetuch um den Hals reiche nicht. Schweiß muss fließen. Die Gelenke sollen warm werden, nicht die Kunden. Er müsse auf den guten Ruf seines Studios achten. Hartmut macht, was er für richtig hält. Abends um dreiundzwanzig Uhr trainieren ohnehin nur wenige Club-Mitglieder.

Fred ist nicht mitgekommen. Er ist nur einmal eine halbe Stunde auf dem Fließband gelaufen, für eine Berliner Sekt-Werbung mit Promis. Das hat ihm gereicht. Nie in seinem Leben kam er sich lächerlicher vor. Aber jetzt kann er zumindest nachvollziehen, warum Hundetrainer ihre Kampfhunde stundenlang auf solchen Fließbändern quälen. Hartmut macht sich solche Gedanken nicht. Er macht sich andere, er stellt sich gerade vor, wie er die Gleichstellungsbeauftragte der FU durch den Grunewald verfolgt.

»Du musst es dir ganz genau vorstellen«, hat ihm sein ehemaliger Studienfreund Georg, der Psychologe, geraten, dem er ab und zu sein Herz einen Spalt breit öffnet: »Nur so wirkt das Imaginationstraining.«

Hartmuts Lippen verziehen sich zu einem Lächeln, seine Augen glänzen, wenn er sieht, wirklich sieht, wie sich die hechelnde Gleichstellungsbeauftragte mit angstverzerrtem Gesicht, weit aufgerissenen Augen und offenem Mund nach ihm umdreht, er ihr ganz langsam im Unterholz immer näher kommt, ganz langsam, in weiten, ruhigen, rhythmischen Laufschritten näher kommt, dann wieder etwas zurückfällt, um dann noch dichter aufzuschließen. Wie sie mit kleinen hektischen Schrittchen über Wurzeln stolpert, mit ihren Haaren die taubedeckten Spinnweben von Bäumen abstreift, hoffentlich auch die riesigen Kreuzspinnen. Hartmuts Herz schlägt höher, schneller. In den Bauch einatmen, einundzwanzig, zweiundzwanzig, dreiundzwanzig... Ausatmen, jetzt Brustatmung, einunddreißig, zweiunddreißig, dreiunddreißig, ja, entspannen, Arme locker, Hände nicht verkrampfen. Frau Professor Hofmann..., Frau Professor Hofmann..., wovor haben Sie denn Angst? Warum transpirieren Sie denn so, ich schwitze doch auch nicht, Sie haben ja Schweißflecken unter Ihrem rasierten Arm, Ihr Rückendekolleté ist ja ganz dunkelfeucht, passen Sie auf, der Zweig zerkratzt Ihr Gesicht. Schön, der kleine Riss auf der Stirn! Steht Ihnen gut. Achtung, ein Stein. Sie stolpern ja, Sie sind doch sonst so sicher. Was machen Sie denn mit Ihren Armen, wedeln Sie doch nicht so wild mit den Armen, atmen Sie doch nicht so stoßweise, Sie zucken ja richtig. Sie haben ja richtig hektische Flecken am Hals. Stöhnen Sie nicht so laut! Ich komme...

»Hallo, Herr Professor!«

Hartmut stolpert, kommt aus dem Tritt, muss sich an den Seitenstangen festhalten. Seine Halsschlagader klopft, Schweiß rinnt von der Stirn in die Augen. Er blickt hasserfüllt zum Nachbarband.

»Befinden Sie sich auf dem Weg zu sich selbst?« Ein kräftiger junger Mann mit struppigem braunen Haar strahlt ihn aus grünen Augen an.

»Sie haben mich unterbrochen!«

»Ich bin Wolfgang!« Er stellt sich die Zeituhr auf dem Laufband ein, beginnt sich langsam warm zu laufen.

»Sie haben mich bei der Arbeit gestört! Dreiundzwanzig Minuten. Es fehlen noch sieben Minuten. Die ganze Übung zerstört!«

Wolfgang muss lachen: »Kennst du mich nicht mehr? Wolfgang! Erinnerst du dich nicht mehr? Ich sage nur: Schaubühne!«

Hartmut stellt das Laufband auf »Reset«.

»Ich dachte, du bist längst tot.«

Wolfgang läuft locker auf dem Fließband, breitet die Arme aus.

»Voilà. Ich lebe! Du hast mich also doch erkannt!«

»Was willst du?« Hartmut versucht sich wieder einzulaufen, findet seinen Laufrhythmus nicht mehr.

»Ich halte mich fit. Ruhig, rhythmisch, regelmäßig.«

»Wozu, für wen, für was?« Hartmut schlägt auf die Tastatur des Timers, um das Band abzuschalten.

»Ich bin Schauspieler, wie du dich sicher erinnerst!«

»Stehst du noch immer auf der Straße?«

»Ich arbeite frei!«

»Bist du wieder als Kafkas Affe unterwegs?«

»Nein!«

Hartmut steigt vom Fließband, trocknet sich den Schweiß vom Gesicht und geht in den Geräteraum.

Wolfgang springt vom Laufband, geht Hartmut nach.

»Du hast nie zurückgerufen!«

»Ich habe einen Partner! Außerdem habe ich etwas gegen Leute, die pausenlos reden!«

»Unseren Sex fandest du affengeil!«

»Das ist fünf Jahre her! Würdest du mich jetzt bitte trainieren lassen! Ich habe keine Zeit für Geplauder! Jede Minute zählt.«

Hartmut klemmt sich hinter den Butterfly.

»Wenn du mir schon wie ein Dackel hinterherrennst, kannst du auch die Gewichte einstellen. Erhöhe auf fünfzig Kilo!«

»Geil! Du siehst super aus!«

»Und jetzt geh bitte, ich muss mich konzentrieren.«

Wolfgang lehnt sich an eine Spiegelwand und beobachtet Hartmut und sich selbst, hebt sein T-Shirt, zählt seine Waschbrettrillen, findet, dass sie sich ähnlich sehen. Allerdings hat er weniger graue Haare als Hartmut, stellt er zufrieden fest. Dafür sind die Falten um den Mund etwas tiefer geworden.

Hartmut schließt die Augen, winkelt die Arme in Schulterhöhe im 90°-Winkel an und beginnt die Ellenbogen synchron vor der Brust zusammenzupressen. Zwanzigmal hintereinander, im Rhythmus einer Tina-Turner-Schnulze. Eine Männerstimme wäre ihm lieber, aber es geht auch so. Aber das Bild von Prof. Dr. Heidelind Hausinger will sich nicht einstellen, so sehr sich Hartmut auch anstrengt zu imaginieren, wie er ihren Kopf in einem Schraubstock zusammenquetscht, wie er den Schraubstock immer enger zusammenpresst, ja, zusammenpresst, bis Heidelind Hausingers Schläfenknochen knacken, ja, bis Heidelind Hausingers Schläfenknochen knacken, ja, bis sie knacken. Sie knacken aber nicht.

Hartmut reißt die Augen auf.

»Was?«

Wolfgang streicht ihm über die Stirn. »Verzerre dein Gesicht nicht so! Du sollst mit den Armen arbeiten und nicht mit dem Gesicht!«

»Fass mich nicht an. Ich muss mich konzentrieren! Verdammt!«

Wolfgang tritt einen Schritt zurück, leicht erschrocken: »Gott, seit wann bist du denn so aggressiv? Du machst das viel zu verkrampft! Komm, lass uns in den Whirlpool gehen! Entspannung ist angesagt.«

Hartmut verzerrt das Gesicht, aber nicht vor Anstrengung. »Nein! Ich muss mein Programm durchziehen. Und du sollst mir nicht andauernd wie ein Hund hinterherlaufen!«

Hartmut geht an die Trizeps-Maschine, stellt einhundert Kilo ein, schließt die Augen, das rechte Bein leicht nach vorne gestellt und abgewinkelt, drückt er den Kabelzug mit beiden Unterarmen langsam nach unten. Und plötzlich geht es ganz einfach. Er steht mitten auf einem Gerüst und zieht den fetten Professor Schuster am Galgen nach oben, der Fleischerhaken hat sich unter Schusters Kinn ins Fleisch gegraben und tritt im rechten Auge wieder aus. Elf, zwölf, dreizehn, vierzehn, fünfzehn, auf, ab, auf, ab, halten, halten, halten. Schusters Auge tropft auf den Boden. Pause. Die Studierenden applaudieren. Blut tropft.

»Wolfgang, steck das Gewicht um auf hundertzwanzig Kilo! Los, mach schon!« Hartmut hält die Augen weiter geschlossen. Wolfgang gehorcht. Wärme durchströmt nicht nur die Arme, sie steigt die Brust hinauf bis in den Kopf, strömt bei jedem Senken der Arme und Ausatmen hinunter in den Bauch! Achtundneunzig, neunundneunzig, einhundert. Hartmut öffnet die Augen. Lächelt.

»Genug für heute. Jetzt kannst du mir einen Schwank aus deinem Leben erzählen.«

»Hier«, Wolfgang schiebt sein Sweatshirt hoch, »fass meine Brust an.« Nimmt Hartmuts Hand, fährt mit ihr langsam über seine angespannten Brustmuskeln: »Toll, nicht?! Jeden Tag hundert Liegestütze. Das reicht für Brust, Rücken, Trizeps. Trainiert alles.«

Hartmut lässt ihn stehen, zuckt mit der Schulter. »Wofür, für wen?«

Wolfgang läuft ihm nach, wedelt begeistert mit den Armen. »Ich habe Andrea Breth vorgesprochen.«

»Na und?«

»Wer kriegt schon einen Termin bei Andrea, noch dazu ein Vorsprechen. Das zeigt, ich bin gut. Ich bin einfach gut!«

»Das sagst du, seit wir uns kennen! Und ein festes Engagement in Berlin hast du immer noch nicht! Ich muss jetzt duschen!«

Wolfgang versteht in seiner positiven Lebenseinstellung alles als Angebot: »Dann duschen wir eben!«

»Was machst du eigentlich den ganzen Tag?« Sie stehen inzwischen gemeinsam unter einer Dusche, Hartmut lässt sich mit geschlossenen Augen dampfendes heißes Wasser übers Gesicht laufen. Wolfgang stellt den Temperaturregler auf Mitte. »Bist du wahnsinnig! Was ich mache? Ich arbeite an mir. Stimmtraining. Körperarbeit. Rollenstudium.«

»Wofür? Für wen? Das interessiert doch keinen.«

Hartmut dreht den Temperaturregler wieder auf Rot. Wolfgang springt mit einem Schrei aus der Dusche.

»Mich interessiert es, und Andrea Breth!« Hartmuts Haut färbt sich krebsrot. Er dreht den Temperaturregler auf Blau: »Du interessierst keinen! Sonst hättest du längst ein Engagement! Du glaubst doch selbst nicht, dass du bei der eine Chance hast. Wolfgang aus Senftenberg!«

»Ich komme groß raus! Ich weiß es!« Das eiskalte Wasser spritzt bis zu Wolfgang. Er bibbert. Er schiebt Hartmut zur Seite, dreht den Regler wieder auf Mitte und drückt sich an seinen »Verflossenen«, der sich mit geschlossenen Augen unter dem Wasserstrahl dreht.

»Auch das erzählst du mir, seit wir uns kennen! Und was ist daraus geworden?«

»Ein perfekter Schauspieler.« Er fährt mit der Zunge an Hartmuts Rückenwirbeln hinab.

»Ein Statist an der Schaubühne! Und das war's dann wohl!«

Wolfgang pumpt sich auf: »Ich kann alles, was ein Schauspieler können muss. Ich sehe toll aus, ich bin sozusagen ein Bilderbuchmann! Ich habe eine wunderbare Sprechtechnik. Das sagen alle! Alle schauen mir nach! Ich wickle alle um den Finger! Ich könnte Lover noch und nöcher haben! Ich habe Zeit!« Er richtet sich wieder auf, sucht nach weiteren Vorzügen seiner eigenen Person.

Hartmut hebt die Arme: »Los, seif mich ein!« Er lässt zu, dass Wolfgang ihm den Rücken und die Brust einseift, rührt aber selbst keinen Finger. Jetzt blinzelt Hartmut ihn aus geröteten Augenwinkeln an: »Schau in den Spiegel! Krähenfüße! Du bist nicht ganz dicht! Jugendlicher Liebhaber! Das ist eine Ewigkeit her! Du bist krank! Kündigst dein festes Engagement in Senftenberg, gibst alles auf, nur weil Robert Wilson sich auf dem Kudamm nach dir umgedreht hat, ziehst um nach Berlin! Und wartest! Wartest.« Er schubst ihn verächtlich gegen die Kachelwand. Wolfgang schnellt zurück, beißt ihn ins Genick.

»Dein Nacken ist total verspannt. Andrea hat gesagt: ich bin der geborene Prinz von Homburg. Wenn sie das Stück noch einmal macht, bin ich dabei! Ganz vorn.«

»Als Kanonenfutter. Viel Spaß!« Hartmut stößt ihm den Ellenbogen in den Bauch. Wolfgang strauchelt und stöhnt auf: »Es ist schön zu warten!«

Hartmut tritt ihm mit der Ferse in die Kniekehle, Wolfgang kracht auf die Knie. Hartmut lacht ihn aus: »Auf die Alterskarriere! Und solange steckst du jeden Monat Arbeitslosenhilfe ein! Das finde ich unethisch und pervers! Du bist ein Parasit der Wohlstandsgesellschaft!«

»Morgen habe ich einen Drehtermin! Und nächste Woche beginnen die Proben für die Weihnachts-Revue im Friedrichstadtpalast! Außerdem läuft dein Job ja auch bald aus, wie man so hört.« Hartmut tritt nach Wolfgang, aber Wolfgang hält ihn am Fuß fest, und Hartmut rutscht aus und fällt über Wolfgang. Sie ringen im Schaum. Wolfgang umklammert Hartmut wie ein Sumo-Ringer und leckt ihm Gesicht, Hals und Brust ab.

Hartmut ringt nach Atem: »Da wirst du ganz groß rauskommen!« Er wehrt sich nicht mehr. Schließlich liegen sie eng umschlungen unter dem lauen Wasserstrahl. Nach einer Pause stützt sich Hartmut auf den linken Ellenbogen, betrachtet Wolfgang ganz lange und streicht mit dem rechten Zeigefinger über seine Augenbrauen: »Legst du eigentlich zu Kleists Todestag noch immer Rosen am Wannsee nieder?«

Wolfgang springt auf: »Du bist gemein! Du bist so gemein! Ich habe dich so geliebt!« Er dreht die Dusche stärker auf: »Warum bist du so hart und kalt?«

Hartmut rafft, ohne sich abzutrocknen, seine Sportsachen zusammen. »Warum bist du so gelassen? Du hättest allen Grund, verzweifelt zu sein!«

»Ich bin dazu verdammt, Schauspieler zu sein!«

»Wann bringst du dich am Wannsee um?«

Hartmut geht, ohne sich noch einmal umzudrehen.

*

Donnerstag, 11. November, 7 Uhr 45. Im Sitzungszimmer des Dekanats des Fachbereichs Philosophie und Geisteswissenschaften. Der Fachbereichsreferent Burghard Schmitz stellt Teegeschirr auf den langen Tisch, aber nur ein Gedeck an die Spitze des Tisches, blaues China-Porzellan, wie man es in den üblichen Teeläden findet. Er zündet das Teelicht im Stövchen an und stellt das Kännchen darauf.

Hartmut Frohmann steht vor dem Sitzungszimmer des Dekanats, er trägt enge graue Jeans, die am Knie leicht aufgeschlitzt sind. Er weiß nicht, dass das gerade ›in‹ ist, das Teil ist schlicht abgewetzt und zerschlissen. Dazu trägt er ein weißes Hemd, wenn auch ohne Krawatte – zu weit darf die Anbiederung nicht gehen – und ein graues Jackett, vermutlich von *Armani*, auch das wüsste er nicht, wenn man ihn fragen würde. Er klopft an die offen stehende Tür und geht auf Schmitz zu, ohne ihm die Hand zu geben.

»Guten Morgen, Herr Schmitz, wie geht's?«

Schmitz, blass und hager, war wegen seines Morbus Crohn wieder eine Woche zur Beobachtung im Urban-Krankenhaus: »Muss wohl!« Er knöpft seine braune Strickjacke zu.

»Wie läuft Ihr Seminar, Herr Schmitz?«

Schmitz seufzt matt: »Danke, ich kann nicht klagen.« Burghard Schmitz ist auch Theaterwissenschaftler, aber seit zwanzig Jahren Fachbereichsreferent, die letzte Chance nach seiner gescheiterten Dissertation über das Marionettentheater. Er darf neben seiner Vollbeschäftigung und Überlastung als Fachbereichsreferent seit ebenfalls zwanzig Jahren – das hat er sich damals als Vertragsklausel erkämpft – jedes Semester ein zweistündiges unbezahltes Proseminar zum Puppenspiel abhalten, ein Zyklus, der jeweils über zwei Semester läuft: im Wintersemester vom Mittelalter bis zum Barock, im Sommersemester von der Aufklärung bis zur Gegenwart. In seiner knapp bemessenen Freizeit baut er nach alten Vorlagen Stabpuppen, von denen etliche auch in seinem Fachbereichsreferentenzimmer in der Uni stehen. Ein Totenschädel-Gespenst hält sich seit Jahren auf dem langen Tisch im Sitzungszimmer des Dekanats mühsam aufrecht. Kein Dekan hat sich bisher getraut, das Ding in den Wandschrank wegzusperren. Denn ohne Schmitz läuft nichts im Dekanat. Dekane kommen und gehen, der Fachbereichsreferent bleibt. Wissen ist eben Macht.

Schmitz legt Stenoblock und zwei Bleistifte in Symmetrie.

Hartmut Frohmann muss nicht lange mit verschränkten Armen dastehen. Der Dekan rauscht herein. Er reicht im Vorbeigehen keinem die Hand, weist Hartmut Frohmann mit der Linken einen Platz zu.

»Herr Frohmann, seien Sie mir willkommen.« Er nimmt an der Stirnseite Platz, öffnet den mittleren Knopf seines blauen Blazers, den er auch schon in der gestrigen Fachbereichsratssitzung getragen hat, rückt seine gelb-blau gepunktete Fliege zurecht, zieht die weißen Manschetten weiter aus den Jackenärmeln, damit die Goldmünzen-Manschettenknöpfe besser zur Geltung kommen, und blickt auf die Wand gegenüber. Er hebt seine Stimme, als würde er wieder auf einen Einsatz als Tenor in einem Requiem im Berliner Dom warten. Dann beginnt er sein Rezitativ, aber etwas leiser, *a cappella*, weil er heute nicht gegen sein Orchester, den Fachbereichsrat, ansingen muss.

»Ich habe Sie«, kurzer Seitenblick auf Hartmut Frohmann, der rechts neben ihm sitzt, »zu dieser frühen Stunde zu mir gebeten, denn, wie Sie sich vorstellen können, hat ein Dekan einen vollen Terminkalender. Mit angenehmen und mit unangenehmen Verpflichtungen.«

Schmitz schenkt dem Dekan ein Tässchen Tee ein. Dieser nimmt einen raschen Schluck, ohne sich zu bedanken, und fährt mit seinem Rezitativ fort: »Zu den angenehmen Verpflichtungen gehört heute Nachmittag die Antrittsvorlesung eines begabten jungen Kollegen, eine Begrüßung im Wissenschaftskolleg; zu den unangenehmen eine weitere Sitzung zum Personalbemessungskonzept, eine andere zum nächsten Doppelhaushalt, zum Strukturplan, zum Raumbemessungskonzept usw. usw. Ich sage Ihnen da nichts Neues. Nun denn! Sei's drum! Das sind die schönen, aber auch manchmal unangenehmen Seiten unserer Berufung. Den Beruf des Dekans haben wir nicht gelernt, keiner von uns.«

Die Dekanstimme klettert die Tonleiter nach oben: »Wir sind keine Verwaltungshengste, keine Fachleute. Auch Minister, Staatssekretäre und Ministerialdirigenten müssen sich in ihr Ressort einarbeiten. Nun sind wir wahrlich keine Minister, wenn der Begriff auch aus dem Lateinischen kommt, wie Sie wissen, und im Grunde nichts anderes als ›dienen‹ meint, den Dienst am Menschen, und das sind in unserem Falle die Studierenden, aber nicht nur! Es sind auch die Kollegen, selbst die Verwaltungsangestellten, bis hinunter zu den Sekretärinnen und Putzfrauen.« Bei dem Wort Putzfrauen stürzt die Stimme zwei Oktaven in den Keller: »Denn im Grunde macht ein Dekan die Dreckarbeit, ich sage es mal so salopp. Auch wenn Führungsqualitäten unabdingbar sind. Aber wir haben es nicht gelernt. Und obendrein sind wir schlecht bezahlt. Immerhin ist das Stundendeputat des Dekans reduziert. Wir alten C4-Professoren arbeiten ja im Grunde ehrenamtlich, es gibt keine Gratifikationen außer der Stundenreduktion! Ein Trost, immerhin, wenn auch ein kleiner Trost. All das würde sich kein Wirtschaftsfachmann bieten lassen! Dekan sein ist eine Ehre, dennoch eine undankbare Aufgabe. In vielerlei Hinsicht. Manches können wir ändern, vieles nicht, so sehr wir auch kämpfen. Manches müssen wir leider auch verhindern, so schmerzlich das im Einzelfall auch manchmal sein mag.«

Der Fachbereichsreferent schenkt Tee nach.

Der Dekan nimmt einen Schluck, singt weiter zur Wand beziehungsweise zu einer imaginären, auf des Dekans innerem Bildschirm sehr zahlreichen Zuhörerschaft: »Wir sind als Beamte nicht auf Rosen gebettet. Vielleicht erst, wenn wir zu Grabe getragen werden. Das Gehalt ist ja wirklich kein Anreiz für einen jungen Menschen heutzutage. Und unsere wahrlich nicht üppigen Pensionen stehen auch auf dem Spiel. Die alten Ordinarienverträge gibt es nicht mehr. Die Forschungsministerin will uns kastrieren, ich sage es mal so salopp, und der Senat ordnet Nullrunden an und will den Beamten nur den Inflationsausgleich gewähren. Und das bei einer Achtzig-Stunden-Woche! Man müsste jungen Menschen heute abraten, diese Laufbahn einzuschlagen, unbedingt Professor werden zu wollen. Was ist denn ein Professor heute noch wert? Wir arbeiten rund um die Uhr, ruinieren unsere Gesundheit: ich, Sie, Herr Frohmann, von Schmitz, auch wenn er nur im Angestelltenverhältnis beschäftigt ist, ganz zu schweigen. Und dennoch: die Mehrheit der Professorenschaft liebt diesen Beruf, die Berufung des Professors über alles, trotz der vielen zeitraubenden, oft auch frustrierenden, und so manchen nicht nur physisch, sondern auch psychisch überfordernden Nebentätigkeiten, will sagen, Verwaltungsarbeiten. Und so kommt es hierbei, gerade weil wir ja für diese Arbeit, die ich damit nicht im Geringsten abwerten will, im Grunde nicht qualifiziert, nicht ausgebildet sind, immer wieder zu kleinen Fehlern. Der Dekan nimmt sich dabei nicht aus! Wir alle sind nicht frei von Fehlern.«

Der Herr Dekan, Univ.-Prof. Dr. Baumann, kehrt tremolierend ins Hier und Jetzt zurück: »Kollege Frohmann, ich habe Sie zu diesem Vier-Augen-Gespräch gebeten – den Fachbereichsreferenten bitte ich Sie einfach zu übersehen, er macht nur stichwortartig ein paar Notizen für mich, denn ein Dekan kann sich nicht alles merken und nicht alles selbst machen –, ich habe Sie zu diesem spontanen Gespräch nicht wegen des gestrigen Debakels in der Fachbereichsratssitzung gebeten, bei dem Sie sich gründlich vergaloppiert haben, ich sage es mal so freundlich, ich habe Sie zu diesem spontanen Gespräch aus folgendem Grund, vielleicht sollte ich eher sagen, Anlass, gebeten. Sie vertreten ja nun seit drei Jahren die vakante C4-Professur des leider so früh von uns gegangenen Kollegen Menninger, bisher zur vollkommenen Zufriedenheit der überwiegenden Mehrheit der gesamten Kollegenschaft – das darf ich hier in Parenthese einmal sagen, ohne dass der Fachbereichsreferent dies ins Protokoll aufnehmen müsste. Nun ist es zu einer für uns alle leider sehr unerfreulichen Situation gekommen. *Medias in res*, ohne Umschweife: Sie haben dem Kollegen Prof. Schuster vor einer Studierenden unterstellt, gegen die Magister-Prüfungsordnung verstoßen zu haben. Eine gewagte, gleichermaßen anmaßende, grobe, um nicht zu sagen bösartige Unterstellung! Ich habe mir die Mühe gemacht, alle Unterlagen genau zu prüfen, ich habe sowohl den Kollegen Schuster wie auch die Studierende, respektive Prüfungskandidatin angehört. Ich habe den Vorfall nicht im Fachbereichsrat vorgetragen, um alle Beteiligten zu schützen. Ich bin zu dem Ergebnis gekommen, dass die von Prof. Schuster abgehaltene Magister-Prüfung absolut korrekt verlaufen ist, dass sie keinen Formfehler aufweist. Eher zu beanstanden wäre Ihre lückenhafte Protokollführung, aber das wollen wir mal als kleinen

Schönheitsfehler durchgehen lassen. Dennoch muss ich Ihnen sagen, Herr Kollege Frohmann, ich bin sehr enttäuscht von Ihnen, vor allem menschlich. Sie haben Herrn Kollegen Schuster großes Unrecht getan. Lassen Sie mich Ihnen einen persönlichen Rat geben: Wenn Sie Bedenken gegen den Prüfungsverlauf oder die obsolete Magisterprüfungsordnung äußern wollen, so ist Ihnen das gänzlich unbenommen, so ist das Ihr gutes Recht, ja sogar Ihre Pflicht.« Der Dekan unterstreicht seinen kollegialen Appell, indem er mehrmals mit der flachen Hand auf den Tisch schlägt, aber nicht zu heftig, damit das von Herrn Schmitz so liebevoll drapierte Totenschädel-Gespenst nicht umknickt. Das kann sich selbst ein Univ.-Prof. Dr. Baumann nicht erlauben. Der Dekan blickt über Hartmut Frohmann hinweg, als würde er seinen Tenorpart von einem Karaoke-Teleprompter ablesen: »Lieber Herr Frohmann, ich bin Ihnen dankbar, dass Sie Ihre Aufgaben so ernst nehmen, aber dann äußern Sie sich bitte in angemessener Weise, ich betone, in angemessener Weise, wahren Sie die Verhältnismäßigkeit der Mittel! Suchen Sie zunächst das Gespräch! Im vorliegenden Fall, auf den ich nicht im Einzelnen eingehen will, hätten Sie mit dem Kollegen Schuster nach der Prüfung unter vier Augen reden sollen, um Ihre Bedenken zu äußern, und die Sache wäre erledigt gewesen. Aber Sie haben, zu meinem großen Bedauern, einen anderen Weg gewählt. Sie haben mir leider keine andere Wahl gelassen, als den Vorgang auf dem Dienstweg an den Präsidenten weiterzuleiten. Der Präsident ist der Auffassung, Sie haben einem Kollegen geschadet, Sie haben dem Fach geschadet, nicht nur das, Sie haben dem Ruf der Fakultät, ja der Universität insgesamt großen Schaden zugefügt. Ich muss Ihnen nun leider namens des Präsidenten für Ihr regelwidriges, dienstschädigendes wie persönlichkeitsverletzendes Verhalten – und ich füge nun *ad privatim* hinzu: unfaires und unkollegiales Verhalten – eine Abmahnung erteilen. Ein entsprechendes Schreiben wird Ihnen per Hauspost gegen Empfangsbestätigung zugestellt. Ein Disziplinarverfahren, wie es Prof. Schuster beantragt hat, konnte ich gerade noch abwenden.«

Der Dekan schenkt sich selbst Tee nach, sieht auf seine goldene Armbanduhr. Der Fachbereichsreferent stenografiert eifrig hinterher, mit einem zuckenden Lächeln.

Hartmut Frohmann sitzt kerzengerade auf der Stuhlkante und starrt den Dekan unentwegt an, der noch einen Schluck Tee nimmt und wieder auf die Uhr sieht. Schließlich stößt Hartmut Frohmann hervor: »Das ist fies und gemein!«

Der Dekan bewahrt die Contenance: »Herr Frohmann, ich muss Sie bitten, so spricht man nicht mit seinem Dekan!«

Der Fachbereichsreferent lächelt Hartmut Frohmann an: »Eine Abmahnung ist doch eine reine Formsache.«

Hartmut Frohmann ballt die Fäuste unter dem Tisch, presst mühsam sachlich und kaum hörbar hervor: »Für Sie, aber nicht für mich! Das kommt in meine Personalakte… Und ich dachte, Sie wollten mit mir über meine Vertragsverlängerung reden.«

Der Dekan hakt sofort ein: »Das ist der zweite Punkt. Ich hätte dies gerne gesondert behandelt, zu einem anderen Zeitpunkt. Aber nun sind Sie schon mal hier. Und da ich sehr unter Zeitdruck stehe und gleich zum Präsidenten muss, in Kürze nur so viel: Sie vertreten die Stelle von Professor Menninger, und dies seit nunmehr drei Jahren. Ich denke, eine Verlängerung um ein weiteres Semester, womöglich ein ganzes Jahr wird nicht mehr möglich, auch nicht mehr nötig sein.«

Hartmut Frohmann stotternd: »Es haben doch noch nicht mal die Anhörungen für die Wiederbesetzung stattgefunden. Die Stelle kann doch im Sommersemester nicht vakant bleiben…«

Der Dekan nimmt sein Tenorsolo wieder auf, im Accelerando-Crescendo, das nicht zu unterbrechen ist: »Das wird sie auch nicht. Aber eine Vertragsverlängerung mit Ihnen kann es, wird es schon aus rechtlichen wie anderen Gründen nicht mehr geben. Tut mir leid, ich kann Ihnen nichts anderes sagen. Aus rechtlichen Gründen heißt: Sie haben vor dieser Stelle, die Sie jetzt seit drei Jahren innehaben, schon eine andere Stelle vertreten. Es gibt länderübergreifende Verordnungen, die sogenannte Kettenverträge ausschließen. Ich will Ihnen auch noch die Gründe nennen, weshalb Ihre

Bewerbung auf den Lehrstuhl nicht berücksichtigt wurde. Die vakante C-Professur, die Sie derzeit vertreten, wird, so hat es der Fachbereichsrat gestern beschlossen – Sie waren ja selbst anwesend und haben von Ihrem Rederecht ausführlich Gebrauch gemacht, worauf ich jetzt allerdings nicht eingehen möchte –, umgewidmet, Sie wissen es, in eine W3-Professur für Theaterwissenschaft mit dem Schwerpunkt ›Frauen- und Geschlechterforschung‹. Die Politik lässt uns keine andere Wahl. Da müssen wir in so manchen sauren Apfel beißen, ich verhehle es nicht. Das Motto heißt: Schadensbegrenzung, um jeden Preis! Und da bitte ich Sie einfach um Ihr Verständnis, auch wenn es manchmal schmerzt.«

Hartmut Frohmann blickt ins Leere, das Gesicht des Fachbereichsreferenten zuckt rhythmisch, er verschränkt die Hände vor dem Mund.

Der Dekan, *sotto voce*: »Das bedeutet im Klartext: die Stelle wird mit an hundertprozentige Sicherheit grenzender Wahrscheinlichkeit mit einer Frau besetzt werden beziehungsweise besetzt werden müssen.« Blickt kurz zu Hartmut Frohmann, dann wieder zum virtuellen Publikum. »Ich stelle nicht in Abrede, dass Sie das Stellenprofil auch erfüllen würden beziehungsweise die Stelle ausfüllen könnten.« Der Fachbereichsreferent lächelt zuckend hinter den verschränkten Händen. »Sie haben, soweit ich es Ihren Unterlagen entnehmen konnte, zu diesen Fragestellungen publiziert. Aber ich rate Ihnen, ja ich fordere Sie geradezu auf, in Ihrem eigenen Interesse«, er lässt die Hände auf die Tischplatte sinken, blickt Hartmut Frohmann länger an, »sparen Sie sich die Mühe, Widerspruch einzulegen. Das ist zwar Ihr gutes Recht, und grundsätzlich ja sogar Ihre Pflicht, und der Dekan wäre der Letzte, der Ihr Berufsethos nicht zu würdigen wüsste, aber: tun Sie es in diesem Falle nicht.«

Der Fachbereichsreferent lässt ebenfalls die Hände auf den Tisch sinken und nickt verdrießlich mit nach unten gezogenen Mundwinkeln.

Die Stimme des Dekans erstirbt mit jedem Satz: »Das würde für unsere Verwaltung nur einen zusätzlichen, gänzlich überflüssigen Arbeitsaufwand bedeuten, denn – und dies ist der wichtigste formale Grund, der gegen Ihre Bewerbung spricht – ich nenne das Kind jetzt beim Namen –, an unserer Universität sind, und das müssten Sie eigentlich wissen, grundsätzlich keine Hausbewerbungen möglich. Wir handhaben das ganz strikt! So leid es mir persönlich tut, Herr Dr. Frohmann, ich meine damit Ihre Generation. Die Politik zwingt uns zu solchen Schritten, um noch größeres Unheil von der Alma Mater abzuwenden. Ich danke Ihnen. Und ich muss Sie nun bitten, mich zu entschuldigen. Der Präsident wartet.«

Der Dekan erhebt sich, knöpft die Jacke zu, zupft an den Manschetten, rückt die Fliege zurecht und rauscht hinaus.

Burghard Schmitz schweigt ergriffen wie nach den letzten Takten des Verdi-Requiems in der Philharmonie, dann beugt er sich über den großen Tisch und bläst dem Stövchen das Licht aus, räumt das Teegeschirr zusammen.

Hartmut Frohmann klemmt seine schwarze Aktentasche, der man nicht mehr ansieht, dass Fred sie ihm im Lafayette gekauft hat, unter den Arm, läuft über den Flur zur Herrentoilette, wirft die Tasche in eines der Waschbecken – nicht ahnend, dass seit der Renovierung der Toiletten respektive der Waschbecken der Wasserstrahl per Lichtschranke ausgelöst wird und nun seine Tasche flutet. Er nimmt es nicht wahr, denn er wäscht sich in einem Waschbecken gegenüber die Hände. Eine Minute, zwei Minuten, drei Minuten. Immer wieder drückt er auf den Seifenspender, rubbelt Hände und Finger unter dem dampfenden heißen Wasser. Als ein Student vom Pissoir in den Vorraum tritt, schaut Hartmut Frohmann auf, sieht im beschlagenen Spiegel seine unter Wasser gesetzte Tasche, reißt sie an sich und rennt hinaus.

Er fährt auf seinem klappernden Fahrrad die Habelschwerdter Allee hinunter, Richtung Rost- und Silberlaube. Er fährt auf der Straße, nicht auf dem Radweg. Er schaut weder nach links noch nach rechts. Es schneit, er merkt es nicht, er schaut ja auch nicht nach oben, warum sollte er auch. Hartmut Frohmann friert nicht, obwohl er nur Hemd und Jacke anhat. Den Mantel hat er heute Morgen zu Hause vergessen. Aber das merkt er nicht. Und jetzt sind Nase, Wangen, Ohren und Hände lila vor Kälte. Aber er merkt es nicht. Es wäre ihm auch egal. Es ist sowieso alles egal. Ob die Ampeln auf Rot, Gelb oder Grün schalten, Hartmut Frohmann fährt weiter. Autos müssen ausweichen oder bremsen. Die Aktentasche hängt links vom verrosteten Gepäckträger, gleich fällt sie auf die Straße. Nein, heute fällt sie nicht herunter. Letzte Woche wurde sie von einem BVG-Bus überrollt. Die Bücher haben es überlebt. Nur der Parfum-Flakon musste dran glauben. Aber Fred hat ihn gleich ersetzt.

Und jetzt stellt Hartmut Frohmann das Fahrrad an der Rostlaube ab, ohne es anzuschließen, ist auch egal. Dieses Fahrrad klaut ohnehin keiner. Er geht in die Cafeteria. Den legendären Rosa Salon, das schwule Studentencafé, gibt es längst nicht mehr. Und das in diesen Zeiten! Die Cafeteria ist schon geöffnet, obwohl es noch nicht neun Uhr ist. Ein junger Mann mit Mecki-Frisur nimmt gelangweilt die Stühle von den Tischen, seine rote Lederhose ist so eng, dass er sich kaum bücken kann, sein Matrosenhemdchen so kurz, dass der gepiercte Bauchnabel hervorsticht. Die eingetrockneten Kaffeeringe auf den schwarzen Plastiktischdecken wischt er nicht weg. Ein anderer junger Mann steht in einem regenbogenfarbenen Rüschenröckchen hinter dem aus mehreren Seminartischen zusammengestellten Tresen und schmiert in Zeitlupe Schrippen. Zwischendurch lässt er Wasserdampf aus der Kaffeemaschine zischen und fummelt mit seinen Margarinefingern am 60er-Jahre-Radio herum, damit ihn der Oldie Boy George störungsfrei animieren kann, richtet seine Hochfrisur, leckt sich die Finger ab und belegt die Schrippen mit dunkelgelben Käsescheibletten.

Das alles bemerkt Hartmut Frohmann nicht. Er wirft seine Tasche neben irgendeinen Tisch, holt sich einen Plastikbecher Kaffee, drei kleine, rot verpackte Marzipanquadrate und schnappt sich die *ZEIT*. Donnerstag. Neue *ZEIT*, neue Hoffnung. Hartmut Frohmann schlägt die Stellenanzeigen auf. Heute ist nichts dabei. Also bleibt nur noch Hildesheim. Hartmut Frohmann knabbert inzwischen das vierte Marzipanquadrat, verbrüht sich die Lippen am Kaffee, aber er merkt es nicht. Ist auch egal.

*

»Hartmut? Hartmut? Wo steckst du?« Nach einem Abstecher ins *Tabasco* hat Fred sich entschlossen, bei Hartmut zu übernachten. Es ist ja auch schon null Uhr dreißig, da darf er einfach so hereinschneien. Bis null Uhr ist die Wohnung selbst für Fred *off limits*, weil Hartmut täglich mindestens bis Mitternacht arbeiten will. Er korrigiert Hausarbeiten, verfasst Gutachten zu Bachelor-, Master- und Doktorarbeiten, schreibt dringende Theaterkritiken, rezensiert Neuerscheinungen oder feilt an eigenen Texten herum. Ein guter Hochschullehrer muss, so meint Hartmut, mindestens achtzig Stunden pro Woche arbeiten.

Wenn Fred früher als erlaubt kommt, ignoriert ihn Hartmut und arbeitet mit aufeinandergepressten Lippen weiter. Oft hat es deswegen Knatsch gegeben. Selbst, wenn Hartmut nach dreiundzwanzig Uhr aus dem Fitnesscenter kommt, nach dem Hanteltraining, nach dem Ausdauertraining, nach der finnischen Sauna, setzt er sich mit rotem Kopf und nassem Haar noch ein bis zwei Stunden an den Schreibtisch. Manchmal gelingt es Fred, ihn vom Computer zu zerren und zu einem Glas Wein und mehr zu verführen. Auch das gehört zu ihren abendlichen Ritualen. Hartmut entzieht sich, Fred kriegt ihn herum. Seit Jahren ist das so, wäre es nicht so, hätten sie sich längst getrennt. Fred findet den störrischen Hartmut einfach hinreißend, manchmal aber ärgern ihn Hartmuts Verbohrtheit und seine Ängste auch, in letzter Zeit immer öfter. Dann wildert Fred zur Entspannung in der Szene.

Jetzt, an diesem 11. November, steht Fred unschlüssig vor der Flurgarderobe, nimmt Hartmuts Wettermantel vom Haken, um seinen eigenen Kamelhaarmantel, wie es sich gehört, auf einem Bügel aufhängen zu können, streift seine Stiefeletten von den Füßen, stopft sie mit Zeitungspapier aus, meist mit dem aussortierten Wirtschaftsteil der *FAZ*, schlüpft in seine immer bereitstehenden Lederpantoffeln, löst den Knoten seiner blassroten Krawatte und geht in Hartmuts Wohn-Arbeitszimmer. Der Deckenfluter ist hell aufgedreht, die Schreibtischlampe ebenfalls, der PC eingeschaltet, auf dem Bildschirmschoner jagt ›Bad Dog‹ den Kater Boris und reißt nach und nach einen Text in Fetzen. Links neben dem PC stapeln sich die *ZEIT*-Stellenanzeigen der letzten Wochen. »Wir vermitteln: Anglistin, Dr. phil., Medienkünstlerin, Diplom-Sozialwirtin, Seelsorgerin, Phytopathologin ...« Fred blättert. Über einer Seite steht handschriftlich: »Männerfeindliche Ausschreibungen einer einzigen Woche!!« Die Ausschreibungen selbst sind mit schwarzem Filzstift eingerahmt, kommentiert und, wie Todesanzeigen, mit einem Kreuz versehen. Fred öffnet den obersten Knopf seines weißen Stehkragenhemds, das die ersten Fältchen am Hals verbergen soll.

»Wenn aus frauenbiografischen Gründen Einstellungsvoraussetzungen fehlen, besteht die Möglichkeit, die noch fehlende Qualifikation während einer zweijährigen Verwaltung der Professur nachzuholen.«

»Die Universität Paderborn strebt die Erhöhung des Frauenanteils an. Deshalb werden insbesondere Frauen gebeten, sich zu bewerben. Frauen werden nach § 7 LGG bei gleicher Eignung, Befähigung und fachlicher Leistung bevorzugt berücksichtigt.«

»Die Fachhochschule Albstadt-Sigmaringen strebt eine Erhöhung ihres Frauenanteils an und fordert qualifizierte Frauen deshalb ausdrücklich auf, sich zu bewerben. Bewerberinnen können sich mit der Frauenbeauftragten in Verbindung setzen.«

»Der Frauenförderplan der Universität Gesamthochschule Kassel verpflichtet zur Erhöhung des Frauenanteils. Frauen werden deshalb nachdrücklich zur Bewerbung aufgefordert.«

»Verpflichtet« ist mit Filzstift dick unterstrichen.

»Die Universität Salzburg strebt eine Erhöhung des Frauenanteils in ihrem Personalstand an und lädt daher facheinschlägig

> qualifizierte Wissenschaftlerinnen ausdrücklich zur Bewerbung ein. Bei gleicher Qualifikation werden Frauen bevorzugt aufgenommen.«

»Lädt« und »ein« hat Hartmut eingerahmt. Am Rand steht: »nett!!«

> »Frauen werden bei gleicher Eignung, Befähigung und fachlicher Leistung bevorzugt berücksichtigt, sofern nicht in der Person eines Mitbewerbers liegende Gründe überwiegen.«

Wie bitte? Den letzten Satz liest Fred noch einmal laut:

> »...sofern nicht in der Person eines Mitbewerbers liegende Gründe überwiegen. Bewerbungen sind mit den üblichen Unterlagen, bla, bla, bla, einschließlich der Sonderdrucke wesentlicher Publikationen bis zum ... zu richten an den Dekan der Medizinischen Fakultät der Universität Bonn ...«

Fred ist leicht beunruhigt. Wo bleibt Hartmut? War heute Abend nicht Jour fixe bei seinem Prof? Oder ist er ins Fitnesscenter? Dass die ganze Wohnung hell erleuchtet ist, beunruhigt Fred weniger, Hartmut dreht selten das Licht ab, wenn er die Wohnung verlässt, meist nur, wenn er verreist. Ist ja auch egal. Fred bewegt die Maus, der Bildschirmschoner verschwindet. Über einem geöffneten Dokument steht:

OFFENER BRIEF (Entwurf)

An die Bundesforschungsministerin

Sehr geehrte Frau Bundesministerin!

Als ich 2018 Stipendiaten aus Moskau Videos der westdeutschen Theaterkunst der 1970er Jahre zeigte, Peymann, Kresnik und Konsorten, und deren politischen Ziele und Hintergründe erläuterte, erntete ich nur müdes Lächeln. Nüchtern blickten die jungen Russinnen und Russen auf unsere *jeunesse dorée révolutionnaire* ...

Die 68er sind an allem schuld. Wir müssen dafür bezahlen – sie sollten dafür bezahlen!!

Für einen Westdeutschen, der in den 1980er Jahren bei einem Selbsterfahrungsworkshop gezeugt wurde, der aus dem Ökobett der Studentenbewegung nachwuchs, ist es nicht selbstverständlich, diesen Zusammenhang zu erkennen.

Die Studentenbewegung endete im Beamtenstatus, statt des Marsches durch die Institutionen war es ein Marsch in die Institutionen. Was waren das für Zeiten, als man ohne Habilitation vom Assi-Prof. zum richtigen Prof. auf Lebenszeit ernannt wurde, kaum fünfunddreißig Jahre alt! Die ›Begnadeten‹ der späten Geburt haben aus dem Tod so vieler junger Menschen während der Naziherrschaft und des Zweiten Weltkriegs Profit geschlagen, aus dem Exil der Besten der Besten! In ihrem Idealismus, der sich unerbittlich über die Gegnerschaft zu den NS-Vätern und NS-Müttern definierte, hat die 68er-Generation den Traum von einem besseren Deutschland aufrechterhalten. Es ist in Deutschland nicht das erste Mal, dass man schöne Pläne politisch umgesetzt hat, ohne sie selbst finanzieren zu können!

Wollen die von meiner Generation einmal verehrten 68er wieder Respekt erlangen, so sollten sie zehn, vielleicht zwanzig Prozent ihres historisch wohl einmalig opulenten Gehaltes bzw. ihrer Pension abgeben, um den nachfolgenden Generationen eine Chance auf einen Beruf und zum Überleben zu lassen.

Wäre uns jüngeren, meist arbeitslosen Privatdozentinnen und Privatdozenten diese Horde heutiger Pensionäre und Rentner doch erspart geblieben! Ihre unverändert üppigen Apanagen binden vertragsgemäß fast alle verfügbaren Mittel und zwingen die Universitäten zur Sparpolitik.

Schließlich die Frauenfrage: Wieder spielen die Linken die generösen Gönner – auf Kosten anderer. 1968 waren Frauen noch kein Thema. Heute sind junge Männer kein Thema mehr. Als die Frauen später ihren berechtigten Anspruch geltend machten bei denen, die seit damals in Amt und Würden sitzen, ließ man wieder die Jüngeren bezahlen: Frauenquoten, Frauenförderplan, Frauentopf. Die Politik der staatlichen Sondermittel für Forschung und Lehre mit erhöhtem Frauenanteil kann bei klarem Verstand nur als Erpressung, Bestechung, als Schmiergeldaffäre in großem Stil bezeichnet werden. Aber es ist viel schlimmer!

Die Parolen klingen wie 1935. ›Gleichstellungsgesetz!‹ Man muss nur ein Wort ersetzen, und schon klingt es wie damals. Anstatt »Der Frauen-Förderplan verpflichtet zur Erhöhung des Frauen-Anteils«, lese man: »Der Deutschen-Förderplan verpflichtet zur Erhöhung des Deutschen-Anteils.« Da würde (zu Recht!!) ein Aufschrei durchs Land gehen. Schämt sich denn niemand, allein der Sprache wegen? Wo ist das Sprachempfinden unserer kritischen Intellektuellen? Erinnert nicht allein die Sprache fatal an die Rassengesetze? Es sind Linke, die einen solchen Gutmenschen-Terror zulassen und fördern! In den 1930er Jahren hatten Juden Berufsverbot, in den 1970er Jahren Kommunisten, seit den 1990er Jahren Männer, vor allem junge Männer ...

Sollen wir emigrieren, werden wir ins Exil gezwungen? Sollen wir uns selbst eliminieren?

Ich verlange eine persönliche Antwort von Ihnen!

Gez. Priv.-Doz. Dr. Hartmut Frohmann
im Namen der verratenen Generation.

Per Kopie an alle Bildungs- und Forschungsministerinnen und -minister respektive Wissenschaftssenatorinnen und -senatoren der Landesregierungen.

Fred beginnt zu schwitzen. Die Uhr des PC zeigt ein Uhr fünf. Hartmut ist noch immer nicht da. Fred wird immer nervöser. Er klickt in ›Fenster‹ das Dokument ›Liste‹ an:

München W3
Heidelind Hausinger* **(†)** Elke Fletscher* **(††)** Ich **(†††)**

Mainz W2
Heidelind Hausinger* **(†)** Ich **(††)** bald wieder offen

Bern W2
Heidelind Hausinger* **(†)** Ich **(††)**

Gießen W2
Elisabeth Schuldt-Meißner **(†)** wieder offen Elke Fletscher* ?? Mona ??

Leipzig W3
nicht eingeladen. Stelle eingefroren??

Berlin W3
Heidelind Hausinger* **(†)** ??, Elke Fletscher*
(††) ???!!! Ich ??? nicht eingeladen!!!

Hildesheim W2
Eingeladen zur Anhörung Elke Fletscher* **(†)**

 * nicht habilitiert!!

Fred klickt in »Fenster« das Dokument »Flugblatt« an:

FLUGBLATT (Entwurf)

AM 3. JULI 1968 ZIELTE IN MANHATTAN VALERIE SOLANAS,
DIE AUTORIN DES ›MANIFESTES DER GESELLSCHAFT ZUR
VERNICHTUNG DER MÄNNER‹,
IM NAMEN DES FEMINISMUS AUF DEN POPKÜNSTLER
ANDY WARHOL.
HEUTE ZIELT DIE ›GESELLSCHAFT ZUR VERNICHTUNG DER
FRAUEN‹ IM NAMEN DES MASKULINISMUS AUF

PROF. DR. HEIDELIND HAUSINGER

DR. ELKE FLETSCHER

PROF. DR. ULRIKE HOFMANN

… … … … … … … … … … …

… … … … … … … … … …

Ein Uhr einunddreißig. Fred zieht den Text in den ›Papierkorb‹ und klickt auf ›Papierkorb leeren‹. Der PC fragt: »Der Papierkorb enthält ein Objekt, das 24 KB belegt. Wollen Sie es wirklich löschen?«

Fred klickt ›Abbrechen‹, steht auf, geht an den Kühlschrank, schenkt sich ein Glas Sekt ein, stellt sich ans Küchenfenster und blickt auf die Mülltonnen im Innenhof. Dann schenkt er sich noch ein zweites Glas ein, schaltet das Licht aus, geht zurück ins Wohn-Arbeitszimmer, fährt die Dimmer etwas herunter, zieht sich aus. Auf dem Bildschirmschoner scharrt inzwischen wieder ›Bad Dog‹ und hebt das Bein. Fred hängt seine Hose sorgfältig gefaltet über eine Stuhllehne. Das vergisst er auch nicht, wenn er aufgeregt ist. Er zögert. Soll er T-Shirt und Slip ausziehen oder nicht? Wie wird Hartmut es verstehen? Auf jeden Fall falsch. Dann kann er beides auch ausziehen. Und so geht er ins Schlafzimmer, kriecht ins ungemachte Bett, liegt im Dunkeln wach, bei aufgezogenem Vorhang, hört ganz leise Jazz-Radio, nippt am Sektglas, immer die grüne Leuchtschrift des Radioweckers im Blick. Ein Uhr fünfundvierzig. Ein Uhr zweiundfünfzig. Soll er Hartmut suchen? Wo? Er zieht die Bettdecke bis zum Kinn. Hartmut geht nicht allein in schwule Kneipen. Joggt er wirklich? Nachts? Möglich ist alles. Outside Cruising? Macht er eigentlich nicht. Vielleicht geht er auch nur spazieren.

Fred wird noch nervöser. Die Kreuze hinter den Namen… Dreht Hartmut durch? Wird er zum Amokläufer? Fred steht auf, geht in die Küche, schenkt sich im Dunkeln noch ein Glas Sekt nach, nimmt ein Rotweinglas aus dem Oberschrank, stellt die angebrochene *Bordeaux*-Flasche daneben und malt mit einem roten Filzstift ein großes Herz auf einen Fetzen Haushaltsrolle. Dann lehnt er die Küchentür hinter sich an und geht wieder ins Bett.

»Hi, this is Joe Lovano, you are listening to Jazz Radio Berlin.«

Die Wohnungstür quietscht. Zwei Uhr sieben. Fred schaltet das Radio aus. Schlüssel fallen klirrend auf den Flurboden, die Wohnungstür wird also wieder nicht abgeschlossen. Die Spülung im Bad rauscht lang und laut. Hartmut nimmt keine Rücksicht auf Nachbarn. Auf ihn nimmt ja auch keiner Rücksicht. Dann quietscht die Küchentür, ein Metallstuhl schrammt über das Linoleum, ein Glas zerschellt. Stille. Hartmut ist jetzt offenbar im Wohn-Arbeitszimmer und sitzt am Schreibtisch. Rauschen und Pfeifen wie bei einem Dampfdruckkochtopf. Hartmut tippt, offenbar versendet er E-Mails. Zwei Uhr zwanzig. Der Computer fährt herunter. Dunkel. Hartmut legt sich aufs Bett. Fred liegt ihm zugewendet auf der Seite, atmet regelmäßig ein und aus, stellt sich schlafend, beobachtet ihn aus halboffenen Lidern. Hartmut hat seine alte Wildlederjacke an, den Reißverschluss bis zum Hals zugezogen, die Arme unter dem Kopf verschränkt, und starrt an die Decke. Fred möchte Hartmut berühren, aber er lässt es bleiben. Er ist da. Das ist die Hauptsache.

*

Sonntags, wie immer, Jour fixe beim geselligen Habil-Vater Prof. Dr. Siegfried Erfurt am Kollwitzplatz. Will sagen: der übliche Fress- und Saufabend. Um den langen Bauerntisch im Berliner Zimmer, ohne bürgerlich-elitäre weiße Tischdecke natürlich, die bekannten Gesichter. Institutsmitarbeiter, hoffnungsvolle Doktoranden und Jungregisseure. Die hagere rothaarige Anna, Anfang vierzig, die ihre Doktorarbeit hingeschmissen hat und jetzt für einen Hungerlohn an einem Privattheater Programmhefte redigiert, Priv.-Doz. Dr. Monika Schneider, genannt Mona, die mit einer Schrift über Dramatikerinnen im Exil mit Ach und Krach habilitiert wurde. Gerade hat Mona, deren Pagenschnitt heute in einem Van-Gogh-Strohton eingefärbt ist, wieder gegen die ›Schweine‹ in Kuba gewettert, die Generationen von Männern und Frauen das freie Leben versaut haben. Prof. Erfurt reagiert dann immer ganz ruhig und nachdenklich: »Das kannst du so nicht sagen, die haben etwas versucht.«

Mircea, ein hoffnungsvoll fanatischer Jungregisseur aus Rumänien, der bei keinem Abendessen fehlt, hält sich bei diesen Gesprächen zurück, denn es gibt wichtigere Dinge. Er leitet ein Kreuzberger Kellertheater, sein ›Anti-Theater‹, an dem er mit einer Schar ihm höriger blutjunger Schauspielerinnen die großen Dramen der Weltliteratur inszeniert, alle Rollen mit Frauen besetzt und die Texte ungekürzt spielt, weil er an die ›Erotik des Wortes‹ glaubt. Aber damit hat er noch keinen Intendanten eines staatlich subventionierten Theaters überzeugen können, ihn als Hausregisseur zu engagieren.

»Bei Castorf pinkeln die Frauen einfach besser«, hat ihm Mona einmal vor allen anderen gesagt. Und weder die Macher vom Deutschen Theater noch von der Schaubühne sind, trotz mehrfacher Einladung, zu Mirceas Premieren gekommen. Und der *Tagesspiegel* schickt nur Praktikantinnen in die Generalprobe. Aber das deprimiert Mircea nicht, er weiß, dass er eines Tages noch ganz groß herauskommt. Und so schnippelt er jeden Sonntag in Erfurts Küche den Salat, in der Hoffnung, ein Intendant oder Chefdramaturg, der dem Professor und Großkritiker Erfurt seine Karriere verdankt und etwas zu sagen hat, möge zum Abendessen kommen und endlich seine, Mirceas Arbeit begreifen. Oder der Jung-Redakteur von *Theater heute*, der ihn hier schon einmal einen Abend lang ignoriert hat. Mircea ist eben nicht hübsch genug, trotz der braunen Augen. Mircea ist ein Spargeltarzan mit Mundgeruch und Neurodermitis, zudem bindet er seine fettigen Haare auch noch zu einem Zopf zusammen. Nach drei Wodka findet Mona ihn ganz sexy. »Ick sage dir, so einer fickt besser wie Arnold Schwarzenegger«, hat sie Hartmut auf der Heimfahrt im Taxi einmal ins Ohr gelallt. An ihm solle Hartmut sich ein Beispiel nehmen, zumindest an seinem positiven Denken.

Hartmut ist heute als Letzter gekommen, weil er keine Lust hat, wie so oft den Tisch zu decken und sich von seinem satten Habil-Vater kluge Ratschläge anzuhören, er müsse sich ein zweites Standbein aufbauen, er solle doch in *Theater der Zeit* schreiben, das ehemalige DDR-Organ brauche so gute Mitarbeiter wie ihn, dort würden heute die zentralen Debatten geführt. Aber er könne auch mal mit den Herausgebern von *Theater heute* reden. Die hätten sich schon öfter nach ihm erkundigt.

Eine kleine Gruppe heute. Man isst von den angestoßenen Flohmarkt-Steinguttellern, also wird kein wichtiger Gast erwartet. Statt der Römer stehen heute die grauschlierigen Senfgläser auf dem Tisch. Auch Kerzen fehlen. Erfurt, der eingefleischte Junggeselle, der sich aus politischer Überzeugung keine Haushälterin leistet, die ihm die Hemden bügelt, trägt eine abgewetzte grüne Cordhose und ein blaues T-Shirt mit tellergroßen Schweißflecken unter den Achseln. So geht er auch zu Senatsempfängen.

Hartmut würde viel lieber zu Hause am Schreibtisch sitzen. Mona schenkt ihm ein Glas sauren Weißwein ein und stößt mit ihm an. Der Abend ist ohnehin gelaufen. Prof. Erfurt brummt: »Mircea, stell doch noch ein Gedeck mehr hin. Frau Hausinger wollte noch kommen.«

Hartmut verschluckt sich am Wein, wird von einem Hustenanfall geschüttelt.

»Du kennst Frau Hausinger, Hartmut?« Wer Prof. Erfurt nicht kennt, könnte Ironie in der Frage wittern.

»Natürlich kennt der die«, prustet Mona, »wer kennt die nicht! Die hat ihm doch die Stelle in Mainz weggeschnappt! Tu doch nicht so scheinheilig, das weißt du ganz genau!«

Hartmut atmet tief durch. Mircea stellt ein weiteres Gedeck und die große Holzschüssel auf den Tisch. Es gibt Salat griechischer Art, heute ohne Schafskäse. Für die Assistenten gibt es nur *cucina povera*, wie Anna frustriert bemerkt. Aber Prof. Erfurts Schüler können sich nicht beklagen, immerhin sitzen sie fast jede Woche an seinem Tisch. Und Hartmut hat Prof. Erfurt noch nie zu sich nach Hause eingeladen. Seine Wohnung ist zu klein. Das redet er sich zumindest ein. Auch Fred hat Prof. Erfurt nie zu seinen Parties eingeladen. Er will nicht, dass der ›rote Stinkstiefel‹ seine Gäste brüskiert. Vielleicht ist er auch nur eifersüchtig.

Erfurt stopft sich eine Fuhre Salat in den Mund und kaut die Sätze: »Ich finde die Hausinger ganz gut. Die hat ganz luzide Texte geschrieben. Etwas verstiegen manchmal, aber recht brauchbar. Ich habe ja auch das vergleichende Gutachten geschrieben.« Pause. Prof. Erfurt rülpst Mona an: »Mona, du kleidest dich immer so unvorteilhaft. Du solltest keine Cocktailkleider mehr tragen. Es quillt alles heraus, oben und unten.«

Anna lacht kieksend. Mircea entkorkt Weißwein.

»Also das finde ich eine Riesensauerei.« Mona fällt der Zwiebelring von der Gabel, den sie sich aus der Salatschüssel geangelt hat. Sie wirft ihre Gabel auf den Tisch: »Du hast der das Gutachten geschrieben?! Hier sitzen zwei deiner Habilitierten vor dir, die sich auch beworben haben, und du schreibst der das Gutachten und empfiehlst die auch noch? Also das ist ja das Schärfste!« Mona schenkt sich Wein nach, zündet sich eine Zigarette an.

»Bitte nicht während des Essens rauchen! Und leg die Gabel auf den Teller zurück.« Mona ignoriert nicht nur Prof. Erfurts freundlichen Befehl, sie brüllt: »Ick rooche, wann ick will! Mircea, mach das Fenster auf!«

Mircea reagiert nicht. Hartmut schweigt. Mona öffnet das Doppelfenster selbst, läuft auf und ab, mit dem Weinglas in der einen, der Zigarette in der anderen Hand. Geht an den Getränkeschrank, bricht eine Wodkaflasche an, kippt den restlichen Wein aus dem Fenster und füllt das Weinglas randvoll mit Wodka.

»Wir arbeiten dir jahrelang zu! Wir machen die Dreckarbeit für deine Projekte. Und was tust du für uns? Nichts! Gar nichts! Du fällst uns in den Rücken. In den Rücken. Volle Pulle!«

Mircea schenkt Prof. Erfurt Wein nach.

Prof. Erfurt sieht sie ernsthaft, ja väterlich besorgt an: »Du solltest nicht so viel trinken, Mona.«

»Und dein Hartmut hüllt sich wie immer in Schweigen!«, kichert Anna. Dann fragt sie in die Stille: »Ist heute nicht Totensonntag?«

Prof. Erfurt: »Anna. Das sollten Sie eigentlich wissen. Totensonntag ist immer der letzte Sonntag im Kirchenjahr!«

Mona versetzt Hartmuts Stuhl einen Tritt: »Mensch, sag doch auch mal was!«

Stille. Anna kichert und zieht die Lippen nach. Mona geht auf die Toilette.

»Ich hatte gerade Premiere.« Mircea will weniger die Situation retten als Hartmut aufmuntern, der heute mit krummem Rücken und hängenden Schultern in sich versunken dasitzt. Hartmut ist einer der wenigen an Erfurts Tisch, den Mircea wirklich mag: »Hast du nicht gelesen die Kritik in *Tagesspiegel*?«

Hartmut antwortet abwesend, er habe sie nicht gelesen und entschuldigt sich, er habe nichts von der Premiere gewusst.

»Es war auch nur eine Kurzkritik«, korrigiert Prof. Erfurt schmatzend.

»Ich habe dir eine Invitation geschickt.« Mircea will Hartmut deutlich zeigen, dass er ihn sowohl mag als auch sein kritisches Urteil schätzt.

Hartmut entschuldigt sich, er könne sich nicht an die Einladung erinnern.

Mircea will die Salatteller abräumen. »Lass sie stehen«, unterbricht Prof. Erfurt Mirceas Anstelligkeit, »wir essen die Suppe aus den Salattellern.« Mircea trägt die Holzschüssel in die Küche.

Hirtenhund Tristan kriecht unter dem Esstisch hervor, schüttelt sich und trottet Mircea hinterher.

»Mirceas Inszenierung musst du nicht gesehen haben, Hartmut«, findet Prof. Erfurt augenzwinkernd: »Völlig falsch. Edward II. von einer Frau gespielt.«

»Das hätte mich aber interessiert«, bedauert Hartmut leise.

Ziemlich hilflos versucht Prof. Erfurt, sein schlechtes Gewissen zu beruhigen: »Weißt du, was Mona da erzählt, ist dummes Zeug. Ich tue sehr viel für euch. Ich habe euch beide habilitiert.« Mit einer wegwerfenden Handbewegung: »Lassen wir das. Darum geht es ja auch gar nicht.« Er nimmt einen Schluck Weißwein: »Hartmut, du musst das verstehen. Wir müssen erst einmal die Frauen versorgen. Wir haben da viel gutzumachen.«

»Die Hausinger ist nicht habilitiert!«, schießt Hartmut seinen Habil-Vater an.

Prof. Erfurt schenkt sich Wein nach: »Frau Hausinger hat gleichwertige Leistungen vorzuweisen. Das musst du akzeptieren, es ist heute einfach eine andere historische Situation.«

Hartmut fährt ihn mit leiser, schneidender Stimme an: »Du hast mich verraten. Du hast Mona verraten. Warum hat Mona die Stelle nicht bekommen?«

Das sei ein anderes Problem. Aber darum gehe es nicht! Mona sei einfach nicht präzise genug in ihren Analysen.

»Und ich?«

Prof. Erfurt zögert: »Du bist halt ein Mann, irgendwie.«

»Ich meine, wissenschaftlich?«

Anna klopft mit der Gabel an ihr Glas: »Bravo! Ich finde, jetzt sind wir Frauen an der Reihe. Nach der jahrhundertelangen Unterdrückung. Irgendwann muss ja ein Anfang gemacht werden. Pech für dich, Hartmut! Ihr werdet geopfert!« Sie prostet Hartmut zu: »Du musst eben in größeren Zusammenhängen denken, mein Schätzchen.« Sie gluckst: »Ich kann mich einer gewissen Schadenfreude nicht erwehren!«

Mona kommt von der Toilette zurück, ihre Pupillen sind geweitet. Sie ist wieder obenauf: »Ist Mircea schon gegangen? Wo ist mein Weinglas?« Nimmt einen Schluck aus Hartmuts Glas. Umarmt ihn von hinten. Drückt ihm einen Kuss in den Nacken. »Ick finde dich einfach süß, Hartmut. Gutes Parfüm! Hat dir Fred geschenkt! Mhm!« Greift ihm mit der Hand in den Hemdausschnitt: »Stramme Titten! Wieso rasieren die Schwulen sich alle die Brusthaare? Das verstehe ich nicht. Ick finde Haare auf der Brust sexy! Wieso bist ausgerechnet *du* schwul! Na, was soll's!« Ihre Euphorie fällt nach und nach in sich zusammen. Schweigen.

»Ist hier dicke Luft?« Mona bekommt keine Antwort. Stille. Sie setzt sich.

Mircea bringt die Terrine mit der dampfenden Linsensuppe, die Daumen in der Suppe. Tristan trottet hinter ihm drein, ein Knacker hängt ihm aus dem Maul. Mircea darf die Suppe austeilen.

Prof. Erfurt versucht erneut das Tischgespräch auf eine inhaltliche Ebene zu lenken.

»Hartmut, hast du das Sarah-Kane-Stück gesehen?«

Mona kommt Hartmut auftrumpfend zuvor: »Ich habe es gesehen. Zum Kotzen. Jetzt muss der Dings, wie heißt er noch, dieser alte Wichser, sich auch noch über solche Stücke hermachen. Det is doch Schnee von gestern! Der hat doch davon überhaupt keine Ahnung!«

»Ist das die, die sich umgebracht hat?«, fragt Anna angewidert, »Die war doch gerade mal siebenundzwanzig oder so, und so erfolgreich.«

»Darum geht es doch nicht.« Erfurt spült die Suppe mit einem großen Schluck Wein runter: »Es fehlt noch etwas Essig an der Suppe, Mircea. Ja – nein, es geht um den Vorgang, um die Verletzlichkeit! Platz, Tristan! Mircea, du sollst dem Hund nichts zu fressen geben, er hat seine festen Zeiten.«

Mona ist mit ihrer Kritik noch nicht zu Ende, aber nicht an Sarah Kane und nicht an den Schauspielern an sich, sondern an den alternden Regisseuren, die ihre Potenzprobleme über ihren voyeuristischen Sadismus kompensieren würden: »Und die olle Dings, wie hieß die noch, musste sich bei dem Fettsack in Wien als Gretchen nackt ausziehen. Da war die keine zwanzig mehr! Das konnte die sich nicht mehr leisten mit ihren Hängetitten!

Verstehe ich nicht. Das hat die sich bieten lassen! Alles Masochisten! Na, hat ja ooch versucht sich umzubringen!«

Prof. Erfurt, in Expertenrunden und auch in Fachgutachten durchaus ein Befürworter des Feminismus, ist diese Argumentationsweise seiner Schülerin doch etwas zu platt: »Was redest du eigentlich! Darum geht es doch gar nicht!«

Mona fühlt sich ihrerseits grob missverstanden: »Ick habe mit dem Feminismus nicht das Geringste am Hut, und du ooch nicht!« Sie brüllt ihren Chef an: »Tu doch nicht so scheinheilig! Ihr alten Böcke geilt euch an den Weibern auf! Das kennen wir doch. Ihr seid alle Zyniker. Sadisten seid ihr. Du, der Dings vom Burgtheater und all die anderen Schlappschwänze.«

Prof. Erfurt ist hingerissen von Monas Power: »Ich wusste gar nicht, dass du Feministin bist!«

»Vielleicht hast du ja noch eine Gender-Stelle für Mona!«, wirft Anna süffisant ein. Schweigen.

Hartmut, der die Suppe nicht angerührt hat, fragt leise in den Raum, ohne Prof. Erfurt anzublicken: »Siegfried, warum hast du mich verraten?!«

»Ach, Hartmut!« Prof. Erfurt vergeht das Lachen: »Lass uns nicht mehr davon reden! Du wirst schon noch unterkommen. Du musst nur Geduld haben. Ich kümmere mich, das weißt du.«

Hartmut schaut seinem Chef fest in die Augen, er wiederholt mit drohendem Unterton: »Warum hast du mich verraten?«

Prof. Erfurt reagiert gelassen: »Junge, ich kann dich gut verstehen! Aber historisch handeln wir richtig!«

Mona fängt wieder zu brüllen an: »Red doch nicht so eine Scheiße! Was heißt denn hier ›historisch‹! Die Geschichte ist mir so was von scheißegal! Hier geht es um mich, hier geht es um Hartmut. Hier geht es um Leben und Tod! Kapierst du das nicht!? Das ist dir scheißegal! Wer macht denn die ganze Arbeit im Institut, das sind doch Hartmut und ich! Ich schreibe seit Jahren alle Gutachten für dich! Und du unterschreibst nur. Ich nehme mit Hartmut die Prüfungen ab. Und du kassierst das dicke Geld.«

Prof. Erfurt nimmt sich noch einen Schlag Linsensuppe: »Du, so viel ist das nicht!«

»Zehn Mille jeden Monat für nichts!«

Hartmut packt Mona am Arm. »Und wir können von der Stütze leben«, heult Mona und schenkt sich Wodka nach. Tränen tropfen in ihren Suppenteller. Anna, schon ziemlich angeheitert, klatscht Applaus: »Geil!« Dann hilft sie Mircea beim Abräumen.

Prof. Erfurt redet besänftigend auf Mona ein, sie könne sich nicht beklagen. Sie habe zwei Lehraufträge und obendrein ein DFG-Projekt in Aussicht, das er für sie beantragt habe.

»In der freien Wirtschaft müsstest du jede Leistung einzeln bezahlen, die deine Mitarbeiter für dich außerhalb der regulären Arbeitszeit erbringen«, mault Mona.

Es klingelt. Prof. Erfurt stapft zur Tür: »Da würde man euch nicht durchfüttern …! Guten Abend, Frau Hausinger. Darf ich Ihnen den Mantel abnehmen. Möchten Sie auch etwas Suppe?«

Frau Prof. Hausinger lehnt ab, sie komme gerade aus dem *Borchardt* von einem überaus anregenden Abendessen mit Andrea Breth. Sie trägt einen zeitlosen dunkelblauen Hosenanzug. Den lila Seidenschal, im gleichen Farbton wie das Brillengestell, hat sie locker um den Hals geschlungen. Sie streicht sich mit der linken Hand burschikos über den blonden Kurzhaarschnitt.

Prof. Erfurt stellt seine Gäste vor: »Hartmut Frohmann kennen Sie, glaube ich, noch nicht.«

Frau Professor Hausinger kommt um den Tisch herum. Hartmut erhebt sich höflich, verbeugt sich, reicht ihr angeekelt die Hand. Frau Prof. Hausinger drückt sie lange und kräftig, sie freue sich, ihn endlich persönlich kennenzulernen. Sie habe schon viel von ihm gehört beziehungsweise gelesen!

Prof. Erfurt vergisst, Mona vorzustellen. Mona steht wortlos auf und geht in die Küche. Dort sitzt Anna mit dem Rücken zur Wand auf der Spüle, ihr Höschen hängt in die abgegessenen Linsensuppenteller, ihre Beine liegen über Mirceas Schultern, der ihr stöhnend den Hals ableckt. Tristan steht mit den Vorderpfoten auf dem Herdrand und schlabbert im Suppentopf.

Mona schreit Anna an: »Jetzt fickst du auch noch mit so einem Wichser vom Balkan, du alte Schlampe!« Sie schließt sich in der Toilette ein.

Prof. Erfurt plaudert mit der angesehenen Semiotikerin über das Theater vor und nach der Wende. Er stellt gerade bei der Volkswagenstiftung einen Antrag zum Theater in Litauen. Da sei doch erstaunlich viel inszeniert worden während der Sowjetzeit.

Hartmut schiebt den Stuhl ruckartig zurück, springt auf, unterbricht seinen Chef: »Ich muss gehen.«

Frau Prof. Hausinger bedauert: »So früh wollen Sie uns schon verlassen?«

Ordinarius Erfurt erhebt sich gemütlich, holt einen Römer aus dem Bauernschrank, schenkt der Frau Kollegin Weißwein ein und prostet ihr zu: »Wir treffen uns sonntags zum Jour fixe, um unsere Projekte zu diskutieren.«

Frau Prof. Hausinger räuspert sich: »Das ist schön! Das werde ich in Mainz auch einführen! Oder wo auch immer!« Sie blinzelt Prof. Erfurt zu: »Bleiben Sie doch noch etwas, Herr Frohmann! Ich würde Sie gerne etwas näher kennenlernen.«

Hartmut nimmt wieder Platz. Frau Prof. Hausinger setzt sich neben ihn. Was er über die Fleißer geschrieben habe, sei sehr überzeugend, wenn auch etwas zu emotional und persönlich geraten. Man sollte sich da vielleicht doch etwas mehr an den Meta-Diskurs halten. Aber nichtsdestotrotz würde sie ihn gerne einmal zu einem Vortrag an ihr Institut einladen. Zu einem Thema seiner Wahl! Sie räuspert sich.

Hartmut zischt, ohne sie anzusehen: »Tu nicht so scheinheilig! Du blöde …«

Frau Prof. Hausinger räuspert sich, freundlich interessiert: »Könnten Sie bitte etwas lauter reden, ich kann Sie nicht verstehen!«

Hartmut springt erneut auf, der Stuhl kippt nach hinten, er schreit leise: »Sie wagen sich hierher?! Wie viele Männer haben Sie auf dem Gewissen?! Junge Männer!« Beugt sich zur ihr hinunter. »Wissen Sie, was Sie sind? Eine Betrügerin! Sie haben mich um mein Leben betrogen! Sie haben mir die Stelle gestohlen! Ohne Sie wäre ich in Mainz auf Platz eins gekommen! Sie sind nicht einmal habilitiert und wagen es, mir unter die Augen zu treten, mich so selbstgefällig gönnerisch anzuschleimen!? Sie sind für mich nichts weiter als eine ... eine Quotenf... Quoten...frau.«

Frau Prof. Hausinger reagiert ganz gelassen, bekommt trotzdem rote Flecken am Hals: »Ich kenne meinen Wert. Sie haben keine Chance, Herr Frohmann. Ich sage es, wie es ist, und das ist nicht persönlich gemeint.«

»Sie kommen auch noch dran!« Hartmut reißt seine Lederjacke vom umgekippten Stuhl, versetzt dem Stuhl einen Tritt und läuft türenschlagend hinaus.

Prof. Erfurt stopft sich die Pfeife: »Ich mache mir um Hartmut, um Hartmut Frohmann, in letzter Zeit etwas Sorgen! Sein Verhalten hat manchmal schon fast paranoide Züge. Vielleicht sollte ich mal mit seinem Freund reden. Sie wissen, dass er schwul ist? Aber nehmen Sie das nicht zu ernst. Hier ist heute auch reichlich Alkohol geflossen.« Der Ordinarius lacht und prostet der Kollegin zu.

Mona kommt mit glitzernden Augen aus der Toilette, zieht einen Stuhl heran und setzt sich dicht neben Frau Hausinger: »Sie haben heute einen schicken Hosenanzug an. Steht Ihnen richtig gut. Finde ich zumindest. Wo ist denn Hartmut? Gegangen? Na ja, macht nichts. Ich kann das Gejammere sowieso nicht mehr ab. Alles ist Scheiße, alle sind gemein. Was soll ich denn sagen?!«

Frau Prof. Hausinger nickt verständnisvoll: »Da haben Sie recht. Ich wollte längst mit Ihnen reden. Ich sitze ja in der Hochschulstrukturkommission der Bundesregierung. Ich sage es Ihnen ganz offen, Frau Schneider. Sie haben keine Chance auf eine Professur! Und das hat viele Gründe. ›Bei gleichwertiger Leistung werden Frauen bevorzugt eingestellt ...‹ Das greift bei Ihnen leider nicht. Sie haben kein ausgeprägtes Profil. Das tut mir persönlich sehr leid.«

Mona wirft ihre Zigaretten in die Handtasche: »Ich will das jetzt nicht hören! Ich gehe! Siegfried, rufst du mir ein Taxi?«

Prof. Erfurt überhört die Bitte, schenkt der erfolgreichen Kollegin, dankbar für ihre Schützenhilfe, Wein nach.

»Aber ich werde sehen, was ich für Sie tun kann«, fügt Frau Hausinger noch großzügig hinzu.

Mona geht grußlos. Prof. Erfurt stopft genussvoll seine Pfeife. Jetzt stehen einem anregenden Gespräch über das Theater der Wende keine persönlichen Probleme mehr im Weg.

*

Dekan Prof. Dr. Eckhardt Baumann sitzt hinter dem großen Dekan-Schreibtisch im Ledersessel und telefoniert.

»Ich stimme Ihnen zu. Natürlich, natürlich… Wir sind doch alle nur Menschen… Sicher… Diese Seite darf man nicht außer Acht lassen… Ich habe da keine Berührungsängste. Aber ein Bonus ist das nicht… Auf Hörensagen gebe ich nichts, wie Sie wissen… Nein, das gilt für alle… Nun gut, Kollege Erfurt. Dann verfahren wir wie besprochen. Kollege Schuster hat die Unterlagen noch einmal eingesehen… Machbar, machbar… In Anbetracht der Lage eine weise Entscheidung… Ich habe mir die Zustimmung der Mehrheit der Fachbereichsratsmitglieder geholt, von der Alleinvertretungsbefugnis Gebrauch machen zu können, so dass die größten Steine aus dem Weg geräumt sind. Die Verantwortung übernehmen Sie, erstens als Kommissionsvorsitzender und zweitens als Geschäftsführender Direktor des Instituts, falls es Probleme geben sollte… Ich halte mich da als Dekan erst einmal im Hintergrund, damit es Handlungsspielraum gibt… Ich sehe keine Gefahr… Mir bereitet das zwar Bauchschmerzen, aber manchmal lässt sich das nicht vermeiden, wir mussten schon ganz andere Kröten schlucken. Keine Sorge! Auf Wiederhören.«

Der Dekan denkt einen Augenblick nach, greift zum Mikrofon seines Diktiergeräts.

»Meine liebe Frau Berger, Sie müssen noch dringend zwei Briefe schreiben. Die Originale müssen noch heute in die Post. Sie können sie aber auch vorab mailen oder faxen. Die Adressen haben Sie ja.

Brief eins:

Sehr geehrte Frau Dr. Wolff *Komma*

ich freue mich *Komma* Ihnen mitteilen zu können *Komma* dass die Berufungskommission zur Wiederbesetzung der W3-Professur Theaterwissenschaft *Gedankenstrich* Nachfolge Professor Menninger *Gedankenstrich* in Absprache mit dem Fachbereichsrat *Gedankenstrich* nach gründlicher Prüfung Ihrer Unterlagen und Ihres Werdegangs *Gedankenstrich* beschlossen hat *Komma* Sie aufgrund der Ihnen bekannten Profilumwidmung der genannten Stelle *Komma* und unter Nichteinhaltung der amtlichen Frist *Komma* dennoch zur Anhörung am neunundzwanzigsten November nachzunominieren bzw. um elf Uhr s. t. *Komma* Hörsaal eins A *Komma* Habelschwerdter Allee *Komma* einzuladen *Punkt Absatz*

Bitte teilen Sie dem Kommissionsvorsitzenden *Komma* Professor Doktor Erfurt *Komma* umgehend das Thema Ihres Vortrags mit *Komma* der die Zeit von dreißig Minuten nicht überschreiten darf *Punkt* Im Anschluss an Ihren Vortrag findet ein dreißigminütiges Gespräch mit der Kommission statt *Komma* in dem Sie Gelegenheit haben *Komma* Ihre Vorstellungen von Lehre und Forschung darzulegen *Komma* besonders auch hinsichtlich der Profilumwidmung *Punkt Hinweis an Sie, Frau Berger, Profilumwidmung bitte fett gedruckt Absatz*

Mit freundlichen Grüßen

Dekan *Komma* Montag *Komma* fünfzehnter November *und so weiter*

Kopie an alle Kommissionsmitglieder

Brief zwei:

Sehr geehrter Herr Dr. Frohmann *Komma*

ich freue mich *Komma* Ihnen mitteilen zu können *Komma* dass die Berufungskommission zur Wiederbesetzung der W3-Professur Theaterwissenschaft *Gedankenstrich* Nachfolge Professor Menninger *Gedankenstrich* in Absprache mit dem Fachbereichsrat *Gedankenstrich* nach gründlicher Prüfung Ihrer Unterlagen und Ihres Werdegangs *Gedankenstrich* beschlossen hat *Komma* Sie trotz der juristischen Hürden *Komma* die eine Hausberufung bedeuten können *Komma* trotz der Ihnen bekannten Profilumwidmung der genannten Stelle *Komma* und unter Nichteinhaltung der amtlichen Frist *Komma* dennoch zur Anhörung am neunundzwanzigsten November *Komma* um zehn Uhr s. t. *Komma* Hörsaal eins A *Komma* Habelschwerdter Allee *Komma* einzuladen *Punkt Absatz*

Bitte teilen Sie dem Kommissionsvorsitzenden *Komma* Professor Doktor Erfurt *Komma* umgehend das Thema Ihres Vortrags mit *Komma* der die Zeit von dreißig Minuten nicht überschreiten darf *Punkt* Im Anschluss an Ihren Vortrag findet ein dreißigminütiges Gespräch mit der Kommission statt *Komma* in dem Sie Gelegenheit haben *Komma* Ihre Vorstellungen von Lehre und Forschung darzulegen *Punkt Absatz*

Mit freundlichen *Komma* herzlichen Grüßen

Ihr Dekan *Komma Datum und so weiter*

Kopie an alle Kommissionsmitglieder

Also wie gesagt, Frau Berger, der Brief muss noch heute raus. Ich danke Ihnen.

Der Dekan schaltet das Diktiergerät aus, bittet den Fachbereichsreferenten telefonisch um seinen Tee und widmet sich weiterem Aktenstudium.

*

Dienstag, 16. November, 7 Uhr 30. Draußen ist es noch dunkel. Fred sitzt in seinem artischockenfarbenen Bademantel auf dem schwarzen Ledersofa in seinem Wohnzimmer in der Mommsenstraße, in der schneeweißen Tasse der Königlich Preußischen Porzellanmanufaktur, die er sich selbst geschenkt hat, dampft der Milchkaffee. Freds Füße stecken in mit Goldpailletten verzierten Louis XV-Pantoffeln, weil seine Wohnung, trotz der nachträglich eingebauten Fußbodenheizung, leicht bodenkalt ist. Neben ihm sitzt Hartmut, er hat nur den Seidenslip an, den Fred ihm zum Geburtstag geschenkt hat. Seine Tasse steht nicht wie die Freds auf dem Bauhaus-Glas-Beistelltischchen, sondern auf dem frisch lackierten Parkett, ein Kaffeerand zeichnet sich ab, aber Fred hält besser den Mund, denn Hartmuts Nerven liegen ohnehin blank.

Hartmut hat soeben den *Tagesspiegel* aus dem Briefkasten geholt, fünf Etagen zu Fuß im Slip und barfuß. Er liest, die Stirn in Falten, *Wissen* & *Forschen*, Fred überfliegt *Aus aller Welt*.

Fred erhebt sich vom Sofa. »Mein Schatz, ich dimme den Deckenfluter etwas herunter. Das Licht ist mir zu grell am frühen Morgen, auch wenn es den Stuck gut zur Geltung kommen lässt. Meiner ist noch zu ramponiert!«

Sie lesen weiter. Fred blickt von der Zeitung auf: »Ich fand es schön heute Nacht! Du warst entspannt wie lange nicht! Es war richtig schön!« Hartmut nimmt einen Schluck Kaffee, liest weiter.

Fred ist bester Laune: »Soll ich dir noch etwas Kaffee nachschenken, mein Schatz?«

Hartmut wirft die Zeitung auf den Boden: »Das ist doch nicht zu fassen!« Er stampft mit dem nackten Fuß auf. Fred findet es erotisch, wie Hartmut mit seinem kräftigen Fuß aufstampft, dennoch ist er besorgt. Hartmut hebt die Zeitung auf, reicht sie Fred.

»Hier, lies!« Er geht zum Fenster und blickt mit vor der Brust verschränkten Armen hinaus in den kalten grauen Morgen.

Fred liest laut: »Plötzlich geht alles ganz einfach... Das Klima hat sich gewandelt in Sachen Frauenförderung. Seitdem sich Wissenschaftsrat und Bundesbildungsministerin die Erhöhung des Frauenanteils an deutschen Hochschulen auf die Fahnen geschrieben haben, seitdem Erfolge in der Frauenförderung bei der Geldverteilung durch den Staat belohnt werden, wird das Thema auch in den Unigremien ernster genommen... und so kann es passieren, dass eine zentrale Gleichstellungsbeauftragte der FU ihren Bericht vorlegt, etliche Forderungen in eine Beschlussvorlage schreibt, und alle Anwesenden nicken das freundlich ab...«

Hartmut stampft wieder mit dem Fuß auf.

Fred liest monoton weiter: »Das Hauptproblem an der FU wie andernorts ist, wie sattsam bekannt, die niedrige Zahl von Professorinnen.« Fred murmelt den Text vor sich hin, dann wieder lauter: »...Wird ein Fach zu fünfzig Prozent von weiblichen Studierenden belegt und abgeschlossen, so lautet das Ziel jetzt, auch unter den Professoren künftig fünfzig Prozent Frauen zu haben. ›Theoretisch müsste also in den meisten Fächern jede frei werdende Professur an eine Frau gehen‹, so die zentrale Gleichstellungsbeauftragte der Freien Universität.«

Hartmut leise, aber sehr deutlich: »Vor den Zug stoßen!«

Fred geht zu Hartmut, umarmt ihn von hinten. »Mein Schatz, mach dir keine Sorgen!«

Hartmut lässt die Arme sinken. »Wozu arbeitet man überhaupt noch?« Fred öffnet seinen Bademantel, wickelt ihn auch um Hartmut, der seinen Kopf an Freds Brust lehnt.

Nach einer Pause, Hartmut leise: »Ich lasse mir das nicht länger gefallen!«

»Mach keine Dummheiten! So etwas muss genau geplant sein! Wenn du Professor bist, kannst du dagegen vorgehen!«

Hartmut löst sich abrupt von Fred: »Dann ist es zu spät!«

Fred zieht den Gürtel seines Morgenmantels enger.

Hartmut blickt wieder verloren zum Fenster hinaus. Draußen wird es langsam hell. Die Kastanie steht nackt vor dem Fenster.

Er stampft wieder mit dem Fuß auf: »Ich werde etwas dagegen unternehmen. Wenn ich mich nicht wehre, werde ich krank, dann kriege ich Krebs! Ich muss zurückbeißen, wie ein Hund zubeißen.«

Fred geht zum Sofa zurück, gießt sich heißen Kaffe aus der Silberkanne nach, nimmt einen Schluck, hebt leicht stöhnend die Zeitung wieder auf, blättert zu *Berlin*: »Hör dir lieber das an, mein Schatz: ›Am späten Sonntagabend, gegen dreiundzwanzig Uhr dreißig, entdeckten zwei Spaziergänger an der Löwenbrücke im Tiergarten eine etwa vierzigjährige Leiche weiblichen Geschlechts.‹« Er senkt die Zeitung: »Was hat denn eine Frau an der Löwenbrücke zu suchen? Das ist schwules Territorium! Da muss sie sich nicht wundern!« Liest vergnügt weiter vor: »›Die Leiche war bekleidet. Ein Sexualverbrechen wird zunächst ausgeschlossen.‹« Fred nimmt einen Schluck Kaffee. »Ich bitte dich, wer zieht denn so eine alte Kuh aus!«

Fred schenkt sich Kaffee nach und liest weiter laut vor: »›Die beiden Spaziergänger, die die Leiche entdeckt haben, erklären übereinstimmend, ihnen sei ein junger Mann auf einem Fahrrad aufgefallen.‹ Der würde mir auch auffallen! ›Die Polizei fragt: Wer hat zwischen dreiundzwanzig und null Uhr einen jungen Mann auf einem beschädigten Fahrrad in der Nähe Tiergarten, Straße des 17. Juni, Großer Stern gesehen? Sachdienliche Hinweise an jede Polizeidienststelle oder an das LKA Berlin, Delikte am Menschen, Keithstraße 30, Telefon … Hinweise werden auf Wunsch vertraulich behandelt. Weitere Polizeinachrichten finden Sie auch unter www.meinberlin.de/polizeiticker.‹«

Fred blickt auf: »Schatz?«

Hartmut ist ohne Frühstück gegangen.

*

Es ist inzwischen zehn Uhr. Fred fährt in seinem Jaguar langsam den Kudamm hinunter Richtung Joachimsthaler Straße, *stop and go*. Er will einen Termin in der Auguststraße in Mitte wahrnehmen, um sich Galerieräume anzusehen, aber eigentlich hat er gar keine Lust. Warum nicht in der Mommsenstraße bleiben? Die Galerie liegt zwei Minuten von seiner Wohnung entfernt. Der Kudamm ist wieder im Kommen, Charlottenburg ist im Aufwind. Bei einem Galeristen kommt es ohnehin nicht auf die Räume an! Das hat sich auch in New York gezeigt. Was hat es seiner alten Galeristen-Kollegin gebracht, nach Soho zu gehen? Ihre Geschäfte, die ohnehin blendend liefen, wurden davon nicht besser. Und jetzt ist Soho out. Nur Touristenbums. Als Fred das letzte Mal mit Rebecca Horn im *Barolo* gegessen hat, war die Fiorentina zäh wie Leder. Einziger Trost, dass der Kellner, der ihn für einen bedeutenden Filmproduzenten hielt, ihm mit der geflüsterten Information »I'm an actor« seine Telefonnummer zugesteckt hat.

Fred ist leicht beunruhigt, denn Hartmut ist weder in der Uni noch zu Hause in der Pestalozzistraße. Vielleicht meldet er sich ja, aber er kann sich Freds Handynummer einfach nicht merken. Wenn er sich nicht meldet, wird Fred es später noch einmal im Institut versuchen. Aber Hartmut hat es nicht so gern, wenn Fred ihn in der Uni anruft.

Fred stellt das Handy von Vibrationsalarm auf Klingelzeichen und dreht das Radio lauter auf. »Hi, this is Brad Mehldau. You are listening to Jazz Radio Berlin.« Und dann kommt eine Frauenstimme mit den Nachrichten. Fred dreht sofort leiser, nur bei der letzten Meldung dreht er wieder lauter: »Die Frauenleiche im Tiergarten gibt weiter Rätsel auf.«

Fred lächelt. Am liebsten würde er, wie so oft, im *Café Möhring* an der Uhlandstraße ein Glas Champagner trinken, mit Blick auf den Kudamm. Aber es hat ja leider auch vor Jahren dichtgemacht, wie so viele andere Cafés und Restaurants in Charlottenburg, wo man früher hinging. Dann macht er eben einen Abstecher über den Bahnhof Zoo, hält wie immer in der Jebensstraße, wo früher die Telefonseelsorge war. Die ist auch umgezogen. Fred parkt den Wagen neben der Bahnhofsmission. Er sollte mal wieder alte Schuhe vorbeibringen, kurz vor Weihnachten. Er will es sich notieren. Und er hat auch der Berliner Aids-Hilfe versprochen, am 1. Dezember vor der Gedächtniskirche rote Schleifchen zu verkaufen. Und er muss noch einen Termin bei seinem Notar vereinbaren, um zu regeln, dass seine Lebensversicherung möglichst bald auf Hartmut überschrieben wird.

Ach, da steht ja Olli. Das hat der doch eigentlich gar nicht nötig. Aber die Geschmäcker sind verschieden. Fred fasst gern in den blonden Flaum auf seiner Brust. Dass der keinen Sugar-Daddy hat, der ihn aushält, ist ihm ein Rätsel.

Olli klopft ans Fenster: »Hallo, mein Liebster, so früh schon unterwegs?«

»Rein beruflich, mein Schätzchen!«, wiegelt Fred ab.

»Ich auch. Ich war noch gar nicht im Bett. Keines gefunden heute Nacht. Kann ich bei dir duschen?«

»Komm, ich lade dich zum Frühstück ein.«

Sie gehen ins Stehcafé in der Wandelhalle und schlürfen einen viel zu bitteren und obendrein lauwarmen Cappuccino. Im *Einstein* Unter den Linden hätte Fred sich beschwert. Aber hier? Außerdem ist der junge Türke hinter dem Tresen ganz knackig. Olli wirft den Kopf zurück, zieht den Reißverschluss seines Kunstlederblousons auf. Er trägt nichts darunter.

Fred macht auf fürsorglich: »Erkälte dich nicht, mein Lieber!«

Dann bestellt er sich einen frischgepressten Orangensaft. Im Herbst braucht man viel Vitamin C, alle schniefen und husten und halten sich die Hand nicht vor den Mund. Ekelhaft! Fred schlägt den Kragen seines schwarzen Mantels hoch, bestellt ein Plunderteilchen. Am Bahnhof Zoo leistet er sich so etwas. Olli beißt in eine pappige Ciabatta mit Formschinken, gekochtem Ei in Scheiben, einem Salatblatt und ungeschälten Gurkenscheiben. Schon vom Zusehen wird Fred übel. Olli schiebt die Ärmel seines Blousons hoch. Fred streicht mit spitzen Fingern über Ollis kräftigen rechten Unterarm, vor allem elektrisieren ihn die wie bei einem Sportler oder Bauarbeiter hervortretenden Venen, die schwarzen Ränder unter den Fingernägeln weniger. Einfach männlich, der Junge! Die Freier haben keinen Blick und keinen

Geschmack! Man muss sie sich nur ansehen, die spießigen alten Tunten mit ihrer geföhnten Dauerwelle und Stecker im Ohr. Olli ist viel zu schade für die. Wenn er Hartmut nicht hätte, könnte er sich durchaus einen wie Olli vorstellen. Das wäre vielleicht weniger kompliziert. Aber er muss aufpassen. Da kommt wieder seine soziale Ader durch. Knackis sind knackiger! Lieber einen vom Bau als einen vom Überbau! Fred weiß das und schiebt Olli einen ›Hunni‹ zwischen Plastikgürtel und Bauchflaum, eine Unterhose hat er also auch nicht an, vielleicht sollte er doch mit unter die Dusche. Lieber nicht! Er zahlt für beide und verabschiedet sich mit einem Küsschen auf die Wange. Olli reckt ihm den Kussmund entgegen, aber Fred entzieht sich.

Fred macht einen Schlenker zum Zeitungsladen, kauft Berlins auflagenstärkste Zeitung. Endlich wieder im Jaguar, die Standheizung läuft, die Temperaturanzeige blinkt: Außentemperatur: -2°, Innentemperatur: 22°. Dennoch fröstelt Fred. Die Schlagzeile lautet:

Professorin von Pitbull zerfetzt!

> Sonntag, kurz vor Mitternacht. Tiergarten. Löwenbrücke. Killerhund fällt Touristin (43, Professorin, Mainz) an. Gegenwehr zwecklos. Gellende Schreie. Opfer verblutet. Hund spurlos verschwunden. Familie fassungslos. Berlin entsetzt. Was muss noch alles passieren, damit unsere Parks wieder sicherer werden, Frau Polizeipräsidentin? (Weiter auf S. 5)

Dem Text ist das halbseitige Foto eines zähnefletschenden Rottweilers unterlegt, darin eingeschnitten und schwarz umrahmt ein Foto, das eine lachende Frau mit blondem Kurzhaarschnitt und zwei kleine Kinder bei einem Gartenfest zeigt.

Es klopft an das rechte Wagenfenster. Fred schreckt hoch. Olli drückt einen Kuss auf die Scheibe.

»Steig ein!«

Fred entriegelt die Tür, Olli rutscht auf das weiße Lederpolster. Fred faltet die Zeitung sorgfältig zusammen und legt sie auf den Rücksitz.

»Hoffentlich ist die Hose sauber. Wisch dir erst mal die Finger ab.« Er zieht ein Taschentuch aus der in der Mittelablage immer bereitstehenden Kleenex-Schachtel. Olli fummelt am Autoradio herum, summt mit: »Einen Stern, der deinen Namen trägt ...«

»Ich habe aber erst noch einen anderen Termin.«

Fred startet die Limousine, fährt die Hardenbergstraße hinunter, über den Ernst-Reuter-Platz, die Straße des 17. Juni, Richtung Osten, vorbei am Tiergarten, an der Siegessäule.

Fred schaltet um zu rbbKultur. »Ey, was ist denn mit dir los, Alter!?« Olli schaltet zurück zu SCHLAGERRADIO und dreht DJ Ötzi und Nik P. auf maximale Lautstärke.

*

Aus Anlass des tragischen Todes von Frau Prof. Dr. Heidelind Hausinger haben Studentinnen und Mitarbeiterinnen des Instituts für Theaterwissenschaft am Mittwoch, dem 17. November, zu einer spontanen Aktion aufgerufen, einer dreißigminütigen Mahnwache vor dem Roten Rathaus. Sie soll um 18 Uhr beginnen, zeitgleich mit parallelen Trauerkundgebungen der Universitäten Mainz, München und Hildesheim.

Männlichen Studierenden, die sich der Aktion anschließen wollten, wurde eine Abfuhr erteilt: »Wir brauchen eure Hilfe nicht!«

Die schwule Liste des AStA hat sich nicht abwimmeln lassen. Und so bilden nun zwei Dutzend Studierende eine Frauenkette. Die drei Schwulen fallen nicht weiter auf, denn alle in der Gruppe sind schwarz vermummt, mit Kopftüchern, Schleiern und Mänteln mit hochgestelltem Kragen. Es hatte lange Diskussionen über diese Art der Verkleidung gegeben, einige befürchteten, die Mahnwache könnte als Protestaktion gegen den Iran missverstanden werden, aber der Hinweis auf die besondere Gefährdung der iranischen Frauen in der gewaltbereiten westlichen Gesellschaft war letztlich doch konsensfähig. Zudem ist die Trauer auch verfremdet, denn die Teilnehmerinnen tragen, in Agit-Prop-Tradition, mit schwarzem Filzstift beschriftete Pappschilder um den Hals, immerhin sind sie Theaterwissenschaftlerinnen.

Fred, der von Hartmut über die Aktion informiert worden ist, hat sich unter die etwa siebzig ›Zaungäste‹ gemischt, vermutlich zufällige Passanten, Angestellte der umliegenden Behörden und Ministerien, die auf dem Weg zur U+S-Bahn Alexanderplatz kurz stehen bleiben. Fred fällt nicht auf, denn er hat dem Anlass angemessen den schwarzen, mit Biber gefütterten Duffle-Coat mit Kapuze angezogen, was sehr klug war, denn es ist windig und nasskalt.

Und er entziffert auf den Pappschildern: »Schluss mit der Gewalt gegen Frauen!« – »Nieder mit der phallozentrischen Gewalt!« – »Kill a man!« – »Kampf den Kampfhunden!« – »Jeder Kampfhund ist ein Kampfhund zu viel!« – »Hunde sind Mörder!« Illuminiert werden die trauernden Gestalten von Grablichtern, wie sie gerade bei *ALDI* im Angebot sind. Sie flackern auf dem Asphalt trübe vor sich hin.

Auf ein schwarzes Holzkreuz ist eine auf DIN-A4-Format aufgezogene Passbild-Fotokopie von Heidelind Hausinger getackert, in Lettern darunter die Lebensdaten.

Etwas abseits recken zwei in schwarzem Cocktailkleid und weißer Federboa schlotternde Drag-Queens vom ›Schwulen Überfalltelefon‹ ein Transparent in die Höhe: »Kastriert alle Pitbulls!«

Die meisten Umstehenden sind natürlich Sympathisantinnen aus der Uni, viele mit einer Kerze in der Hand. Für eine Lichterkette sind es zu wenig. Aber wo sind die Lehrenden? Die drei etwas abseits, bei denen Hartmut steht – völlig unpassend in einer kurzen schwarzen Lederjacke und engen blauen Jeans – sind Professoren in ihrer üblichen, ebenfalls unpassenden Tracht: Prof. Schuster im Glockenmantel mit Tirolerhut, Prof. Schwegler in einer wattierten gelben Freizeitjacke, Prof. Erfurt im Brecht'schen Ledermantel mit rotem Schal. Ein trauriges Bild! Auch Tristan, der bei Fuß sitzt, blickt traurig drein, aber das tun Hirtenhunde meistens. Keine Kollegin ist unter den Trauernden, nicht einmal die Gleichstellungsbeauftragte. Mona findet solche Aktionen sowieso ›beschissen‹ und hatte keine Lust, sich die Beine in den Bauch zu stehen. Außerdem hegte sie ohnehin keine besonderen Sympathien für die Hausinger.

Und so teilen Theaterwissenschaftlerinnen in einem ›stand in‹ – mehr ist ihnen nicht eingefallen – stumm ihre Trauer. Prof. Schuster wärmt sich die Hände an einem Becher Grog, den er an einem fünfzig Meter entfernten Döner-Imbiss gekauft hat, Prof. Erfurt zieht an seiner Pfeife. Fred versteckt sich hinter der neuesten Ausgabe der *BZ*:

MUTTI, WARUM MUSSTEST DU STERBEN?
Die rätselhafte Tote vom Tiergarten

Was hat eine Mainzer Universitätsprofessorin nachts im Berliner Tiergarten zu suchen? Noch dazu an einem Ort, der ein bekannter Homosexuellentreffpunkt ist? Die Leiche wies zahlreiche tiefe Fleischwunden auf! Woher stammen die Wunden? Sind es Bisswunden von Hunden? Die Polizei tappt weiter im Dunkeln. Solange der Autopsiebericht nicht vorliegt, geht die Polizei zwar weiterhin von einem Verbrechen, möglicherweise einem Sexualdelikt oder Eifersuchtsdrama aus, doch wird die Möglichkeit nicht mehr ausgeschlossen, dass es sich um einen Unfall mit Todesfolge handeln könnte. Was ist geschehen? Wie konnte das geschehen? Sie war eine Karrierefrau am Ziel ihrer Träume, sie war glücklich verheiratet und Mutter von zwei schulpflichtigen Kindern! Der Ehemann, Beamter im Schuldienst, ist noch nicht vernehmungsfähig. Die Polizei fragt: Wer hat Frau Professor Hausinger (links) zuletzt gesehen? Wer hat freilaufende Hunde gesehen?

Am Döner-Imbiss ›docken‹ drei Kiezbewohner in Jogginganzügen an, um sich aufzuwärmen, sie kommen gerade von einer Demo gegen das Berliner Hundegesetz, alle mit Kampfhunden, die keinen Maulkorb tragen. Ein Staffordshire Terrier hat einen gelben Stern am Hals baumeln. Die Hundebesitzer trinken und grölen: »Was seid denn ihr für komische Muttis?« »Geht doch nach Hause!« Der junge Imbissverkäufer dreht die Diskomusik lauter.

Die Professoren blicken sich an, schweigen. Tristan zerrt mit gesträubtem Nackenfell knurrend an der Leine. Nach etwa drei Minuten fasst sich Prof. Schwegler ein Herz, schreitet zum Imbiss, bleibt in sicherem Abstand stehen: »Wir finden Ihren Auftritt *dégoutant*! Wir trauern um eine Kollegin, die auf allerschändlichste Weise ihr Leben lassen musste, ein Opfer *Ihrer* Lebens- und Hundehaltung! Leinen Sie sofort Ihre Hunde an!« Mit gerecktem Kinn kehrt er in den Kollegenkreis zurück. Ein Hundebesitzer brüllt ihm unter Applaus seiner Trinkgenossen hinterher: »Wieso, Sie laufen doch ooch frei rum!« Jetzt geht Prof. Schuster zum Kiosk, kauft noch einen Becher Grog und fordert die Hundehalter auf, dem Staffordshire Terrier sofort den gelben Stern abzunehmen. Der Hund fletscht die Zähne. Tristan verbellt die Pitbull-Guppe.

Prof. Schwegler aus zehn Metern Abstand: »Wir fordern Sie auf, diesen Ort unverzüglich zu verlassen und die Andacht und Trauer dieser friedlichen Demonstration nicht länger zu stören!«

»Halt's Maul, du altes Arschloch!«

Prof. Schwegler straft sie fortan mit Verachtung, trinkt, Prof. Erfurt klopft die erloschene Pfeife am Absatz aus. Prof. Schuster widmet sich seinem Grog. Sie beruhigen Prof. Schwegler, der seinen Parteifreund, einen hohen Regierungsbeamten, anrufen will. Dann artikulieren sie weiter ihren stummen Protest. Hartmut lässt die Professoren stehen und geht zu Fred hinüber: »Was machst denn du hier?!« Sie beschließen, im *Palais Populaire* einen Glühwein zu trinken.

Der für den Fall ›Löwenbrücke‹ zuständige Kriminalhauptkommissar Bernd Lau vom LKA Berlin, Delikte am Menschen, beobachtet die Szene aus einiger Entfernung. Keine Gefahr im Verzug, die Mahnwache ist ohnehin gleich zu Ende. Manchmal treibt es ja den Täter, falls es ihn gibt, ebenfalls zu solchen Kundgebungen, aus Angstlust, wie der Kriminalhauptkommissar schon im Grundstudium gelernt hat. Aber es fällt ihm niemand besonders auf. Auch er fällt keinem auf.

*

Donnerstag, 18. November, sechzehn Uhr dreißig. Privatdozent Dr. Hartmut Frohmann sitzt am Schreibtisch in seinem Dienstzimmer in der Uni. Die Novemberkälte, die durch das weit geöffnete Fenster hereinströmt, tut ihm richtig gut. Das Examens-Kolloquium ist eben vorüber, er hat Jacke und Hemd ausgezogen, sitzt im T-Shirt da und atmet tief durch. Er hat sich wie immer total verausgabt. Besprechung von Doktorarbeiten, zwei neue Masterarbeiten, Prüfungsthemen, BAföG-Anträge, für die ein Privatdozent eigentlich gar nicht zuständig ist, aber alle fragen eben ihn. Hartmut hat einen eigenen Ordner ›Studierende‹ angelegt, führt penibel Buch über jedes Gespräch und heftet alles alphabetisch ab. Die denken immer, man erinnert sich nicht an das letzte Gespräch, das vielleicht vor vier oder fünf Wochen stattgefunden hat, und glauben, sie können ihn über den Tisch ziehen. Dass das bei ihm nicht läuft, hat sich inzwischen herumgesprochen. Hartmut Frohmann heftet das letzte DIN-A4-Blatt ein, stellt den Ordner ins Regal, atmet tief durch, zieht das T-Shirt aus und beginnt Liegestütze zu machen. Fred wartet erst ab achtzehn Uhr im *Lenz*. Von dort wird in einen schönen Abend gestartet. Hoffentlich nicht schon wieder zu einem gemeinsamen Abendessen in der *Paris Bar*. Einundzwanzig, zweiundzwanzig, dreiundzwanzig. Heute waren auch ein paar hübsche Studenten dabei, die sind immer besonders gerissen. Die wissen natürlich, was los ist. Dreiunddreißig, vierunddreißig, fünfunddreißig. Von den Theaterwissenschaftsstudenten sind ohnehin über die Hälfte schwul, die meisten wollen eigentlich Schauspieler werden und parken erst mal an der Uni, bis sie die Aufnahmeprüfung an einer der staatlichen Schauspielschulen bestehen. Sechsundvierzig, siebenundvierzig, achtundvierzig ... Fünfundsechzig, achtundsechzig, neunundsechzig! Genug für heute. Hartmut springt auf, streift hastig das T-Shirt über.

»Entschuldigen Sie, ich habe geklopft, aber es hat niemand reagiert. Da habe ich einfach die Klinke heruntergedrückt. Und siehe da, die Tür war auf. Verschnaufen Sie erst mal. Ehe Sie mich fragen, wer ich bin und was ich will: Bernd Lau, LKA Berlin. Bei Ihnen ist es ganz schön kalt im Zimmer. Machen Sie mal lieber das Fenster zu und ziehen Sie sich an.« Hauptkommissar Lau dreht sich um und betrachtet die Aktenordner in den Regalen, spricht aber weiter: »Sind Sie der Assistent von Professor Frohmann? Den suche ich nämlich.«

»Ich bin Hartmut Frohmann!«

»Sie sind das? Einen Professor habe ich mir aber anders vorgestellt, alle Achtung!«

»Ich bin nur Privatdozent.«

»Da ist doch kein großer Unterschied, oder? Sie haben es weit gebracht. Ich bin weder Magister noch Doktor und schon gar nicht Privatdozent! Oder haben Sie etwa gedacht, ich bin ein Kollege? Na ja, wir sind ja fast ein Jahrgang. Fünfunddreißig sind Sie gerade geworden, nicht?«

Hartmut Frohmann steht inzwischen in Hemd und Jacke mitten im Raum. Er ist sprachlos über den Überfall.

»Wie ein Bulle sehe ich aber auch nicht aus, oder? Passen Sie ja auf, was Sie sagen!« Hauptkommissar Lau grinst. Würde der schlaksige Mann nicht so gut aussehen, hätte Hartmut ihn längst hinausgeworfen. Er riecht auch ganz gut, ›männlich‹, nach Zigaretten, obwohl Hartmut sonst Raucher verabscheut. Von einer Frau jedenfalls würde sich Hartmut diese lockeren Sprüche nicht bieten lassen.

»Ich komme aus der Keithstraße. Sagt Ihnen das was? In der Nähe vom Wittenbergplatz. Einschlägige Gegend. Aber deswegen bin ich nicht hier. In der Keithstraße befindet sich das LKA, Abteilung Delikte am Menschen. Und da arbeite ich. Ich bin Hauptkommissar in der Mordkommission. Erschrecken Sie nicht gleich. Es passiert Ihnen nichts. Es ist auch nichts passiert. Na ja, wie man's nimmt. Das Übliche. Jedenfalls brauchen Sie sich keine

Sorgen zu machen. So, das hätten wir ja jetzt schon mal geklärt. Sie haben doch noch ein Momentchen Zeit für mich, oder?«

Hartmut packt seine Sachen zusammen, zieht den schwarzen *Boss*-Mantel an, den er sich heute Morgen bei Fred ausgeliehen hat: »Ich habe einen Termin.«

Hauptkommissar Lau überfreundlich: »Tut mir leid, dass ich hier so hereinplatze, dass ich Sie an Ihrem Arbeitsplatz aufsuche. Zu Hause habe ich Sie nicht angetroffen. Ich habe es mehrmals versucht. Normalerweise rufe ich vorher an. Sie sind anscheinend nie zu Hause. Sie sind offenbar ein sehr fleißiger Mensch. Ganz wie ich. Oder verbringen die Abende bei Ihrer... Freundin... Wenn Sie es eilig haben, können wir auch beim Hinausgehen miteinander reden.«

Sie gehen gemeinsam hinaus. Hartmut dreht den Schlüssel zweimal um, rüttelt an der Tür, um sicherzugehen, dass sie auch wirklich abgesperrt ist, dann gehen sie nebeneinander den Gang hinunter.

Der fröhliche Prof. Schwegler kommt mit jugendlichen Schritten, immer drei Stufen auf einmal nehmend, die Treppe herauf, ruft im Vorbeieilen: »So früh verlassen Sie uns schon, Sie Schlingel. Ich wünsche einen vergnüglichen Abend!«

Der Hauptkommissar mustert Hartmut Frohmann von der Seite: »Nette Kollegen haben Sie hier, so ein Betriebsklima wünsche ich mir auch. Okay. Ich hatte hier in der Gegend zu tun, da dachte ich mir, schaue ich doch einfach mal in der Grunewaldstraße vorbei. Da sieht man sich von Angesicht zu Angesicht. Das ist doch gleich eine ganz andere Gesprächssituation. Na ja, Ihnen als Theaterwissenschaftler muss ich das ja nicht sagen.«

»Entschuldigen Sie, ich habe keine Zeit für Plaudereien. Können Sie mir bitte endlich sagen, was Sie von mir wollen. Mir ist die Situation sehr unangenehm.«

»Mir machen solche Besuche auch keinen Spaß. Ihre Kollegen wissen ja nicht, dass ich von der Kripo bin. Oder sehe ich so aus?«

Hartmut bleibt stehen. Aufgebracht: »Reden Sie! Ist etwas passiert?«

»Reagieren Sie immer so emotional? Noch dazu in der Öffentlichkeit.«

»Ich hatte noch nie mit der Polizei zu tun!«

»Es gibt immer ein erstes Mal.« Der Blick des Hauptkommissars fällt auf ein Plakat: »Interessante Plakate haben Sie hier hängen: ›Beware of Fascist Feminism!‹ Sie sind ja ein richtig progressives Institut!« Er hat ›progressiv‹ ironisch betont, Hartmut Frohmann zeigt keine Reaktion und geht stumm weiter.

»An Ihrer Tür hängt auch so ein Plakat! Eine Frau am Galgen! Haben Sie die Dinger aufgehängt? Könnte man als ›Aufruf zur Gewalt‹ interpretieren!«

»Wenn Sie mir jetzt nicht sofort sagen, was Sie wollen, rufe ich den Hausmeister. Ich habe hier Hausrecht.«

»Warum so aggressiv? Eigentlich müsste die Situation doch einen gewissen Reiz für Sie haben, ich meine, für Sie als Medienmenschen. *Tatort* live, sozusagen. Wo waren Sie letzten Sonntagabend, also am 14. November, zwischen zweiundzwanzig und ein Uhr?!«

Hartmut Frohmann beschleunigt seinen Schritt, Hauptkommissar Lau hält mit: »Sehen Sie: Ich bleibe Ihnen auf den Fersen. Tut mir leid, dass ich so unangenehme Fragen stellen muss. Aber für unsere Ermittlungen ist es sehr wichtig. Ich will Ihnen auch sagen, warum. Ich ermittle im Fall Hausinger. Der Name sagt Ihnen etwas, das brauchen Sie mir nicht zu bestätigen. Namhafte Kollegen, ›Kolleginnen‹, kennt man ja. Sie waren mit der Dame am Todesabend bei Herrn Prof. Erfurt zum Abendessen eingeladen. Wie war denn Ihr Verhältnis zu Frau Professor Hausinger?«

Hartmut Frohmann zischt: »Eine weniger!«

Hauptkommissar Lau lacht auf: »Sind Sie immer so unvorsichtig? Dafür könnte ich Sie schon verhaften, wenn ich einen Haftbefehl hätte, oder wenn ich einen begründeten Verdacht hätte ...« Wieder ernst: »Ihre Vorgesetzte war sie nicht. Kann sie nicht gewesen sein. Sie war ja in Mainz, an der Johannes Gutenberg-Universität, und Sie sind in Berlin. Ihre beste Freundin war sie auch nicht. Kann ich nachvollziehen. Immerhin hat Sie Ihnen ja die Stelle in Mainz weggenommen, oder? In München ist sie, war sie, auch auf Platz eins. Und jetzt kommt sie auch noch zu einem Vorstellungsgespräch nach Berlin! An Ihr ›Mutterhaus‹ sozusagen. Da wäre ich auch sauer. Manche kriegen wirklich den Hals nicht voll. Mann, oh Mann. Wenn mir jemand nicht nur eine Stelle wegschnappt, sondern zwei, drei, so jemanden könnte ich umbringen. Echt. Egal, ob Mann oder Frau.«

Hartmut Frohmann stößt die Tür in der Eingangshalle auf und geht hinaus. Hält sie dem Hauptkommissar nicht auf. Sie fällt ihm fast ins Gesicht. Hartmut Frohmann bleibt stehen. Dreht sich um. Hauptkommissar Lau stellt seinen Mantelkragen hoch, blickt ihm in die Augen. Seine Stimme wird kälter: »Ich will bei einem ›intelligenten, gebildeten Menschen‹ nicht lange herumreden. Ich will auch keine Tricks anwenden und Finten. Das würden Sie mit Ihrem Kritikerblick ohnehin gleich durchschauen. Ich habe Ihnen aber doch viel Zeit zum Nachdenken gelassen! Also, Herr Dr. Frohmann: Wo waren Sie in der Nacht des 14. November zwischen zweiundzwanzig und ein Uhr?«

Hartmut Frohmann fixiert Hauptkommissar Lau mit aufeinandergepressten Lippen.

Der Hauptkommissar: »Wenn Blicke töten könnten! Dann würde ich Ihnen nicht einmal mit Schutzweste unter die Augen treten.« Er wirft einen Blick auf seine Sportuhr: »Sind gerade mal zehn Minuten vorbei, ich will Ihnen Ihre kostbare Zeit nicht stehlen. Sie müssen mir die Frage nicht beantworten, nicht jetzt. Sie können das auch später tun. Zum Beispiel in der Keithstraße. Sie können mich aber auch anrufen.« Er überreicht Hartmut Frohmann sein Kärtchen, geht zu seinem roten Beetle, den er auf dem Gehweg direkt vor dem Institut geparkt hat. Dreht sich um: »Ich kann Ihnen aber anbieten, Sie ein Stück mitzunehmen. Bei der Kälte würde ich nicht mit dem Fahrrad fahren. Schon gar nicht ohne Rücklicht. Übrigens eine Ordnungswidrigkeit.«

Hartmut Frohmann steht unschlüssig unter dem fahlen Licht einer Straßenlaterne. Er weiß gar nicht, ob er heute mit dem Fahrrad gekommen ist, wo er es abgestellt haben könnte.

Der Hauptkommissar kommt noch einmal zurück: »Ich will Ihnen wirklich keine Unannehmlichkeiten machen. Sie lagen einfach auf dem Weg, ich wollte Sie gar nicht besuchen. *Sie* lagen auf dem Weg..., *es* lag auf dem Weg. Aber merkwürdig ist schon, dass Sie gar nicht fragen, wieso ich Ihnen solche Fragen stelle, wie ich überhaupt auf die Idee komme, Sie zu befragen, ob ich Sie verdächtige, warum ich Sie verdächtigen könnte. Das würde ich mich alles sofort fragen. Stehen Sie so unter Schock, Herr Dr. Frohmann?«

Hartmut schreit: »Werden Sie nicht unverschämt! Was nehmen Sie sich eigentlich heraus! Entschuldigen Sie sich!«

Hauptkommissar Lau verdutzt: »Ich wüsste nicht, wofür!«

Hartmut schreit weiter, zum Glück kommen gerade keine Studierenden oder Kollegen vorbei: »Sie bringen alles durcheinander! Ich habe keine Zeit! Ich habe keine Zeit! Ich habe keine Zeit!«

Er läuft zurück in die Uni. »Einen vergnüglichen Abend noch«, ruft ihm Hauptkommissar Lau nach, steigt ins Auto, wartet noch etwas. Dann fährt er los.

Hartmut Frohmann schließt sich in seinem Zimmer ein. Er muss sofort Fred anrufen. Fragen, was das alles soll, fragen, was passiert ist. Er sucht Freds Handynummer, er kehrt die Hosentaschen nach außen, die Jackentaschen, er gräbt in der Brusttasche des Hemdes, im schwarzen *Boss*-Mantel, den er achtlos auf den Boden geworfen hat. Er findet die Nummer nicht. Er leert seine Aktentasche auf dem Schreibtisch aus. Es klopft. »Ja!« Die Klinke wird heruntergedrückt, die Tür geht nicht auf. Er läuft zur Tür, sperrt sie auf, die Sekretärin von Prof. Erfurt steckt den Kopf herein. Hartmut Frohmann schreit: »Jetzt nicht!« Sie schließt die Tür wieder. Hartmut läuft ihr nach: »Frau Klein, Frau Klein!« Sie dreht sich freundlich besorgt um.

»Haben Sie irgendwo die Telefonnummer, ich meine die Handynummer von Herrn Grohé?«

»Sie meinen, die Nummer von Ihrem Freund? 312 79 ... Und die Handynummer lautet 0172-538 ... ... Können Sie sich das merken, oder soll ich es Ihnen auf einen Zettel schreiben? Die Nummer ist aber auch in Ihrem Telefon eingespeichert.«

Hartmut Frohmann verzweifelt: »Woher soll ich das wissen!«

»Sie müssen nur die Telefon-Taste drücken und dann ›Kontakte‹ und dann den Namen eingeben. Dann erscheint die Nummer auf dem Display. Dann müssen Sie nur noch die Taste mit der Nummer drücken.«

»Danke, Frau Klein. Sie sind ein Schatz.« Er rennt zurück in sein Zimmer. Er hat schon wieder vergessen, wie das mit dem Telefon geht. Er wirft seine Unterlagen wieder in die Tasche, und läuft, ohne abzuschließen, hinaus.

Vor dem Institut schlendern die Professoren Schuster und Schwegler auf und ab. Prof. Schwegler redet wild gestikulierend auf Prof. Schuster ein. Hartmut Frohmann kommt aus dem Institut gelaufen, er bemerkt sie nicht, obwohl er sich suchend nach seinem Fahrrad umblickt. Aber es ist ja inzwischen auch schon dunkel.

Prof. Schwegler stößt Prof. Schuster an und säuselt: »Oh, da kommt Frau Frohmann – oder Herr Frohmann. Mann oder Frau, wer weiß es genau. Oder gar nichts. Mit oder ohne Pronomen. Aber der hatte doch gerade noch so einem jungen Mann am Wickel, oder war das eine Frau?« Prof. Schuster lacht schmutzig.

Hartmut Frohmann entdeckt sein unabgeschlossenes Fahrrad schließlich an einem Verkehrsschild lehnend, eilt hin, hängt seine Tasche an den Lenker und fährt mit wehendem Mantel, offener Jacke, und natürlich ohne Licht, über den Gehsteig davon in die Dunkelheit.

Prof. Schwegler aufgedreht: »Dr. Frohmann, eine Bedrohung für den öffentlichen Verkehr! Davon kannst du ja ein Lied singen.«

Prof. Schuster lapidar: »Muss aufpassen, dass er nicht unter die Räder kommt.«

*

Am Morgen nach dem Besuch von Hauptkommissar Lau bei Hartmut Frohmann in der Uni fährt Fred mit Hartmut bei der Polizei in der Keithstraße vor. Heute ist es »vorübergehend etwas milder«, wie es auf 88,8 gerade hieß, aber es nieselt leicht.

Fred und Hartmut müssen nicht lange warten, der Hauptkommissar holt sie persönlich beim Pförtner ab.

»Nett, dass Sie zu uns gefunden haben. Schön, dass Sie gleich mitgekommen sind, Herr Grohe. Sie sind doch Herr Grohe?« Hauptkommissar Lau streckt Fred die Hand entgegen. Fred ignoriert sie.

»Grohé bitte! Mit *accent aigu*. Das ist französisch.« Die rechte Hand rafft den schwarzen Seidenregenmantel, den er um die Schulter gehängt hat, in Höhe des Geschlechts zusammen. Fred ist sich nicht bewusst, dass er, der alles Tuntige verabscheut, sich plötzlich wie der Travestiestar Albin aus *La Cage aux Folles* aufführt, wo er doch lieber wie Ugo Tognazzi wirken möchte!

Hauptkommissar Lau streckt Hartmut die Hand entgegen, der heute etwas verquollen und zerzaust aussieht und sich beim Rasieren an der Oberlippe geschnitten hat. Fred sind die kleinen Blutflecken auf dem gelben Rollkragenpulli schon im Auto unangenehm aufgefallen. Hartmut erwidert den Gruß mit einem Kopfnicken. Der Hauptkommissar lächelt ihn an.

»Hier entlang.« Zu Fred: »Aber Doktor sind Sie nicht, wenn ich richtig informiert bin?«

Fred überhört die Frage.

Inzwischen im üblichen Behördenmiefzimmer. Fred wischt mit einem Tempotaschentuch die Sitzschale des kloschüsselförmigen dunkelgrünen Plastikstuhls ab und lässt sich hoheitsvoll nieder, schlägt das rechte über das linke Bein, aber immer den Mantel zusammenhaltend. Das Tempotaschentuch lässt er neben sich auf den Linoleumboden fallen. Der rahmengenähte schwarze Halbschuh englischer Fabrikation ist nicht zu übersehen.

Hauptkommissar Lau ignoriert die aggressive Geste und bietet dem hilflos herumstehenden Hartmut Frohmann einen braunen Holzstuhl aus dem NVA-Nachlass an. Hartmut reagiert nicht. Er bleibt mit vor der Brust verschränkten Armen mitten im Raum stehen.

»Kaffee?« Harmut nickt. Der Hauptkommissar gießt eine schwarze Brühe in einen gelben Pott aus der gescheiterten Berliner Olympiabewerbung. Fred würde nie eine dieser angestoßenen Tassen anrühren.

»Milch und Zucker?«

»Nur Milch.«

Der Hauptkommissar gießt einen Schuss fettarme Milch in Hartmuts Tasse.

»So?« Hartmut nickt, und der Hauptkommissar reicht ihm mit einem offenen Lächeln die Tasse, wobei sich ihre Hände leicht berühren. Hartmut nimmt es nicht zur Kenntnis. Fred umso genauer. Er sieht immer alles, auch wo es nichts zu sehen gibt. Er mustert den Hauptkommissar: ganz gut aussehend für einen Beamten, Mitte dreißig vielleicht, mittelgroß, das rosa Hemd von *Seidensticker* spannt zu sehr im Brust- und Schulterbereich, vermutlich bewusst. Kein Gramm Fett zu viel. Die Hose allerdings kann nur von *H&M* sein, auch wenn sie den Hintern gut zur Geltung bringt.

Hauptkommissar Lau setzt sich auf den Schreibtisch, lässt die Beine baumeln, wärmt sich die Hände an einer zweiten Olympiatasse mit Kaffee. Den Ring am Daumen taxiert Fred als Talmi, da wirkt jede noch so kräftige junge Männerhand billig. Wie der Hartmut mit den Augen abtastet! Aber nicht aufs Glatteis führen lassen. Fred weiß, dass der Hauptkommissar merkt, dass er ihn beobachtet. Bullen beherrschen die Psychotour. Schauen den ›Schwestern‹ tief in die Augen, die gehen sofort auf die Knie, packen aus, erzählen ihr ganzes Leben, aber vor allem das anderer Leute. Und dann stoßen die Bullen sie in den Dreck. Auch Hartmut ist ungewohnt redselig, ohne überhaupt gefragt worden zu sein.

»Das ist mein Partner, Herr Grohé. Er ist mitgekommen, weil Ihre Fragen uns sicher beide betreffen. Wir sind zusammen. Schon lange.«

Fred fällt Hartmut ins Wort: »Worum geht es eigentlich, Herr …?«

»Lau. Bernd Lau. Den Hauptkommissar können Sie sich sparen. Wie gesagt, es ist gut, dass Sie gleich mitgekommen sind. Dann kann ich mir den Weg in Ihre Galerie schenken. Nicht, dass ich etwas gegen Kunst hätte. Dann können Sie ja gleich zusammen beantworten, wo Sie in der Nacht des 14. November waren, so etwa zwischen zweiundzwanzig Uhr dreißig und ein Uhr morgens. Bei Ihnen kann ich ja auf eine getrennte Vernehmung verzichten.«

Fred fährt den Hauptkommissar an: »Das ist eine Vernehmung?«

»Ganz richtig.«

»Was soll das heißen?«

»Das, was es heißt. Ganz einfach. Eine Vernehmung ist eine Vernehmung.«

»Also, so einfach ist das nicht. Dann müsste ein zweiter Beamter dabei sein. Dann müssten Sie protokollieren.«

»Macht das Aufnahmegerät. Kommt billiger. Wir sind unterbesetzt! Also, wo waren Sie?« Er wendet sich Hartmut zu, erst mal den Widerstand umschiffen: »Vielleicht zuerst Sie, Herr Dr. Frohmann. Vielleicht haben Sie ja inzwischen nachgedacht, oder es ist Ihnen eingefallen.«

Fred fährt ihm in die Parade. »So nicht. Können Sie mir bitte erst einmal sagen, was diese ganze Farce hier eigentlich soll?« Fred unterstreicht den Satz mit einer weit ausladenden, wegwerfenden Bewegung der linken Hand. Normalerweise gestikuliert er mit der rechten Hand, aber diese muss den Mantel weiter geschürzt festhalten, damit er nicht den dubiosen türkisfarbenen Linoleumboden berührt. »Sie überfallen Herrn Dr. Frohmann an seinem Arbeitsplatz, nehmen die Gefährdung seines Rufes billigend in Kauf. Jetzt kommen wir großzügigerweise zu Ihnen, obwohl wir wahrlich Besseres zu tun haben, und Sie setzen sich breitbeinig vor uns hin, insinuieren irgendwelche Ungeheuerlichkeiten, machen sich über uns lustig! Wo sind wir hier eigentlich? Die Zeiten sind vorbei, wo Sie sich das erlauben konnten. Mit dieser Tour können Sie vielleicht die kleinen rumänischen Stricher und die Freier aus den Plattenbausiedlungen einschüchtern. Mich nicht! Lassen Sie sich das gesagt sein!«

Hartmut legt Fred die Hand auf die Schulter: »Schatz, bitte reg dich nicht auf!«

»Das ist doch nicht zu fassen! Was nimmt dieser kleine Beamte sich eigentlich heraus?«

Hauptkommissar Lau freundlich: »Der nimmt sich gar nichts heraus, Herr Grohé, der bittet Sie einfach um Ihre Mithilfe.«

»Gerade haben Sie noch gesagt, es handle sich um eine Vernehmung. Plötzlich bitten Sie uns um unsere Mithilfe. Auf Ihren Schmus fallen wir nicht herein. Ich verbitte mir Ihre herablassende, arrogante und anbiedernde Art.« Fred läuft rot an wie seit Jahren nicht mehr.

Hauptkommissar Lau beschwichtigt: »Machen Sie es doch bitte nicht so kompliziert. Wir sind doch unter vernünftigen Menschen.« Der Hauptkommissar lächelt Hartmut an: »Darf ich Ihnen noch etwas Kaffee nachschenken, Herr Frohmann?«

»Ja, bitte.« Hartmut macht einen Schritt auf den Hauptkommissar zu und streckt ihm die Tasse entgegen. Lau springt sportlich vom Schreibtisch, schenkt Kaffee nach, gibt noch etwas Milch dazu und reicht Hartmut die Tasse, bleibt neben ihm stehen. Fred kneift die Augen zusammen.

»Ja, Herr Frohmann …«

Hartmut denkt nach, nimmt einen Schluck Kaffee und versucht sich zu erinnern. »Ich bin nach dem Abendessen spazieren gegangen.«

»Wann haben Sie denn das Haus von Prof. Erfurt verlassen?«
»Das weiß ich nicht mehr.«

Hauptkommissar Lau senkt die Stimme: »Doch, Sie wissen es.«

Fred explodiert: »Also ich lasse das nicht zu! So geht das nicht! Ich verlange sofort, dass Sie uns sagen, wie Sie dazu kommen, uns zu vernehmen, was Sie zu dieser Unverschämtheit veranlasst, uns überhaupt zu diesem Fall zu befragen!«

»Schatz, bitte reg dich nicht auf! Ich will das endlich hinter mich bringen und an meinen Schreibtisch. Du musst doch auch arbeiten.«

Hauptkommissar Lau: »Das ist sehr vernünftig, Herr Frohmann. Sie haben das Haus von Prof. Erfurt also so gegen, na, sagen wir, zweiundzwanzig Uhr dreißig verlassen...«

Hartmut nicht unfreundlich: »Ich weiß es nicht mehr.«

»Jedenfalls war Frau Hausinger, Frau Professor Hausinger, zu dem Zeitpunkt noch dort. Sie sind vor Frau Prof. Hausinger gegangen...«

»Ja.«

»Wohin sind Sie denn gegangen? Vom Kollwitzplatz aus?«

»Ich bin spazieren gegangen. Herumgelaufen.«

»Hm, ein Nachtspaziergang also! Wohin ging es denn?«

Fred wird noch schärfer im Ton: »Er war mit dem Fahrrad unterwegs!«

»Wollen Sie Herrn Dr. Frohmann nicht selbst reden lassen?«

»So können Sie Analphabeten befragen. Wenn Sie so weitermachen, sitzen wir heute Abend noch hier. Ich will sofort Ihren Vorgesetzten sprechen! Ich werde mich über Ihren unverschämten Ton beschweren, und ich will wissen, warum Sie uns verhören.«

Hauptkommissar Lau: »Da müssen Sie sich einen Termin bei seiner Sekretärin geben lassen. Und wenn ich mich recht erinnere, sind Sie aus freien Stücken gekommen...«

Fred steht auf, rafft seinen Mantel noch enger: »Ich will auf der Stelle Ihren Vorgesetzten sprechen!«

»Rufen Sie ihn doch an. Die Durchwahl lautet -2231.« Der Hauptkommissar zeigt aufs Telefon.

Fred zückt sein iPhone, gibt die Nummer ein. Sein Mantel rutscht von den Schultern auf den Boden. Der Hauptkommissar hebt ihn nicht auf. Hartmut hat es gar nicht bemerkt. Auch Fred lässt ihn liegen, er muss jetzt ohnehin in die Reinigung.

»Herr Frohmann, Sie haben gerade gesagt, Sie sind herumgelaufen. Herr Grohé sagt, Sie waren mit dem Fahrrad unterwegs...«

»Es geht natürlich keiner ran!« Der sonst so coole Fred Grohé ist derart aufgebracht, dass er nicht merkt, wie der ›kleine Hauptkommissar‹ den ›großen Galeristen‹ auflaufen lässt: »So ein Pech, Herr Grohé! Stimmt, das Büro ist nicht besetzt. Die Sekretärin hat Bildungsurlaub! Die Vertretung ist krank, und die zweite Vertretung baut Überstunden ab. Ach, das habe ich glatt vergessen, der Herr Kriminalrat ist zu einer Tagung in Weimar. Wir sind unter uns.« Der Hauptkommissar versucht es erneut mit Sachlichkeit: »Machen Sie es doch nicht so kompliziert, Herr Grohé, beruhigen Sie sich, keiner will Ihnen etwas Böses!«

»Ich weiß es nicht mehr, ich muss in die Uni.« Hartmut geht zur Tür, dreht sich um: »Ich habe diese blöde Kuh nicht umgebracht.«

Der Hauptkommissar nachdenklich: »Obwohl Sie allen Grund dazu gehabt hätten. Neid, Rache, die großen Gefühle der Kriminalgeschichte. Den Hass nicht zu vergessen.«

Fred hebt mit einer großen Geste seinen Mantel auf, schüttelt ihn ostentativ vor dem Hauptkommissar aus: »Jetzt reicht es. Hartmut, wir gehen!«

»Bleiben Sie doch noch einen Augenblick. Wir sind gleich fertig. Der Frauenhass der Homosexuellen ist nicht zu unterschätzen…! Das habe ich in einem Fortbildungsseminar gelernt.«

Fred lacht auf: »Sie glauben doch nicht im Ernst, dass wir uns die Finger an einer Frau schmutzig machen würden!«

Der Hauptkommissar wird etwas lauter: »Und ich dachte immer, da sei die Hemmschwelle herabgesetzt. Sie erinnern sich also nicht mehr, ob Sie zu Fuß oder mit dem Fahrrad unterwegs waren, Herr Frohmann? Sie erinnern sich auch nicht an die Uhrzeiten? Spielen Sie mir den zerstreuten Professor vor? Oh, sorry, Sie sind doch noch gar nicht Professor!« Die letzte Bemerkung ist ihm bewusst herausgerutscht. »Sorry!« Er lächelt Hartmut Frohmann pseudoverlegen an. »Sagen Sie doch etwas!«

»Nein. Soll ich Ihnen etwas vorlügen?«

Der Hauptkommissar, sanft: »Sie können nicht lügen, ich sehe es Ihnen an.«

Fred verliert immer mehr die Contenance, schreit, den Mantel mit dem Futter nach außen über dem Arm, damit nicht auch noch das Jackett beschmutzt wird: »Jetzt hören Sie endlich auf! Auf Ihre Psychotricks fallen wir nicht herein!«

Hauptkommissar Lau hebt die Stimme, hält die Luft an, er kann nur mühsam den Impuls bändigen, den scheußlichen Galeristen mit einem Profi-Kinnhaken auf den Linoleumboden niederzustrecken. Er lächelt ihn an: »Aber die Tatsache, dass einer nicht lügen kann, heißt noch lange nicht, dass er nicht morden kann!« Dann sieht er Hartmut Frohmann pseudobesorgt an: »Sie haben kein Alibi?«

Fred schreit erneut: »Hartmut, wir gehen!« Er schreitet majestätisch zur Tür, bleibt dann aber stehen.

»Sie können ja gehen. Dann unterhalte ich mich mit Herrn Frohmann allein weiter.«

Fred kommt zurück, setzt sich wieder. Der Hauptkommissar ignoriert den Galeristen, denn er weiß, nichts ist schlimmer für einen Schwulen, als übersehen zu werden.

»Wann sind Sie denn zu Hause gewesen, Hartmut, ich meine, Herr Frohmann?«

Fred schneidet Hartmut das Wort ab: »Um dreiundzwanzig Uhr saß er neben mir auf dem Sofa!«

»Aber ich habe an dem Abend doch gar nicht bei dir übernachtet!«

Der Hauptkommissar freut sich: »Na so was!«

Fred springt wieder auf. Hauptkommissar Lau wollte längst mal wieder sein Wissen aus der Polizeihochschule, wie man Leute verunsichert und aus der Reserve locken kann, in der Praxis anwenden. Der Galerist ist ein gefundenes Fressen für ihn.

»Sie sind aber hektisch, Herr Grohé. Merkwürdig. Sie haben am Anfang, als Sie hereinkamen, so einen lässigen, souveränen Eindruck gemacht. Davon ist nicht mehr viel übrig. Erst waren Sie beleidigt, dann wurden Sie immer aggressiver. Und jetzt sind Sie nur noch ein Nervenbündel, nein, ein Häufchen Elend. Nein, das wäre zu viel gesagt, eher sind Sie, verzeihen Sie mir den Ausdruck, ›hysterisch‹.«

Fred braust auf: »Mit Ihrer Laienpsychologie können Sie vielleicht bei Ihren Praktikantinnen Eindruck schinden. Bei mir nicht! Haben Sie vielleicht auch einen ›Deeskalationsworkshop‹ absolviert?«

»Wo waren Sie denn an jenem Abend, Herr Grohé?«

»Das geht Sie nichts an!«

»Das muss mich aber etwas angehen.«

»Ich verweigere die Aussage!«

»Oh!«

Hartmut zu Fred, verwirrt: »Wo warst du? Das interessiert mich auch. Ich habe an dem Abend so oft bei dir angerufen.«

Fred dreht sich weg. »Ich sagte schon, ich verweigere die Aussage.«

Hauptkommissar Lau ist zufrieden: »Na denn, dann wär's das ja mal fürs Erste. Ich danke Ihnen, meine Herren. Sie haben mir sehr geholfen. Den Weg hinaus finden Sie alleine, denke ich. Schönen Tag noch zusammen.«

Im Auto, noch in der Keithstraße, fragt Hartmut Fred: »Wo warst du?«

Fred, wieder beherrscht: »Darüber möchte ich nicht reden.«

»Bitte, sag es mir!«

Fred startet den Jaguar: »Ich bringe dich zur Uni.«

*

Abends in Freds pompösem Himmelbett. Indirekte Beleuchtung, pfirsichfarbenes Licht. Zwei blaue Kerzen, halb heruntergebrannt, im schlichten Silberleuchter auf dem einbeinigen Nussbaumtischchen. Das Bett frisch bezogen, altrosa Seidenbettwäsche. Bewusst keine Musik, weil sie Hartmut ›abtörnt‹. Die Heizung nicht zu hoch gestellt, damit Hartmut nicht zu ersticken droht. In Freds überheizter Wohnung zieht sich Hartmut immer sofort bis auf die Unterhose aus. Und dennoch: Es läuft nichts. Hartmut liegt wie ein Eisblock auf dem Bett, die Arme unter dem Kopf verschränkt, und blickt ins Leere. Fred streichelt seine behaarten harten Oberschenkel, will die Shorts herunterziehen.

»Fred, bitte.«

»Zieh wenigstens die Strümpfe aus!«

»Bitte lass das!«

Fred rollt zurück auf seine Bettseite, nippt am Champagner. Ihm wird kühl. Er steigt aus dem Bett, nimmt seinen Bademantel vom stummen Diener, erfreut sich kurz am dunkelblau-rostfarbenen Rautenmuster, er hat ihn an dem Tag gekauft, als Gianni Versace in Florida ermordet wurde, sozusagen als Abschiedsgeschenk an sich selbst, wickelt sich fest darin ein, legt sich wieder aufs Bett, nimmt einen weiteren Schluck Champagner. Hält Hartmut die Jugendstil-Champagnerschale hin. Wenn sie so zusammen sind, trinken sie immer aus einem Glas. Hartmut wehrt ab.

Hartmut murmelt leise vor sich hin: »Wieso werden wir von der Polizei verfolgt? Was haben wir verbrochen? Was wird hier gespielt?«

»Keine Ahnung!«

»Sag es mir bitte, Fred! Sag mir, wenn du etwas weißt!« Er stützt sich auf den Ellenbogen auf, beobachtet Fred. »Doch, du weißt etwas. Du verschweigst mir etwas.«

Fred kann den Blick nicht von Hartmuts Trizeps- und Deltamuskel abwenden.

Hartmut sinniert: »Du warst heute Morgen so merkwürdig. So nervös. So kenne ich dich gar nicht. Du bist sonst so souverän. Dem Polizeibeamten ist das auch aufgefallen. Machst du mir etwas vor? Ist das alles nur Fassade? Bitte, sei aufrichtig zu mir.«

Fred versucht, den Arm um ihn zu legen.

»Bitte nicht. Lenk nicht ab! Ich kann jetzt nicht. Ich will das jetzt nicht.«

Fred versucht, Hartmuts Nacken zu kraulen. Hartmut schüttelt ihn ab.

»Du verheimlichst mir etwas!«

Fred, ruhig: »Nein.« Streichelt Hartmuts Oberarm.

Hartmut insistiert: »Fred, bitte, sag mir, was los ist!«

»Sag mir lieber, was mit *dir* los ist!«

»Sag mir, was los ist.«

Fred spielt mit der Champagnerschale. »Es ist nichts. Was soll denn sein?! Die sind hysterisch.«

»Hast du denen in der Uni etwas gesagt?«

»Was sollte ich denen denn sagen!? Ich kenne die doch gar nicht.« Hartmut springt aus dem Bett, hebt sein T-Shirt vom Parkettboden auf, zieht es über, setzt sich auf einen schwarz gepolsterten Nussbaumstuhl neben der Tür: »Wie es mir geht. Was ich dir alles erzählt habe. Was ich von Schuster weiß.«

»Ich weiß doch nicht einmal, wie der Schuster aussieht. Ich kenne nur deinen Erfurt. Diesen unappetitlichen Kotzbrocken. Das reicht mir!«

Hartmut zieht jetzt leider auch seine Hose an, bläst die Kerzen aus. Fred verkneift es sich, Hartmut auf den silbernen Kerzen-›Extinguisher‹ hinzuweisen. Er befürchtet ohnehin eine Endlosdebatte.

»Aber wie kommen die auf uns? Wieso verdächtigen die uns? Ausgerechnet uns? Hast du etwas damit zu tun, Fred?«

»Also hör mal! Was ist denn mit dir los? Langsam zweifle ich an deinem Verstand! Was reimst du dir denn noch alles zusammen? Du hast schon genug Feindbilder im Kopf!« Fred steht ebenfalls auf, zieht den Bademantel enger. Schlüpft in seine schwarzen Lederschlappen. Läuft mit der Champagnerschale in der Hand langsam auf und ab.

»Aber wieso werden wir dann verhört? Sag es mir!«

»Wie oft soll ich dir noch sagen: Ich weiß es nicht! Vielleicht hat dich in der Uni jemand auf dem Kieker!«

»Schuster! Das kann nur Schuster sein.« Hartmut springt auf. »Den müsste man umbringen! Diesen widerlichen, stinkenden Fettsack. Abstechen müsste man dieses Schwein! Der ist so eklig, so widerlich! Ich muss mich übergeben, wenn ich nur an ihn denke!« Hartmut schüttelt sich.

»Sag so etwas nicht zu laut!«

Hartmut fängt sich wieder: »Wer kann denn sonst noch etwas gegen mich haben…? Der Dekan. Aber das glaube ich eigentlich nicht, der ist trotz allem immer ganz freundlich zu mir. Aber vielleicht ist er der Handlanger von Schuster!« Fällt Fred um den Hals. Der Champagner schwappt aufs Parkett. »Bitte hilf mir. Ich habe solche Angst!«

Fred umarmt ihn, die kostbare Champagnerschale fest in der Hand, streichelt ihm Kopf und Nacken. Von Champagner bleiben zum Glück keine Flecken zurück.

»Komm jetzt ins Bett.«

»Ich weiß nicht mehr weiter. Bitte, hilf mir, hilf mir.«

Fred schiebt Hartmut zum Bett. »Es ist schon drei Uhr. Du hast morgen einen anstrengenden Tag. Oder willst du noch einen Schluck Rotwein? Dann schläfst du gut.«

Hartmut setzt sich aufs Bett.

»Nein. Oder doch, ja. Trinken wir noch einen Rotwein. Der morgige Tag ist sowieso gelaufen. Ich wollte um halb sieben aufstehen. Ich wollte so viel machen. Ich wollte joggen, ich wollte meinen Artikel fertigschreiben, ich wollte in die Stabi, abends wollte ich ins Fitnesscenter, ich wollte einen schönen Abend mit dir…«

»Das kannst du trotzdem alles. Ich hole uns jetzt erst mal den Rotwein.«

Hartmut legt sich aufs Bett, wieder mit unter dem Kopf verschränkten Armen. Das T-Shirt rutscht nach oben. Fred kommt mit einem riesigen Rotweinpokal zurück. Er legt sich vorsichtig neben ihn, den Pokal balancierend. Er möchte das Bild nicht zerstören.

Dann aber reicht er ihm doch das Glas.

»Hier, mein Schatz. Trink du zuerst.« Hartmut nimmt einen tiefen Schluck. Sie liegen trinkend und schweigend nebeneinander.

Fred: »Jetzt zieh doch mal das T-Shirt aus!«

»Nein, ich kann nicht. Das musst du bitte verstehen!« Schweigen. »Ich kann nicht mit diesen verlogenen 68ern am Stammtisch saufen. Ich kann mich nur über meine Lehrveranstaltungen empfehlen.«

Fred zieht frustriert den Bademantel aus, wirft ihn achtlos über den Mies-van-der-Rohe-Ledersessel und kriecht unter die Bettdecke. Hartmut richtet sich wieder auf.

»Ich kann auch zu Hause schlafen.«
»Quatsch!« Fred drückt ihn zurück aufs Bett.
»Bitte hab etwas Geduld mit mir.«
»Habe ich doch!«
»Warum machst du das eigentlich alles mit?«
»Warum wohl!«
»Sag mir bitte, wenn du mich nicht mehr magst, wenn du etwas mit anderen Männern hast. Ich bin dir nicht böse. Aber sag es mir bitte.«
»Rede nicht so einen Unfug. Jetzt schlaf erst einmal.«
Fred knipst das Licht aus. Mit dem Ohrwurm ›Ich hab' ihn nicht einmal geküsst‹ schläft er unruhig ein.
Hartmut schlüpft nicht unter die Bettdecke, zieht das T-Shirt nicht aus und liegt noch lange wach.

*

Sonntag, 21. November. Fred hat für sich und Hartmut Kinokarten für die Abendvorstellung im *Xenon* gekauft, eine der letzten schwulen Kinobastionen in Berlin. Die 18-Uhr-Vorstellung läuft noch. Großes queeres Gedränge im kleinen Foyer. Heute Abend läuft *Der Einstein des Sex*, ein Spielfilm über Magnus Hirschfeld, in Anwesenheit des Regisseurs Rosa von Praunheim. Hartmut will etwas Grundlegendes über den Film schreiben, weil er die Berichterstattung in der Berliner Presse, selbst in einigen Schwulen-Organen für negativ voreingenommen hält und Rosa gegen den Vorwurf in Schutz nehmen will, er sei ein ›Laienregisseur‹. Die Schwulenbewegung verdanke ihm sehr viel, wiederholt Hartmut, wo immer er Gelegenheit hat. Hartmut hat schon Rosas halb dokumentarischen, halb fiktionalen Film über Charlotte von Mahlsdorf *Ich bin meine eigene Frau* in einer Podiumsdiskussion vehement verteidigt. Es war ihm überzeugend gelungen, in verständlichem theaterwissenschaftlichen Jargon deutlich zu machen, wie Rosa theatrale, ›psychodramatische Elemente‹ – wörtlich, und nicht, wie im umgangssprachlichen Sinne immer falsch verwendet! – als Spielsequenzen einsetzt, gerade auch, weil er bewusst Laiendarsteller agieren lässt. Rosa hat ihn hinterher geküsst. Aber das war Hartmut eher unangenehm gewesen.

Jetzt also stehen Hartmut und Fred im Gedränge und warten auf den Einlass. Rosa von Praunheim schiebt sich an Hartmut vorbei, erkennt ihn aber nicht. Oder ignoriert ihn. Aber das verletzt Hartmut nicht. Ihm geht es um die Sache. Fred würde so etwas den ganzen Abend versauen.

Hartmut zupft Fred an der *Camel*-Lederjacke. »Du, da drüben steht der Steinbrecher. Du weißt doch, der Prof aus Hildesheim, wo ich mich beworben habe und wo ich zur Anhörung eingeladen bin.«

Fred schaut suchend über die Köpfe.

»Der mit dem blauen Jeanshemd, dem grauen Schnauzer, der Mecki-Frisur und der Nickelbrille.«

»Kannst du ich ihn bitte etwas genauer beschreiben? Hier stehen mindestens fünfzig Trinen in Jeans-Hemd, mit grauem Schnauzer, Klobürstenschnitt und Nickelbrille.«

»Na, der dort!« Hartmut deutet mit dem Finger auf ihn.

»Ach der! In dem *Banana Republic*-Hemd?«

»Was meinst du? Soll ich ihn ansprechen?«

»Mach doch!«

»Vielleicht sagt er mir, wie meine Chancen stehen.«

»Frag ihn. Klare Verhältnisse sind immer gut.«

»Meinst du wirklich?«

»Mach schon. Gleich ist Einlass. Dann ist es zu spät.«

»Man soll ja ein Verfahren nicht beeinflussen.«

»Also, ich hätte da kein Problem. Nach dem, was du mir aus deinem Institut erzählst, wie sich die Weiber an die Profs ranschmeißen. Jetzt mach schon! Du vergibst dir nichts, glaub mir!«

Hartmut kann nur gewinnen, so wie er heute aussieht, in seinem schwarzen Rolli, der grünen, mit Leder abgesetzten *Diesel*-Jeansjacke. Einfach sexy mit seinen verlorenen blauen Augen. Hartmut schiebt sich durch die Menge zu Prof. Dr. Steinbrecher.

»Sind Sie Herr Steinbrecher?«

Prof. Steinbrecher blitzt ihn durch die Nickelbrille an: »Ja? Woher kennen Sie mich?«

»Ich habe Aufsätze von Ihnen gelesen und Ihren Vortrag auf dem letzten Theaterwissenschaftskongress gehört über *L'homme blessé* von Chéreau.«

Prof. Steinbrecher strahlt ihn an.

Hartmut nickt: »Fand ich sehr gut, wie Sie Ihren Vortrag auf den Thesen von Foucault aufgebaut haben! Auch wenn ich nicht mit allem einverstanden war. Die Äquivalenzen zwischen der Chéreau'schen Filmästhetik und dem Musiktheater, etwa dem Bayreuther ›Jahrhundert-Ring‹, sehe ich etwas anders. Das war für mich nicht ganz stimmig…«

Prof. Steinbrecher runzelt die Stirn: »Ach ja? Interessant, was Sie da sagen. Werde ich überdenken. Und wer sind Sie?«

»Frohmann, Hartmut Frohmann.«

»Ah ja!«

Hartmut glücklich: »Sie kennen mich?«

»Ich glaube, ich habe auch schon Sachen von Ihnen gelesen, natürlich.«

»Ach ja? Können Sie mir etwas dazu sagen?«

»Ich habe jetzt keinen bestimmten Artikel parat. Aber es gefällt mir, was Sie wissenschaftlich treiben. Auch Ihre Themen sind wichtig.«

»Das finde ich auch. Für diese Themen interessieren sich ja bedauerlicherweise nicht allzu viele Kollegen. Wenn wir uns nicht darum kümmern würden.«

Die Zuschauer der 18-Uhr-Vorstellung strömen aus dem Saal. Es wird noch enger.

»Rufen Sie mich doch mal an!« Prof. Steinbrecher zückt seine Kinokarte und will sich zum Einlass vorkämpfen.

»Herr Steinbrecher, es ist eigentlich nicht meine Art, Leute einfach so anzusprechen.«

Prof. Steinbrecher dreht sich abrupt um. In seinen Augen blitzt es wieder. Hartmut bündelt allen Mut und seine ganze Kraft, um gegen seine ›mangelnde Ich-Stärke‹ anzukämpfen, die ihm in einem traumatisierenden Psychodramaworkshop attestiert worden war, zu dem ihn ein Psycho-Freund mitgeschleppt hatte.

»Darf ich Sie etwas Persönliches fragen? Ich weiß nicht, ob Sie wissen, dass ich mich bei Ihnen in Hildesheim beworben habe...«

Oh Gott, du sollst nicht immer so viel fragen, tu es, Mann, würde Fred ihn anbrüllen.

»Ah ja! Doch, doch! Jetzt klickt es bei mir!«

»Es ist eigentlich nicht meine Art, so direkt zu fragen. Aber können Sie mir vielleicht sagen, wer alles zur Anhörung eingeladen ist?«

»Das darf ich nicht.«

»Das ist doch eigentlich kein Geheimnis.«

»Ich muss Ihnen ehrlich sagen, ich habe es gar nicht im Kopf.«

»Ich wollte nur wissen, ob es überhaupt Sinn hat, nach Hildesheim zu fahren.«

»Warum nicht? Das verstehe ich nicht.«

Steinbrecher und Hartmut werden durch das Geschiebe richtig aneinandergedrückt. Steinbrecher scheint es nicht unangenehm zu sein, wie Fred über die Köpfe hinweg beobachtet. Nicht schlecht, findet Fred. Wenn nur Hartmut nicht so ein Gesicht ziehen würde.

»Na ja, ich meine, wenn wieder drei Frauen zur Anhörung eingeladen sind, kann ich mir den Aufwand sparen, extra nach Hildesheim zu fahren.«

»Wieso?«

»Dann ist doch schon von vornherein klar, dass eine Frau berufen wird.«

»Wer sagt denn so etwas?«

»Das ist doch überall so.«

»Nicht bei uns in Niedersachsen! Da kann ich Sie trösten!«

»Also, Sie meinen, ich soll ›vorsingen‹?«

»Wenn Sie mich so fragen. Unbedingt! Aber das müssen Sie natürlich selbst entscheiden. Drehen Sie mir daraus keinen Strick!«

»Ich habe keine andere Wahl. Ich würde natürlich lieber in Berlin bleiben oder nach München gehen als in die tiefste Provinz! Das werden Sie sicher verstehen.«

»Unterschätzen Sie Hildesheim nicht!«

»Und welche Rolle spielt es ... ich meine, als Mann, wenn man über die Themen gearbeitet hat, über die ich geschrieben habe ... Ich meine, schadet einem das eher oder nützt einem das? Ich bin schon so oft abgelehnt worden.«

Der Einlass beginnt. Alles drängt zur Tür. Steinbrecher und Hartmut werden geschubst und geschoben. Männer drängen sich zwischen sie.

Hartmut ruft Steinbrecher über die Köpfe zu: »Und manchmal frage ich mich, ob das nicht auch damit zu tun hat, dass ich nicht nur ein Mann bin, sondern ein schwuler Mann. Verstehen Sie mich? Also sozusagen doppelt benachteiligt.«

Prof. Steinbrecher ruft zurück: »Niedersachsen ist da inzwischen mit am liberalsten.«

Hartmut hat sich inzwischen wieder zu Prof. Steinbrecher vorgekämpft: »Im Grunde müsste es doch so sein, dass ich anderen Männern gegenüber bevorzugt behandelt werde ...«

»Als armer Homosexueller? In welcher Zeit leben Sie denn?«

»Na ja, ich meine, es gibt den Frauenbonus. Da müsste es doch eigentlich auch den Schwulenbonus geben ...«

»Ich bin strikt gegen diese Art falscher Bevorzugung.«

Fred sitzt schon im Kino und winkt Hartmut mit der Kinokarte. Aber Hartmut bemerkt es nicht. Prof. Steinbrecher belegt mit seiner schwarzen Nietenjacke einen Klappsessel am Rand. Er wird langsam ungeduldig. Lachende Schwulengruppen schieben sich an ihnen vorbei, versuchen die besten Plätze zu ergattern.

Prof. Steinbrecher: »Wie gesagt, ich bin strikt gegen diese Art falscher Bevorzugung.«

»Aber bei Frauen wird es doch auch so praktiziert, dass sie allein schon wegen ihres Geschlechts einen Ruf auf eine Professur erhalten.«

»Da entscheiden letztlich auch die fachlichen Qualitäten!«

»Da habe ich ganz andere Erfahrungen gemacht.«

»Dann sind Sie ein Einzelfall.«

Ein mächtiger Lederteddy mit Bart schiebt Hartmut zur Seite und küsst Steinbrecher: »Hallo, Frank, mein Süßer. Ich habe dich überall gesucht.«

Hartmut beugt sich vor, packt Steinbrecher am Arm: »Die Gesellschaft hat an uns so viel wiedergutzumachen. Vom Dritten Reich bis heute! Wir haben einen Anspruch darauf! Uns wird es so schwer gemacht.«

Steinbrecher dreht sich zu Hartmut um: »Wer gut ist, setzt sich auch durch. Ich bin strikt gegen Quotenfrauen. Ich bin aber auch strikt gegen Quotenschwule. Das ist der falsche Weg! Das wäre missverstandene Solidarität.«

Er nimmt neben seinem Lederteddy Platz. Sie küssen sich. Die Werbung beginnt. Hartmut kämpft sich gegen das Murren vieler zu Fred durch. Manche fassen ihm auch an die Schenkel.

»Nun, was hat er gesagt? Tut er was für dich?«

Hartmut ziemlich geknickt: »Vielleicht war es doch falsch, ihn anzusprechen. Jetzt habe ich mir vielleicht alles verdorben. Du hast mir dazu geraten. Wenn ich die Stelle in Hildesheim nicht bekomme, bist du schuld.«

Der Film beginnt. Fred nimmt Hartmuts Hand und hält sie fest. Nach dem Film und dem anschließenden Publikumsgespräch, an dem sich Hartmut trotz intensiver Vorbereitung nicht beteiligt, es war ihm nicht mehr danach, steht man wieder im Foyer herum. Mona steuert mit ausgebreiteten Armen auf Hartmut und Fred zu. Sie hakt sich bei Hartmut ein: »Hallo, mein Engel! Süß siehst du heute aus. So leicht neben der Spur.« Lacht, fingert eine Zigarette aus ihrer lackledernen roten *Gucci*-Handtasche aus Taiwan: »Gibst du mir bitte Feuer?« Hartmut entzündet umständlich ein Streichholz. Mona weist mit der Zigarette auf Prof. Steinbrecher, der seinem Teddybären den Bart krault. Laut: »Sag mal, ist das nicht der Eisbrecher?«

Steinbrecher schaut herüber. Hartmut versucht, Monas Arm wegzuschieben. Sie zerrt ihn mit zu Steinbrecher.

»Hallo, Herr Professor! Richtig schick sehen Sie heute aus! Sonst tragen Sie doch immer Anzug und Krawatte. Leder steht Ihnen viel besser. Da kommt Ihr Typ besser zur Geltung. Findest du nicht auch, Hartmut?« Mona lacht, die anderen schweigen und lächeln gequält.

»Was machen Sie denn in Berlin?«

»Das sehen Sie ja. Ich gehe ins Kino!«

Mona zieht an der Zigarette: »Gut, dass ich Sie treffe. Ich wollte Sie schon anrufen. Sie sind doch Kommissionsvorsitzender der Berufungskommission in Hildesheim! Für die W2-Professur! Wieso haben Sie mich denn nicht zur Anhörung eingeladen? Ich habe mich beworben! Sie kennen mich doch: Monika Schneider, FU.«

»Dazu kann ich jetzt nichts sagen, Frau Schuster oder Schneider oder wie auch immer. Möchte ich auch nicht. Schönen Abend noch! Ich muss leider gehen.« Er geht mit seinem Freund noch lange nicht, erst einmal begrüßt er überschwänglich Rosa von Praunheim.

Mona kann gut wegstecken, sie genehmigt sich und Hartmut einen Prosecco, der aufs Haus geht. Fred entschuldigt sich, er habe noch einen Termin, und verabschiedet sich.

Hartmut hat keine Lust auf Prosecco, er hat Sorgen, hechelt wie ein gehetztes Tier: »Mona, sag mir, was mache ich falsch? Es kann doch nicht daran liegen, dass ich schlecht bin?! Ich bin habilitiert, ich habe Bücher geschrieben, zahlreiche lange Aufsätze mit Fußnoten, ich habe eine Festschrift herausgegeben, ich war Gastprofessor an der Yale University, ich habe C4-Lehrstühle vertreten, ich habe über hundert Studenten in der Vorlesung, ich betreue zwanzig Master- und Doktorarbeiten. Was mache ich falsch? Warum bekomme ich keine feste Stelle?«

»Jetzt hör aber auf! Kaum sind wir irgendwo, du hast noch keinen Schluck getrunken, und schon fängst du an, von deiner Misere zu reden! Ich kann es nicht mehr hören! Wat soll ick denn sagen? Ich habe doch auch keine Stelle und jammere nicht die ganze Zeit rum! Ick könnte den ganzen Karriereweibern ooch einen Hund auf den Hals hetzen oder ein Messer in den Rücken rammen! Wie dieser Irre beim Tennisturnier in Hamburg.«

»Du hast aber auch nicht so viel gemacht wie ich.«

»Nu hör aber auf! Nach deiner Weltanschauung müsste ich doch längst eine Stelle haben! Egal, wie viel ich publiziert habe! Hauptsache Frau! Das ist doch immer deine Behauptung! Ich bin das beste Gegenbeispiel für deine Theorie!«

»Außerdem bist du viel älter als ich. Du gehst auf die fünfzig zu und hast ein Alkoholproblem.«

Mona wird immer aggressiver: »War die Hausinger etwa eine Sexbombe? Und sie war nicht habilitiert! Ich bin habilitiert, falls du dich daran erinnerst! So sieht der Kampf der Geschlechter aus, mein Schätzchen! Er ist auch ein gleichgeschlechtlicher! Du hast doch keine Ahnung! Du, in deiner selbstgerechten Märtyrerrolle, mit der du dein eigenes Versagen wegpisst! Immer sind die anderen schuld. Und bei euch Schwulen natürlich immer die Frauen!«

Hartmut sackt in sich zusammen: »Das Aussehen spielt eine große Rolle!«

Mona laut: »Dann lass dich doch von irgend so einem Kerl ficken! Dann hast du eine Stelle! Es gibt ja genug schwule Professoren! Wie diesen Wichser aus Hildesheim! Aber der ist dir natürlich nicht gut genug! Dann musst du eben die Augen zumachen!«

Hartmut scharf: »Du unterstellst mir, dass ich mich Männern anbiete?«

»Kannst ja auch 'ne Olle ficken! Am besten 'ne Frauenbeauftragte! Das wirst du schon noch hinkriegen. Die meisten Weiber stehen auf Schwule!«

»Du bist fies und gemein! Immer unter die Gürtellinie!«

»Was soll's! Du bist eben kein Stecher! Das merken die! Auch in den Kommissionen! Du bist kein richtiger Mann für die! Da kannst du noch so viel Bodybuilding machen! Für die bist du kein Kerl. Auch bei uns im Institut nicht! Die nehmen dich nicht ernst! Die wollen mit 'nem Kumpel saufen gehen. Das bist du nicht!« Mona greift sich Hartmuts Prosecco und kippt ihn runter.

Hartmut depressiv: »Ich kann nur noch emigrieren!«

»Geh doch in den Iran! Da nimmt dir keine Frau eine Stelle weg! Chatami hat die Gleichstellung der Frauen als ›größten Fehler des Westens‹ bezeichnet.«

»Ich kann mich nur noch umbringen!«

Mona brüllt, einige Schwule drehen sich pikiert um: »Es ist ja nicht mehr auszuhalten!«

»Ich kann nur noch aus dem Fenster springen!«

»Na, dann spring doch! Und lass mich in Ruhe! Ich höre mir dein Gesülze nicht mehr länger an!«

*

Es ist wieder Montag. Fred Grohé bereitet in seiner Küche in der Mommsenstraße das Frühstück vor. Er trägt einen seidenen Bademantel mit Jaguarmuster, ein Geschenk von Hartmut. Im Hintergrund läuft halblaut Inforadio. Fred schiebt die Ärmel hoch und wirft einen Blick in seinen Kühlschrank: Es muss nicht der Rohmilchkäse von *Maître Philippe* sein, oder doch? Ein Gouda von *EDEKA* tut's auch. Der macht sich auf der handgeschliffenen Kristallplatte auch gut. Der Serrano-Schinken? Ach ja, warum nicht! Kaviar nicht, der gehört zum *Heidsieck*, und der wird jetzt nicht geöffnet! So toll war es auch nicht. Baguette in den Backofen? Toast tut es auch. Frisch gepresster Orangensaft muss sein! Vitamine! Er holt zwei Kristallgläser aus dem Hängeschrank. Oder lieber die bunten Party-Gläser? Ach nein, es sollten schon die Kristallgläser sein. Er stellt die Eieruhr an. Der Kaffee läuft bereits durch. Das dauert ja wieder ewig im Bad! Fred setzt sich auf den weißen Bauhaus-Küchenstuhl und dreht das Radio lauter:

»Rätselraten herrscht weiterhin um die Tote, die am 14. November im Tiergarten in Höhe der Löwenbrücke aufgefunden wurde. Offenbar ist die Frau von einem oder mehreren Kampfhunden angefallen und zu Tode gebracht worden. Wir schalten nun um ins Polizeipräsidium, wo in diesem Augenblick eine Pressekonferenz beginnt. Volker Reimer, können Sie mich hören?« »Ja, Susanne, ich kann Sie hören. Guten Morgen, meine Damen und Herren, hier ist Volker Reimer mit einer *Live*-Schaltung aus dem Polizeipräsidium in Berlin. Ja, das Rätselraten um den mysteriösen Tod im Tiergarten geht weiter. Etwa sechzig Journalisten sind anwesend, viele Kamerateams, auch aus den Nachbarstaaten. Es geht ja um ein sehr brisantes Thema. Wenn es wirklich stimmt, dass sogenannte Kampfhunde die Frau angefallen und getötet haben, was sich immer mehr zu bestätigen scheint, so wird sich die Berliner Polizei den Vorwurf gefallen lassen müssen, die Durchsetzung beziehungsweise Umsetzung der sogenannten Hundegesetzdurchführungsverordnung, die einen Maulkorb- und Leinenzwang bei Kampfhunden vorsieht, nicht streng genug und nicht mit aller Härte betrieben bzw. wieder aufgegeben zu haben. Ein heikles Thema, gerade auch im Zusammenhang mit neonazistischen Aktivitäten in unserer Stadt, die besonders von der ausländischen Presse äußerst aufmerksam verfolgt werden. Ob da irgendein Zusammenhang besteht, lässt sich zu diesem Zeitpunkt noch nicht sagen. Möglicherweise wird der Generalbundesanwalt den Fall an sich ziehen. Jedenfalls, so viel steht fest, kann der Vorfall möglicherweise auch Konsequenzen auf personeller Ebene haben. Susanne, bin ich noch auf Leitung?«

»Ich kann Sie gut hören, Volker!«

Die Eieruhr klingelt. Fred schrickt zusammen, springt auf und zieht den Stecker heraus, hält die beiden Eier mit spitzen Fingern unter den kalten Wasserstrahl und balanciert sie in die Steingut-Eierbecher.

»Oberstaatsanwalt Dr. Ganzert, der den Fall übernommen hat, ergreift nun das Wort, um Auskunft über den neuesten Stand der Ermittlungen zu geben und Fragen der Journalisten zu beantworten.«

Blitzlichtgewitter ist zu hören. Oberstaatsanwalt Dr. Ganzert formuliert monoton sachlich, unangreifbar: »Wir gehen inzwischen davon aus, dass das Opfer von einem, möglicherweise mehreren Kampfhunden angefallen und zu Tode gebracht wurde. Von dem Hund oder den Hunden, wie auch dem möglichen Hundehalter oder der Hundehalterin, oder Hundehaltern, auch dies müssen wir im Plural sagen, fehlt bisher jede Spur.«

Frage eines Journalisten: »Gibt es denn Hinweise auf den oder die Täter?«

Fred zieht zwei Scheiben Toast aus dem Toaster, buttert sie und belegt sie mit Gouda.

Wieder die Stimme des Oberstaatsanwalts: »Die Ermittlungen gestalten sich äußerst schwierig. Es hat in der fraglichen Nacht heftig geregnet. Wir haben die Spürhundstaffel eingesetzt, unsere Beamten sind pausenlos im Einsatz, der Tiergarten ist weiträumig abgesperrt, wir untersuchen jeden Millimeter auf mögliche Anhaltspunkte, aber Näheres kann ich dazu noch nicht sagen.«

Frage eines Journalisten: »Wie kommt eine Frau nachts in den Tiergarten, oder anders gefragt, was hat eine Frau, noch dazu eine Professorin, nachts allein im Tiergarten zu suchen?«

»Diese Frage haben wir uns auch gestellt. Dazu kann ich Ihnen Folgendes mitteilen. Die Dame befand sich auf dem Weg zum Hotel in der Straße des 17. Juni. Nächtliche Spaziergänge in dieser Gegend sind nicht risikolos.«

Der Journalist hakt nach: »Von bestimmten Medien wurde geäußert, der Ort, wo die Leiche gefunden wurde, sei ein bekannter Homosexuellentreffpunkt. Sehen Sie da irgendeinen Zusammenhang?«

»Nein. Wir gehen davon aus, dass sich die Dame verlaufen hat. Die Tote stammte nicht aus Berlin. Ich bin Ihnen dankbar für diesen Hinweis. Das gibt mir die Gelegenheit, die Kolleginnen und Kollegen von den Medien nachdrücklich vor falschen Spekulationen und Vorverurteilungen zu warnen! Warnen möchte ich an dieser Stelle aber auch noch einmal eindringlich alle Berliner Bürgerinnen und Bürger vor nächtlichen Spaziergängen im Tiergarten, und das gilt für alle Personengruppen. Es ist Ihnen sicherlich bekannt, dass sich in letzter Zeit, besonders seit dem Zustrom von Zuwanderern, die sich zum großen Teil nicht registriert in unserer Stadt aufhalten, Übergriffe gehäuft haben, angefangen von Handtaschendiebstählen bis hin zu schwerem Raub mit Körperverletzung. Ich sage dies, ohne Menschen, die bei uns das Gast- bzw. Aufenthaltsrecht genießen, zu nahe treten zu wollen oder sie gar zu verunglimpfen. Das ist aber leider eine Tatsache, der wir uns stellen müssen.«

Frage eines Journalisten: »Es wurde mehrfach von den Medien in den Raum gestellt, es könne sich um ein Gewaltverbrechen handeln. Können Sie dazu inzwischen Näheres sagen?«

Hinter der Milchglasscheibe der Küchentür zeichnet sich ein heller Schatten ab, eine Zunge fährt lasziv die Glasscheibe hinauf. Fred lässt es kalt.

Der Oberstaatsanwalt: »Wir gehen nach wie vor von einem tragischen Unfall aus. Und wir bitten den oder die Hundehalter, sich umgehend bei der Polizei zu melden. Wir bitten auch all diejenigen, die sich am Abend des 14. November im Tiergarten oder in der näheren Umgebung des Tiergartens aufgehalten haben und etwas Verdächtiges bemerkt haben, sich ebenfalls mit der Polizei in Verbindung zu setzen. Hinweise werden selbstverständlich auf Wunsch vertraulich behandelt. Die Frage lautet also: Wer hat in der Zeit zwischen ca. zweiundzwanzig Uhr dreißig und ein Uhr morgens eine oder mehrere Personen in Begleitung eines Kampfhundes oder mehrerer Kampfhunde gesehen?«

Frage einer Journalistin: »Kann es auch Mord gewesen sein?«

Olli kriecht auf allen Vieren knurrend in die Küche. Er hat nur ein weißes Badehandtuch um die Hüften. Die nassen blonden Haare hinter die Ohren geklebt, tappt er mit den ›Vorderpfoten‹ auf Freds Schoß, arbeitet sich leckend zum Gesicht hoch und besteht auf einem Zungenkuss, auf den sich Fred widerwillig einlässt. Seine Aufmerksamkeit gilt jedoch dem Oberstaatsanwalt.

Dr. Ganzert: »Tötungsdelikte sind oft Beziehungstaten. Es gehört natürlich auch zur Ermittlungsarbeit der Polizei, im familiären Umfeld eines Opfers und im Freundeskreis nach Motiven oder Verdachtsmomenten und einem möglichen Täter oder einer möglichen Täterin zu suchen. Das haben wir in diesem Fall natürlich auch getan. Aber da hat sich nichts Nennenswertes ergeben. Zum anderen müssen wir festhalten: Freilaufende Hunde reagieren in der Nacht besonders aggressiv. Es mag sich auch um einen oder mehrere herrenlose Hunde gehandelt haben. Ihnen ist ja bekannt, dass in den letzten Wochen und Monaten zahlreiche Tiere in Berlin ausgesetzt wurden, und dies in Folge der neuen Hundegesetzdurchführungsverordnung, um die Meldepflicht und Besteuerung zu umgehen. Es ist natürlich leider auch nicht auszuschließen, und damit komme ich auf Ihre Frage zurück, dass hier in einer ganz besonders skrupellosen und heimtückischen Art und Weise gehandelt wurde und Hunde möglicherweise als Kampfinstrument eingesetzt wurden, wobei selbst der Tod der angegriffenen Person in Kauf genommen wurde. Wir haben davon Kenntnis, dass dies gerade in bestimmten Milieus in zunehmendem Maße der Fall ist, um andere einzuschüchtern oder zu bedrohen. Also, ganz ausschließen können wir das natürlich nicht.«

Frage einer Journalistin: »Kann die Tat auch einen neonazistischen oder sexistischen Hintergrund haben?«

Fred schiebt Olli weg und weist ihm mit einer Geste den Platz am Tisch zu. Olli hat sich im Bad anscheinend mit allen After Shaves eingesprüht. Ein fürchterliches Gemisch. Er kreist mit der Zungenspitze über seine Oberlippe und will Fred mit gespieltem französischen Akzent beeindrucken: »Isch liebe disch!« Fred legt den Finger auf die Lippen. Olli stopft sich einen gebutterten und mit Käse belegten Toast in den Mund.

Oberstaatsanwalt Dr. Ganzert: »Ich sagte ja gerade, wir gehen von einem Unfall mit Todesfolge aus. Ich warne eindringlich vor falschen Spekulationen oder Vorverurteilungen! Damit ist niemandem gedient.«

Journalistin: »Aber wer sollte ein Interesse daran gehabt haben, Frau Prof. Hausinger zu ermorden? Oder anders gefragt: Wer sollte ein Interesse an ihrem Tod gehabt haben?«

Oberstaatsanwalt Ganzert energisch: »Dazu kann und möchte ich im Augenblick nichts sagen! Ich will aber an dieser Stelle nicht versäumen, an alle Berliner Bürgerinnen und Bürger zu appellieren: Bitte leinen Sie Ihre Hunde an. Wir haben die neue Hundeverordnung, und wir haben unsere Beamten angewiesen, Verstöße gegen diese Ordnung mit aller Härte zu ahnden. Ich danke Ihnen!«

Volker Reimers: »Ja, meine Damen und Herren, so weit die Pressekonferenz aus dem Polizeipräsidium. Damit gebe ich zurück ins Studio. Mein Name ist Volker Reimers, Inforadio. Susanne?«

Fred schaltet das Radio aus und holt doch den Kaviar und die Flasche *Heidsieck* aus dem Kühlschrank.

Olli: »Du bist ein großer Schatz!«

Fred lächelt leicht gequält. »Jetzt trägst du deine Tapsen auf meinen schönen Boden, den meine polnische Putzfrau gestern geschrubbt hat!«

»Soll ich die Spuren auflecken? Aber noch mehr stehe ich auf eine *golden shower*!« Olli knurrt Fred an.

*

Dienstag, 23. November. Auf dem Weg zum Dienst macht Kriminalhauptkommissar Lau einen Schlenker über den Tiergarten.

Er parkt sein Auto auf dem Mittelstreifen der Straße des 17. Juni. Er stellt seinen Mantelkragen hoch, wirft einen Blick in den Rückspiegel, steigt aus, steht unschlüssig auf dem Mittelstreifen. Die jungen Chaoten zu befragen, die mit ihren räudigen Kötern an der Ampel herumhängen, um genervten Autofahrern die Windschutzscheiben mit ihren verdreckten Lappen noch mehr zu verschmieren, bringt auch nichts. Die pennen zwar manchmal im Tiergarten, sind aber meistens so zugeknallt, dass sie ohnehin nichts mitkriegen. Und ihre hinkende Promenadenmischung fällt keinen Menschen an.

Der Hauptkommissar schlendert zur Löwenbrücke. Die Absperrung wurde von der Polizei inzwischen wieder aufgehoben, einige weiß-rot gestreifte Plastikbänder wedeln noch schlapp an Sträuchern.

Ob es etwas bringt, nachts einen jungen Kollegen in Zivil zu postieren, um zu beobachten, wer sich hier regelmäßig ein Stelldichein gibt? Der Mörder kehrt an den Ort des Geschehens zurück, auch so eine Binsenweisheit aus der Polizeischule. Die meisten Kollegen drücken sich davor. Es ist ihnen unangenehm, von Schwulen ›angebaggert‹ zu werden. Selbst die Kollegen vom ›Referat für gleichgeschlechtliche Lebensweisen‹ oder so ähnlich, die den Auftrag haben, Homosexuelle vor Übergriffen zu schützen, sehen sich im Konflikt, Dienst und Privatsphäre auseinanderzuhalten, wenn eine ›Sahneschnitte vorüberschwebt‹, wie es ein betroffener Kollege einmal ausgedrückt hat. Den Hauptkommissar irritiert das. Die kapieren nicht, dass man gerade mit dieser Art von Vertrauensbasis auf wichtige Zeugen stoßen und wesentliche Informationen erhalten kann, die man sonst nicht bekäme, weil die Schwulen Angst haben, sich bei der Polizei zu melden, gerade dann, wenn sie selbst Opfer eines Überfalls geworden sind. Sie befürchten unangenehme Fragen, vor allem die verheirateten Familienväter, und von denen sollen ja etliche im Tiergarten ›anonymen Sex‹ suchen, wie aus einer internen Statistik zu erfahren ist. Na ja.

Der Hauptkommissar blickt auf seine Sportuhr. Zehn Uhr vormittags! Völlig falscher Zeitpunkt! Vielleicht sollte er selbst noch einmal nachts herkommen. Aber er war schon zweimal hier. Tote Hose. Im November sitzen die Schwulen in den Kneipen in der Motz- und Fuggerstraße und tauchen dann in den Darkroom ab.

Es fängt wieder zu nieseln an. Er bleibt am Brückenkopf stehen. Ein kleines schwarzes Holzkreuz mit durchfeuchtetem Trauerflor. Kein Namenszug. Nur ein kleines Totenlicht flackert vor sich hin. Am Boden ein Sträußchen verwelkender roter Rosen mit einem durchweichten Zettel: Frau Professor Hausinger!

Ein junger Mann steht mit dem Rücken zum Hauptkommissar in unmittelbarer Nähe der vor Jahren abgerissenen Holzbrücke. Die braune Lederjacke mit dem hochgeschlagenen Kragen kommt dem Hauptkommissar bekannt vor. Sieh mal an, der Hartmut Frohmann, so früh am Morgen im Tiergarten. Was sucht denn der hier? Der Hauptkommissar versteckt sich hinter einem Rhododendron-Strauch. Hartmut Frohmann bemerkt ihn nicht. Er kokelt mit einem Feuerzeug an einem Schriftstück herum. Klein züngelnde Flämmchen erlöschen immer wieder. Nicht mal das kriegt er hin. Aber man darf solche Typen nicht unterschätzen, oft ist die Hilflosigkeit nur gespielt. Es ist aber auch neblig feucht. Der Regen prickelt aufs Gesicht. Nach mehreren vergeblichen Versuchen zerreißt Hartmut Frohmann das Papier und wirft die Schnipsel in die Luft, sie flattern langsam ins stehende trübe Wasser. Dann springt er zurück auf den Gehweg, hebt sein Fahrrad auf, das achtlos im Matsch liegt, und fährt Richtung Spanische Botschaft davon.

Der Hauptkommissar haucht seine Hände warm, blickt ins Wasser. Grünlicher Schaum. Enten rudern an Laub, Präservativen und Bierdosen vorbei. Er hebt einen etwa achtzig Zentimeter langen Ast auf, tritt ganz nah ans Ufer und versucht, einzelne Schnipsel aus dem Wasser zu fischen. Er fingert sein Handy aus der Jackentasche und bestellt die Spurensicherung. Dann breitet er vier Tempotaschentücher quadratisch auf den feuchten Boden und versucht, das Papiermosaik zusammenzusetzen. Es muss sich bei dem Papier um eine Urkunde handeln. Er entziffert: »verleiht…«, »Habilitationsschrift«, »Lehrbefähigung«, »erforderliche H…leistungen in Forschung und Lehre.« Am unteren Rand wellt sich der verwaschene Stempelabdruck mit dem Berliner Bären.

Bis zum Eintreffen der Spurensicherung geht der Hauptkommissar weiter seinen Überlegungen nach, er hat sich an neun Zigaretten die Finger wärmen müssen und ist auf der Stelle gejoggt, damit ihm die feuchtkalten Füße nicht abfallen. Ihn interessiert im Augenblick weniger der offensichtlich verwirrte Hartmut Frohmann, sondern die Frage: Wie ist Frau Hausinger nachts an die Löwenbrücke gekommen?

Eine Frau nachts im Tiergarten. Allein. Wenn sie zu ihrem Hotel in der Straße des 17. Juni an der S-Bahn Tiergarten geht, wieso geht sie dann nicht direkt von der Schleuse auf dem beleuchteten Rad- oder Fußweg Richtung Straße des 17. Juni? Hat sie sich verlaufen, ist sie abgedrängt worden?

War es ein Täter oder waren es mehrere? Keine Spuren! Es hat geregnet. Keine Kampfspuren. Nur die tiefen Bisswunden. Fest steht nur, dass sie an der Löwenbrücke tot aufgefunden wurde. Keine Schleifspuren. Vielleicht hat der Kampfhund oder haben die Kampfhunde sie von der Straße zur Löwenbrücke gehetzt und dann angefallen oder ihr dort aufgelauert. Den Hauptkommissar schüttelt es, nicht nur vor Kälte.

Die muss doch geschrien haben. Wieso hat sie keiner gehört! Ja, irgendwelche Omis, die an der S-Bahn Tiergarten wohnen, meinen in ihrer Schlaflosigkeit gellende Schreie gehört zu haben.

Das kennen wir ja. Aber hier im Tiergarten? Wieso ist ihr keiner der muskelbepackten ›Ledermänner‹ zu Hilfe geeilt? Weil ›nur‹ eine Frau geschrien hat? ›Nur‹ eine Prostituierte? Hätte ja auch eine ›Transe‹ sein können! Die Schwulen sind doch für den Ernstfall alle mit Trillerpfeife und Pfefferspray ausgerüstet. Aber wenn es wirklich ernst wird, ziehen sie den Schwanz ein und verdrücken sich! Wie in der Motzstraße, als zwei Händchen haltende junge Männer von Skinheads überfallen wurden und keiner etwas gesehen und gehört haben will. Und all die ›Ledermännchen‹, wie die Kollegen sie im LKA verspotten, seelenruhig vor dem *Hafen* ihr ›Bierchen‹ schlürften. Oder sich vor Angst eingenässt haben. Über ›Hilfeverhalten‹ hat Hauptkommissar Lau einiges in Sozialpsychologie gelernt. Er erinnert sich dunkel an den berühmten Fall in den USA. Kitty Genovese? Ja, so hieß sie! Eine ganze Straße hängt am Fenster und schaut zu, wie eine Frau vergewaltigt und ermordet wird. Und keiner hilft ihr! Das hilft ihm im Fall Hausinger aber auch nicht weiter.

Freilaufende, womöglich ausgesetzte Pitbulls! Das ist der Tathergang, wie ihn sich sein leitender Oberstaatsanwalt wünscht. Dann ist der Fall ziemlich schnell erledigt. Es reicht ein Busunglück mit Rentnern, und schon ist der Fall aus den Schlagzeilen. Hund nicht auffindbar, Hundehalter auch nicht. Ein tragischer Unfall. Sargdeckel und Aktendeckel geschlossen.

Wenn die Hausinger aber doch eine Verabredung gehabt hat? Wieso ausgerechnet im Tiergarten? Wer verabredet sich mitten in der Nacht, noch dazu im November, im Tiergarten? Ausgerechnet an der Löwenbrücke? Eine absurde Vorstellung! Auf diese Idee kann doch eigentlich nur ein Schwuler kommen! Oder jemand, der den Verdacht auf einen Schwulen lenken will!

Den Hauptkommissar schiebt sich die zehnte Zigarette zwischen die aufgesprungenen Lippen. Er atmet tief durch. Der Rauch wärmt etwas.

Wenn nun aber die Hausinger den ›Täter‹ gekannt hat, mit dem sie sich getroffen hat? Mit einem Unbekannten hätte sie sich in einer für sie fremden Großstadt ja wohl kaum getroffen! Oder war sie sich ihrer selbst so sicher und fühlte sich so stark? In ihrer Manteltasche wurde immerhin Pfefferspray gefunden. Trug sie das immer bei sich, oder hat sie sich auf das Treffen vorbereitet? Die Dose war jedenfalls noch versiegelt. Mit wem könnte sie sich getroffen haben? Mit Frohmann? Nein! Der ist ja vom Abendessen weggelaufen. Er hat ja auch nicht noch einmal bei Erfurt angerufen, das wurde inzwischen überprüft. Frau Hausingers Handy hatte Frohmanns Nummer auch nicht gespeichert, es war gegen zweiundzwanzig Uhr ausgeschaltet worden. Von ihr oder jemand anderem. Aufgelauert hat Frohmann ihr vermutlich nicht. Obwohl ein so rachsüchtiger, verstörter junger Typ gerade zu so etwas fähig ist. Aber wer so wütend ist wie Frohmann an jenem Abend, der wartet nicht. Der wäre ihr vermutlich gleich an die Gurgel gegangen. Und selbst, wenn nicht, einer wie der legt selbst Hand an. Außerdem wäre Frohmann mit dem Hund nicht zurechtgekommen. Der wäre selbst zerfleischt worden. Nein, nein! Der Hauptkommissar hört schon die Stimme seines Chefs: »Lieber Kollege Lau, es wäre wohl besser, wir würden Sie von diesem Fall abziehen. Sonst bleibt er so ungeklärt wie Sie selbst. Ha, ha!«

Inzwischen ist Hauptkommissar Lau wieder am Großen Stern angelangt und wärmt sich im kleinen Café *Viktoria* im Stehen mit einem Pharisäer auf.

Was ist mit Professor Schuster? Was hätte der Schuster davon, die Hausinger aus dem Weg zu räumen? Der ist zu fett und saturiert. Auch wenn er Dreck am Stecken hat: Vertuschung, Urkundenfälschung, Mobbing, übergriffiges Verhalten, alles nicht weltbewegend, obwohl es ihn den Lehrstuhl kosten kann. Schlimm ist nicht der Amtsmissbrauch, schlimm wäre für ihn eher ein Prozess wegen ›Missbrauchs im Amt‹, der von einer ehemaligen Assistentin von Frau Hausinger ›inszeniert‹ worden sein soll. Der Schuster? Eher ein Choleriker! Der plant keinen kaltblütigen Mord. Aber man kann sich sehr täuschen.

Nicht nötig, ihn zu verhören, es sei denn bezüglich Frohmann. Aber das will der Hauptkommissar Hartmut Frohmann nicht antun. Das kann er sich, wenn es denn sein muss, für später aufheben. Aber wieso ist Hartmut Frohmann so durch den Wind? Was ist mit dem los? Wenn er nicht der Täter ist, war er vielleicht Zeuge eines ›besonders heimtückischen Verbrechens‹, wie der Oberstaatsanwalt den Vorgang bezeichnen würde? Dann ist er eine Schwachstelle. Da könnte man einhaken. Dichthalten kann der bestimmt nicht lange. Das wäre eine Erklärung für Frohmanns merkwürdiges Verhalten.

Der Hauptkommissar zahlt, geht zurück zum Auto und fährt nach Hause, um heiß zu duschen.

*

Am Donnerstag, dem 25. November, klopft Kriminalhauptkommissar Bernd Lau an Priv.-Doz. Hartmut Frohmanns Dienstzimmertür. Zunächst zurückhaltend höflich. Kein »Herein!«, aber er hört, wie jemand auf einer Tastatur herumhackt. Er drückt einfach die Klinke, tritt wie ein alter Bekannter ins Zimmer und schließt die Tür hinter sich.

Der Hauptkommissar freundlich lächelnd: »Hallo.«

Hartmut Frohmann sitzt am Schreibtisch, mit dem Rücken zur Tür: »Ich habe jetzt keine Sprechstunde.« Er tippt weiter.

Der Hauptkommissar nimmt den grauen Schal ab: »Ich brauche keinen Sprechstundentermin.«

Hartmut Frohmann dreht sich abrupt auf dem Schreibtischstuhl um, fegt dabei ein paar Hausarbeiten vom Tisch: »Was wollen Sie von mir?«

Der Hauptkommissar bückt sich, um Hartmut Frohmann beim Aufheben zu helfen. Ihre Hände und Knie berühren sich kurz in der Hocke. Der Hauptkommissar lächelt. Hartmut Frohmann verzerrt den Mund zu einem kurzen Lächeln.

Der Hauptkommissar blickt Hartmut Frohmann tief in die Augen: »Ich will Ihnen nicht zu nahe treten. Wussten Sie eigentlich, dass Ihr Bekannter oder Freund oder Lebensabschnittsgefährte oder wie auch immer einschlägige Bars aufsucht?« Hartmut Frohmann stapelt den Rest der Arbeiten auf den Schreibtisch, mit dem Rücken zum Hauptkommissar, stopft sein Hemd in die Jeans.

»Leben Sie in einer offenen Beziehung? Beide? Oder ist das einseitig? Ihr Partner ›verkehrt‹ in Clubs, ich meine nicht solche wie den *Hafen*, wo man sich zu einem Absacker trifft, oder eine Disco wie *Connection*, nein, ich meine Clubs, wo sich junge Männer verkaufen. Puffs, Bordelle. Das ist ja nicht verboten, zum Glück nicht mehr, werden Sie sagen, na ja, wussten Sie das? Dort verkehren ja nicht nur Unschuldsengel. Macht Ihnen das nichts aus?«

»Das geht Sie nichts an!«

»Das heißt, während Sie hier in der Uni seelenruhig einen Klappentext schreiben, vergnügt sich Ihre bessere Hälfte auf der ›Klappe‹ – so heißen die öffentlichen Toiletten doch, wo Homosexuelle Geschlechtsverkehr suchen und Stricher ihre Dienste anbieten? Oder schreiben Sie wieder irgendwelche Drohbriefe?«

Hartmut Frohmann stellt den Bildschirm dunkel und herrscht ihn an: »Das interessiert mich nicht.«

»Es wundert mich nur, dass Sie nach allem, was passiert ist, und was Sie selbst so alles inszenieren, seelenruhig am Schreibtisch sitzen. Das kann ein gutes oder ein schlechtes Zeichen sein. Sie scheinen ja ein sehr toleranter Mensch zu sein, zumindest was Männer betrifft, und in besonderem Maße hinsichtlich Ihres Freundes. Also, wenn ich mir vorstelle …«

»Ich liebe meinen Mann!«

»Kommen wir zum eigentlichen Grund meines Besuchs.« Der Hauptkommissar tritt von hinten an Hartmut Frohmann heran: »Herr Frohmann, Sie werden mir jetzt sagen, was Sie in der Nacht vom 14. auf den 15. November gemacht haben!« Er zieht seinen

Mantel aus, legt ihn sich salopp über die Schulter. »Ich habe heute viel Zeit mitgebracht.«

Hartmut Frohmann schweigt, blättert in einer Hausarbeit. Der Hauptkommissar schaut ihm über die Schulter, was Hartmut Frohmann aber nicht irritiert, zumindest tut er so.

»Ich werde Ihrem Gedächtnis auf die Sprünge helfen. Sie waren bei Ihrem Chef, Herrn Prof. Erfurt, zum Abendessen, dann kam Frau Prof. Hausinger, Ihre ›Busenfreundin‹. Sie haben Sie beschimpft, beleidigt. Dann sind Sie weggelaufen. Oder, man könnte auch sagen, davongelaufen. Wie so oft ... Aber das geht mich nichts an.«

Hartmut Frohmann, ohne aufzuschauen, ganz ruhig: »Ich laufe nicht davon! Ja, ich habe sie beschimpft. Ich habe ihr den Tod gewünscht. Hundertmal, tausendmal.«

»Auch vor anderen?«

»Ich mache aus meinem Herzen keine Mördergrube ...«

»Das haben Sie aber schön gesagt! Sie sind ja Theaterwissenschaftler. Sie behaupten, Sie seien spazieren gegangen, Zeugen sagen, Sie seien mit dem Fahrrad unterwegs gewesen. Was stimmt denn nun?«

»Ich weiß es nicht mehr ...« Hartmut Frohmanns Stimme flacht ab.

»Wollen Sie mich auf den Arm nehmen?« Hauptkommissar Lau beugt sich vor: »So geistesabwesend können Sie doch nicht sein, dass Sie sich an nichts erinnern, oder?!«

Hartmut Frohmann dreht sich um, er lässt die Hände auf den Schoß sinken: »Ich weiß es nicht mehr. Was soll ich denn sagen? Ich weiß es nicht mehr!«

»Wollen Sie auf Amnesie machen, auf unzurechnungsfähig? Damit kommt man bei Gericht manchmal ganz gut durch. Muss man aber durchhalten. Ich weiß nicht, ob Sie der Typ dafür sind. Für Ihre Kollegen sind Sie ... ein Weichei.« Den letzten Satzteil hat der Hauptkommissar herausrutschen lassen.

Hartmut Frohmann springt auf: »Werden Sie nicht unverschämt! Was nehmen Sie sich heraus!? Verlassen Sie mein Büro!«

Der Hauptkommissar weicht keinen Zentimeter zurück, sie stehen sich *face to face* gegenüber. Er beschwichtigt: »Tut mir leid. Sorry! Ihr Bekannter bzw. Partner bzw. Freund hat sicherlich einen guten Anwalt an der Hand. Aber, stehen *Sie* das wirklich durch? Für so gerissen halte ich Sie nicht. Entschuldigen Sie. Das ist keine Beleidigung. Eher das Gegenteil.«

Der Hauptkommissar schaut ihn von der Seite an: »Herr Frohmann, Sie wurden nachts im Tiergarten gesehen! Auf dem Fahrrad. Wir haben das überprüft. An Ihrem Fahrrad wurden Laub und Erdreich aus dem Tiergarten gefunden. Aus der unmittelbaren Umgebung der Löwenbrücke. Sogar das Profil Ihres Fahrrads haben wir gefunden... Haben Sie mir wirklich nichts zu sagen?«

Hartmut Frohmann verwirrt, gleichzeitig beharrlich: »Ich fahre immer durch den Tiergarten nach Hause. Auch wenn ich aus der Staatsbibliothek komme.«

»Ein bisschen Sightseeing machen... an der Löwenbrücke?«

»Ich weiß es nicht mehr.«

Der Hauptkommissar mysteriös: »Vielleicht lag die Frau Professorin röchelnd am Weg, und Sie sind vorbeigefahren...«

»Gehen Sie endlich, ich muss arbeiten!«

»Ich möchte Ihnen gerne glauben. Halten Sie sich bitte zu meiner beziehungsweise unserer Verfügung! Tschüs!« Der Hauptkommissar klopft mit den Fingerknöcheln auf den Tisch und geht hinaus. Privatdozent Hartmut Frohmann arbeitet weiter.

Unten am Auto angekommen, den Mantel noch immer über der Schulter, dreht sich der Hauptkommissar um und blickt zu Dr. Frohmanns Dienstzimmer hinauf. Der steht am Fenster und fixiert den Hauptkommissar. Vielleicht bildet der Hauptkommissar sich das aber auch nur ein.

*

Am selben Donnerstag, 25. November, nachmittags Preview in Fred Grohés Galerie in der Mommsenstraße in Charlottenburg. *Tout le monde* ist da. Die neusten BMW-, Mercedes- und Jaguar-

Limousinen fahren vor, an der Tür zur Galerie stehen Security-Gorillas mit Mikroport und Knopf im Ohr, Sozialleistungsempfänger mit *ALDI*-Plastiktüte spähen von der anderen Straßenseite herüber. Vor und in der Galerie Küsschen hier, Küsschen da, Nerzjäckchen hier, Nerzjäckchen da, Champagner hier, Champagner dort, Kamerablitze lassen Brillanten funkeln, weibliche Models in Mini und Stilettos, viele Hair-Stylist-Frisuren und viel René-Koch-Schminke, dicke Zigarren, viel schwules Publikum, zwischen Latex, Leder, Flitter und Föhnfrisur. Es geht um Millionen. Fred Grohé schwärmt gerade, wenn auch mit ›understatement‹, von den riesigen Glassplittern eines etwa 1,50 m hohen Iglos des italienischen ›Arte Povera‹-Stars Mario Merz, vor allem von der Sensibilität und Subtilität der blauen Neonröhren. Diese Neonleuchtschrift sei ein konzeptualistisches Zeichen, das dem Werk ›ein-sementiert‹, ja geradezu einzementiert sei und ihm gerade dadurch etwas Gebrochenes verleihe, oder doch eher ephemer ›leihe‹, denn Licht sei ja immer im Fluss. Seine Zuhörerin, eine Sammlerin aus Denver, Colorado, eine feine ältere Dame, die Fred Grohés verschachtelter deutscher Syntax und gespreizten Diktion nur mit Mühe folgen kann, ist schwer beeindruckt.

»Oh, he is an Italian? I love ›Poor Art‹. But, you know, I prefer French art! Pointillism. Oil painting! My husband is in oil, too.«

Eine amerikanische Ölmilliardärs-Gattin, vermutet fälschlicherweise Hauptkommissar Lau mit seinen ephemeren Englischkenntnissen, der just in dem Augenblick, als das Wort »oil« fällt, die Galerie betritt. Wie ein Tourist stellt er sich staunend vor den Iglo. Es steht offenbar viel Kohle auf dem Spiel, denn sonst würde der Galerist ja nicht wie eine Wüstenspringmaus um die Lady herumhüpfen. Der Hauptkommissar hat nichts gegen den Krokodilmantel, die kniehohen Krokodilstiefel, die Krokodilhandtasche, den Krokodilblick, eher hat er etwas gegen diesen Galeristen in seinem Maßanzug mit blauem Einstecktuch und blauer Krawatte zu blauem Hemd, alles von irgendwelchen Herrenausstattern vom Kudamm oder der Friedrichstraße. Der Grohé will die alte Dame mit seinen Glasscherben über den Tisch ziehen. Mit der soeben auf seinem Konto eingegangenen weihnachtlichen ›Sonderzuwendung‹ könnte sich der Hauptkommissar gerade mal einen Kunstdruck von Max Liebermanns ›Schlafender Schäferhund‹ leisten.

Fred Grohé schleimt: »So, I mean, if you put this *Iglo* in the hall in front of the portrait which Hockney painted of your husband it would be a wonderful contrast and even an accent.«

»Oh yes!« Die Krokodil-Lady wirft einen Seitenblick auf den lässig durch den Raum schlendernden Hauptkommissar, der sie mit dem frech gesträubten Haar an Freds Freund erinnert: »Where is Hartmut?«

Fred Grohés Gesicht verfinstert sich, hellt sich jedoch sofort auf, als die Dame wieder zu ihm blickt und sich mit ihrer zarten neon-ädrigen rechten Hand eine graue Locke hinters Ohr streicht. Keine Ohrringe. Also muss sie wirklich Geld haben, mutmaßt Hauptkommissar Lau.

Fred Grohé stellt sich zwischen die Dame und den Hauptkommissar und spricht leise zu ihr: »He is in the university, working hard. But we can talk tonight when we go to the Hamburger Bahnhof-Vernissage. Let me see. I pick you up at the *Hotel Adlon* at eight p.m. Okay? And afterwards we can have dinner at the *Grill Royal*, it's a very nice place where we can also have some huîtres.«

»Oh, that's fine, Fred. So I will see you later. And I can relax a little bit and I will think about this ›œuvre‹. Okay, my dear. Hartmut! Bring him tonight. Bye, bye...« Und sie winkt auch zart Hauptkommissar Lau zu.

Mit übertriebener Höflichkeit geleitet Fred Grohé die Dame hinaus zur wartenden schwarzen Limousine des *Hotel Adlon*.

Zurück in der Galerie geht Fred ungebremst auf den Hauptkommissar los: »Was fällt Ihnen ein, mich in meiner Galerie zu überfallen. Sie haben sich vorher anzumelden!«

»Warum haben Sie mich denn nicht hinausgeworfen? Haben Sie sich nicht getraut vor der feinen Kundschaft?«

»Das kann ich auch jetzt noch tun! Verlassen Sie sofort meine Galerie.« Fred Grohés Stimme überschlägt sich.

»Ich denke nicht daran, selbst wenn Sie mich mit einem Splitter Ihrer gläsernen Hundehütte bedrohen! Jetzt reden wir beide mal Klartext, Herr Grohééé. Wo waren Sie am Abend des 14. November zwischen zweiundzwanzig Uhr dreißig und ein Uhr morgens?«

»Hören Sie mal, Sie ungehobelter...«

»Banause, Underdog... ist mir egal! Ich bin ein Berliner! Ich wiederhole meine Frage: Wo waren Sie am Abend des 14. November zwischen zweiundzwanzig Uhr dreißig und ein Uhr morgens?«

»Sehen Sie nicht, dass ich prominente Gäste habe? Hier findet gerade eine *Preview* statt, falls Sie überhaupt wissen, was das ist! Ich habe ein Alibi!«

Der Hauptkommissar strahlt ihn an: »So ist es recht. Eine klare Antwort! Jetzt kommen wir der Sache doch schon näher, Herr Grohé. Jetzt müssen Sie mir nur noch sagen, wo Sie waren und wer das bezeugen kann!« Er zückt sein Notizbuch. »Ist nicht von *Boss*, sondern von *Woolworth*!«

Fred Grohé kostet es große Mühe, sich zu beherrschen: »Ich war in einer Bar!«

»In was für einer Bar?«

»Tun Sie nicht so scheinheilig! In einer Herrenbar, wie Sie sich unschwer denken können!«

»Ich will den Namen hören!«

»Kennen Sie sich da etwa aus?«

»Ich kenne alle einschlägigen Lokale, die Sie frequentieren. Hat mit meinem Beruf zu tun. Also, wo waren Sie? Wann waren Sie dort?«

»Im *Classico ma non troppo*.«

Der Hauptkommissar überfreundlich: »Sehen Sie! Geht doch! So stelle ich mir kooperative Mitarbeit vor. Weiter so. Und was haben Sie dort gemacht?«

»Ja, was wohl!?«

»Ja, ›was wohl‹... Haben Sie einsam am Tresen gesessen? Wohl kaum! Oder etwa doch? Haben Sie einen Callboy zu einem ›Piccolöchen‹ eingeladen, haben Sie sich in einer Sofaecke an den strippenden Jungs aufgegeilt, oder was?!«

»Der Voyeur spricht! Sind Sie neidisch, weil Sie sich mit Ihrem mickrigen Beamtengehalt nichts leisten können, oder weil Sie zu feige sind?«

Er lässt ihn stehen und begrüßt Gäste. Hauptkommissar Lau macht es sich auf einem Freischwinger bequem und wippt. Fred Grohé scheucht ihn auf: »Das ist ein echter Mies van der Rohe. Was fällt Ihnen ein. Der ist nicht für Leute wie Sie.«

Der Hauptkommissar steht auf und klopft seinen Mantel ab.

»Also herumgefummelt haben Sie vermutlich auch.«

»Das geht Sie nichts an! Und jetzt verschwinden Sie. Sie haben hier nichts zu suchen!«

»Und ob! Unser gemeinsamer Quickie ist aber gleich vorbei. Oder wollen Sie mir unter vier Augen ein Geständnis ablegen? So schnell? Kann ich mir bei Ihnen nicht vorstellen. Also, wer hat Sie bedient?«

»Werden Sie nicht ordinär! Ein junger Russe!«

»Name! Vorname!«

»Ich frage die doch nicht nach ihrem Namen! Außerdem sind es sowieso *Nicknames*. Ein Polizist sollte mehr Menschenkenntnis haben! Mit Reden ist da nicht viel.«

»Na ja, wenn Ihr Russisch so ist wie Ihr Englisch ... Wir haben vereidigte Dolmetscher!«

»Vielleicht ist er gar nicht mehr da. Ich weiß es nicht. Das interessiert mich auch nicht. Die Besetzung wechselt oft.«

»Wie schön für Sie! Dabei haben Sie doch einen festen Freund, wenn ich das richtig verstanden habe ...«

Fred Grohé lacht verächtlich: »Ein Moralapostel sind Sie auch noch! Wir sind nicht so eindimensional gestrickt wie Sie!«

»Waren Sie auch im Séparée, Monsieur Grohée?«

»Ich verbitte mir diese indiskreten Fragen!«

»Die kann ich Ihnen nicht ersparen! Wenn Sie mir nicht jetzt antworten, werden Sie es später tun müssen. Herr Grohé, ich werde Ihnen eine Gegenüberstellung mit dem Jungen nicht ersparen können! Wir treffen uns heute Abend um dreiundzwanzig Uhr im *Classico ma non troppo*! Vorher bin ich noch in einer Live-Sendung bei Metropol-TV. Schauen Sie mal rein. Könnte Sie interessieren. Habe ich ganz vergessen: Sie sind ja heute Abend im Hamburger Bahnhof und dann mit einer reichen Dame zum Essen verabredet! Und nicht vergessen: Verstehen Sie unser Treffen heute am späteren Abend als amtliche, verpflichtende Vorladung! Ich danke Ihnen. Jetzt können Sie weiter Ihre Hundehütten verkaufen, in die USA oder nach Russland!«

Der Hauptkommissar tritt hinaus auf die Straße, streckt den rechten Arm in die dicken Schneeflocken, dreht sich noch einmal um, lächelt dem Galeristen ironisch ins Gesicht. Er schlägt den Mantelkragen hoch und rutscht zu seinem Beetle auf der gegenüberliegenden Straßenseite.

*

Donnerstag, 25. November, 20 Uhr, Metropol-TV, sonore Männerstimme aus dem Off: »Und jetzt bittet die Kriminalpolizei wieder um Ihre Mithilfe, live, aus Berlin, mit Frank Bode.« Kamera auf Frank Bode in seriösem Anzug mit Krawatte: »Guten Abend, meine Damen und Herren, zu einer neuen Ausgabe von ›Akte Opfer‹. Ehe wir zu unserer Themenübersicht kommen, wollen wir über einen ganz aktuellen Fall in Berlin berichten und Sie um Ihre Mithilfe bitten. Am späten Sonntagabend des 14. November wurde gegen 23 Uhr 30 im Tiergarten, in der Nähe der Siegessäule und der Straße des 17. Juni, eine Frau getötet. Es handelt sich dabei um eine vierzigjährige Universitätsprofessorin aus Süddeutschland, die zu Besuch in Berlin war. Ein erschütternder Vorfall, der viele Fragen aufwirft. Ich begrüße hierzu den ermittelnden Beamten, Hauptkommissar Bernd Lau vom LKA Berlin.«

Bernd Lau tritt aus dem Hintergrund an den Studiotisch und knöpft seine Anzugsjacke zu. Er trägt Jeans und ein weißes Hemd ohne Krawatte.

Frank Bode: »Ein wirklich unglaublicher Vorfall. Eine Frau wird nachts im Tiergarten getötet. Was genau können Sie uns dazu sagen? Wie ist der Stand der Ermittlungen? Sie bitten ja ›Akte Opfer‹ von Metropol-TV um Hilfe.«

Hauptkommissar Bernd Lau: »Ja, genau. Wir gehen davon aus, dass die Frau Opfer einer Hundeattacke wurde. Darauf weisen zumindest die zahlreichen Verletzungen bzw. Bisswunden im Brust- und Halsbereich des Opfers hin.«

Frank Bode lüstern sachlich: »Ein wirklich spektakulärer Fall. Glauben Sie, dass es sich dabei um einen Unfall handeln könnte? War die Frau ein Zufallsopfer?«

Hauptkommissar Lau: »Das lässt sich nicht ausschließen. Aber nein, das glauben wir eher nicht.«

Frank Bode: »Nun stellt sich ja zunächst die Frage: Was macht eine Frau nachts allein im Tiergarten?«

Hauptkommissar Lau: »Das haben wir uns auch gefragt. Wir gehen davon aus, dass sie eine Abkürzung nehmen wollte zu ihrem Hotel an der S-Bahn-Station Tiergarten.«

Frank Bode: »Beschreiben Sie uns doch einmal den Ort genauer. Dazu blenden wir auf dem Monitor eine Karte ein.«

Hauptkommissar Lau: »Wir wissen, dass sie mit der U-Bahn vom Prenzlauer Berg Richtung Charlottenburg gefahren ist, dass sie am U-Bahnhof Zoologischer Garten ausgestiegen ist – das zeigen uns die Überwachungskameras in der U-Bahn und an den U-Bahn-Stationen – und dass sie dann an der Schleuse vorbei Richtung Straße des 17. Juni gelaufen sein muss. Aber da verliert sich ihre Spur. Wir gehen davon aus, dass sie sich als nicht Ortskundige im Tiergarten verlaufen haben muss. Und dann ist es an der Löwenbrücke zu dem Ereignis gekommen.«

Frank Bode: »Sie meinen die Hundeattacke...«

Hauptkommissar Lau: »Genau.«

Frank Bode: »Was ist da genau passiert?«

Hauptkommissar Lau: »An der Löwenbrücke kam es zu dem erwähnten Angriff.«

Frank Bode: »Wieso an der Löwenbrücke? Gibt es dazu nähere Anhaltspunkte?«

Hauptkommissar Lau: »Die Löwenbrücke befindet sich, wie man auf der Karte sehen kann, in einem leicht bewaldeten Uferbereich und ist zur Zeit wegen Brückenschäden gesperrt bzw. sie wurde abgerissen. Sie war schon immer und ist auch heute noch ein beliebter Homosexuellen-Treffpunkt.«

Frank Bode: »Sie haben ja gesagt, die Frau hat sich verlaufen. Nochmal nachgehakt: Gehen Sie davon aus, dass es ein Unfall war oder ein gezielter Angriff?«

Hauptkommissar Lau: »Wir ermitteln in alle Richtungen. Wir gehen aber davon aus, dass es ein gezielter Angriff war.«

Frank Bode: »Wieso sind Sie sich so sicher, dass es sich um ein Angriffsverbrechen handeln muss?«

Hauptkommissar Lau: »Die schweren Verletzungen am Hals und an der Brust weisen darauf hin, dass ein Hund auf das Opfer gehetzt worden sein muss und sich regelrecht in der Frau verbissen hat. Es handelt sich dabei, wie gesagt, um Bisswunden, die von einem Kampfhund, vermutlich einem Bullterrier, zugefügt wurden. Das hat die Obduktion der Leiche bestätigt. Hundeexperten gehen davon aus, dass ein Hund, selbst ein Kampfhund, nicht von sich aus ohne Weiteres aus dem Nichts heraus einen Menschen anfallen würde. Bullterrier bieten Aggression normalerweise nicht als Lösungsstrategie an. Dazu werden sie meist abgerichtet. Aber es gibt natürlich immer Ausnahmen. Außerdem sind Kampfhunde bei uns normalerweise nicht allein unterwegs. Da ist fast immer ein Hundehalter oder eine Hundehalterin im Hintergrund.«

Frank Bode: »Es könnte sich also auch um eine Täterin gehandelt haben?«

Hauptkommissar Lau: »Das ist nicht auszuschließen.«

Frank Bode: »Noch einmal nachgefragt: Was meinen Sie, war die Frau ein Zufallsopfer oder galt die Hundeattacke ihr persönlich?«

Hauptkommissar Lau: »Dazu können wir noch nichts Abschließendes sagen. Es kann natürlich sein, dass sie zur falschen Zeit am falschen Ort war. Der Tiergarten gilt nachts inzwischen als Kriminalitätsschwerpunkt. Er ist zudem ein Ort der männlichen Prostitution. Wir setzen dort auch vermehrt Streifen ein. Es ist aber auch nicht auszuschließen, dass es sich um einen Angriff von gewaltbereiten Jugendlichen gehandelt hat, die Jagd auf Homosexuelle und insbesondere auf Transpersonen machen. Vielleicht wurde die Frau für eine Transsexuelle gehalten. Wir gehen allerdings inzwischen davon aus, dass es sich nicht um ein Zufallsopfer handelt, sondern dass dem Opfer aufgelauert wurde, dass die Frau verfolgt und dann an dem genannten Ort gezielt angegriffen wurde.«

Frank Bode: »Wie sieht denn die Spurenlage aus? Konnten Sie Spuren sichern?«

Hauptkommissar Lau: »Die Rechtsmediziner untersuchen gerade, ob sie die Bissspuren einer bestimmten Hunderasse zuordnen können. Wie bereits angedeutet, könnte es sich aufgrund der Bissstruktur um einen oder mehrere Bullterrier handeln. Und es werden alle amtlich gemeldeten Halter von Kampfhunden ermittelt und überprüft. Aber hier ist die Dunkelziffer natürlich groß. Wir haben zudem die ganze Gegend gezielt nach Spuren und Hinweisen abgesucht. Aber leider ohne nennenswerte Ergebnisse, denn es hat an dem Abend und in der Nacht stark geregnet, sodass wir unsere Spürhunde ohne Erfolg wieder abziehen mussten.«

Frank Bode: »Haben Sie denn DNA-Spuren sichern können?«

Hauptkommissar Lau: »Auch das muss ich verneinen. Leider konnten wir keine brauchbaren DNA-Spuren sichern. Wie gesagt, es herrschte Starkregen. Aber wir arbeiten natürlich mit modernsten Methoden. Zum Beispiel auch mit sogenannten ›Super Recognizern.‹«

Frank Bode: »Was ist das genau? Könnten Sie das den Zuschauerinnen und Zuschauern kurz erklären?«

Hauptkommissar Lau: »Ja, das sind Experten mit einem außergewöhnlichen visuellen Gedächtnis. Die werden zur Gesichtserkennung eingesetzt. Die können zum Beispiel unter 1000 Leuten auf einem Platz ein Gesicht wiedererkennen.«

Frank Bode: »Das klingt vielversprechend! Was haben Sie nun konkret für Fragen? Schauen wir uns doch noch einmal den Fundort der Leiche, der möglicherweise ein Tatort ist, genauer an. Herr Lau, Sie haben das Wort.«

Hauptkommissar Lau kommentiert das eingeblendete Bild des Tatorts: »Also, wie ich schon sagte, der Fundort der Leiche war südlich der Löwenbrücke am Gehweg. Das ist ein mit Bäumen bestandenes, von Wiesen und Gehwegen durchzogenes Areal. Bei dem Opfer handelt es sich um die vierzigjährige Universitätsprofessorin Heidelind Hausinger aus Mainz, hier mit einem etwas älteren Passfoto eingeblendet hinter uns, die zum Zeitpunkt der Tat in Berlin zu Besuch war. Sie verließ gegen 22 Uhr 30 das Haus am Kollwitzplatz, wo sie zu Gast war, nahm dann am Senefelderplatz in der Schönhauser Allee die U2 in Richtung Ruhleben, stieg am Zoologischen Garten aus und ging dann, wie ich bereits erwähnt habe, Richtung Landwehrkanal am Zoogehege vorbei weiter über die Schleusenbrücke Richtung Straße des 17. Juni. Hier verliert sich ihre Spur. Frau Hausinger trug einen beigefarbenen Wettermantel, darunter einen dunkelblauen Hosenanzug und einen lila Seidenschal. Und sie trug braune Laufschuhe der Marke *Sioux*. Unsere Frage nun: Wem ist eine Frau dieser Beschreibung an den genannten Stellen aufgefallen, wem sind Menschen aufgefallen, die in Begleitung eines Hundes unterwegs waren? Wir suchen auch Zeugen, die vielleicht selbst mit ihrem Hund abends noch Gassi gegangen sind. Aber auch für alle anderen sachdienlichen Hinweise, die zur Aufklärung der Tat führen, sind wir dankbar. Für Zeugen, die anonym bleiben wollen, haben wir ein vertrauliches Telefon geschaltet. Manchmal melden sich Mitwisser, die ihr Gewissen erleichtern wollen.«

Frank Bode: »Und auch das dürfen wir noch sagen: Für Hinweise, die zur Klärung oder zur Ergreifung des Hundes bzw. eines oder einer möglichen Tatverdächtigen führen, hat die Staatsanwaltschaft Berlin eine Belohnung in Höhe von 3.000 Euro ausgelobt. So, meine Damen und Herren und liebe Hundebesitzer, jetzt sind Sie an der Reihe. Wenn Sie Hinweise haben, rufen Sie bitte beim LKA in Berlin an, die Nummer ist unten eingeblendet, oder bei jeder Polizeidienststelle oder hier direkt im Studio. Das war Hauptkommissar Lau mit einem aktuellen und besonders grausamen Fall aus Berlin. Ich danke Ihnen für Ihren Besuch, Herr Lau...« Kameraschwenk: »Und das sind unsere weiteren Fälle, bei denen wir Sie nun um Ihre Mithilfe bitten. Hier der Überblick...«

*

Am selben Abend um 22 Uhr 45. Kriminalhauptkommissar Lau steht am Bar-Tresen und bestellt ein Bier. Im goldbestäubten Spiegel trifft sein Blick sich mit dem einiger Jungs, die wie Hühner aufgereiht auf Barhockern an der Wand hinter ihm sitzen und zurückhaltend intensiv versuchen, Blickkontakt zu ihm aufzunehmen. Über den gläsernen Getränkeregalen flimmert in blauer Neonleuchtschrift: *Classico ma non troppo*.

Der Hauptkommissar zum Barkeeper, der ihm das Bier zapft: »Kann ich den Geschäftsführer sprechen?«

Der Barkeeper mustert ihn in seiner *Diesel*-Jeansjacke und dem *Le-Frog*-Freizeithemd: »Ich heiße Paolo. Willst du hier arbeiten? Dafür bist du zu alt.« Er wirft den Kopf in den Nacken und zieht seine goldene Frackjacke zurecht. »Du bist von der anderen Seite! Kann *ich* dir weiterhelfen?«

»Ich hätte trotzdem gerne den Geschäftsführer gesprochen.«

Die Jungs verziehen sich in den hinteren Bereich der Bar. Paolo lehnt sich über den Tresen zu Bernd Lau, zwinkert ihm zu. Der Hauptkommissar legt ein Foto vor ihn auf den Tresen.

»Kennst du den?«

»Ich darf keine Auskunft geben, weder über unsere Gäste noch über unsere Mitarbeiter, meine Herzensgute. Kommst du von der Heilsarmee oder von der Aids-Hilfe? Oder bist du sogar ein Bulle?«

»Los, mach schon. Hol deinen Papi!«

Von hinten tritt ein Bodybuilder an den Hauptkommissar heran, der Barkeeper verzieht sich an die CD-Anlage und dreht Amanda Lear etwas lauter.

»Bei uns ist alles in Ordnung! Keine Sorge.« Der Bodybuilder legt seinen mit einem zähnefletschenden Pitbullkopf tätowierten Unterarmbalken auf die Schulter des Hauptkommissars. »Ich heiße Bruno, ich bin hier zufällig der Boss, und wer bist du, Kleiner?«

Der Hauptkommissar schiebt Brunos Arm weg: »Ich hätte nie etwas anderes angenommen! Ich bin Hauptkommissar Lau vom LKA Berlin.«

»Oh ja, der Fernsehkommissar! Hoher Besuch.«

»Kennen Sie diesen Herren?« Er zeigt Bruno ein Foto von Fred Grohé.

»Entgeht mir etwas?«

»Ich bin nicht hier, um den Laden dichtzumachen, obwohl sich immer tausend Gründe finden lassen, zum Beispiel illegale Beschäftigung ausländischer Arbeitnehmer!«

»Ach, so einer bist du! Das Land muss wieder sauber werden! Vollbeschäftigung war schon immer meine Devise. Haha! Sie haben meine vollste Unterstützung. Bei uns ist alles in Ordnung!«

»Prima. Ich hätte Ihre Integrität nie angezweifelt! Sie geben jungen Menschen eine Chance, die sonst auf der Straße stehen würden. ›Arbeitsbeschaffungsmaßnahme‹ nennt man das oder so ähnlich… Also?« Der Hauptkommissar hält Bruno das Foto unter die Nase und legt seinen Dienstausweis daneben.

Bruno hievt sich auf den Hocker neben Lau, die Nähte seines schwarzen Seiden-Rüschenhemdes krachen, er steckt sich eine dicke *Havanna* an: »Kenne ich nicht… Na ja, nicht näher.«

»Sie brauchen mir ja keinen Namen zu nennen.«

»Paolo, zwei Glas *Primitivo*! … Na ja, ein Stammkunde.«

»Mit Mengenrabatt.«

Paolo stellt zwei Rotweinkelche vor Bruno auf den Tresen.

»Wo sind denn eigentlich Ihre ›jungen Arbeitnehmer‹?«

Bruno schnuppert am *Primitivo*, schwenkt das Glas, nimmt einen kleinen Schluck. Der Hauptkommissar rührt das Glas nicht an.

Bruno schmatzend: »Unsere Gesellschafter ziehen sich gerade für die nächste Show um. Sollten Sie sich nicht entgehen lassen. Den Rotwein.«

»Auf keinen Fall!«

Ein Lichtsignal hinter dem Tresen. Türsummer. Paolo läuft Fred Grohé entgegen, nimmt ihm den dunkelgrauen Mantel und den weißen Seidenschal ab.

Der Hauptkommissar wendet sich freundlich Herrn Grohé zu: »Ist Ihre Vernissage schon zu Ende? Und das Dinner mit der Lady? Sie sind ja zu früh! Das hätte ich nicht erwartet. Setzen Sie sich zu uns.«

Fred Grohé, ohne den Hauptkommissar zu begrüßen: »So kann man sich täuschen.« Er bleibt neben dem Tresen stehen.

Der Hauptkommissar wendet sich wieder Bruno zu, um einen weiteren Kommentar loszulassen, aber Bruno ist wie vom Erdboden verschluckt.

Paolo diskret zu Fred: »Wie immer?«

Der Hauptkommissar: »›Wie immer?‹ Junge, wenn das dein Chef gehört hätte!«

Fred Grohé setzt sich zwei Hocker entfernt an den Tresen: »Ich habe nichts zu verbergen! Die Zeiten sind vorbei, das habe ich Ihnen, glaube ich, schon einmal gesagt!«

Der Hauptkommissar mustert Fred Grohé bewundernd: »Stammkunde! Alle haben nichts zu verbergen.« Zu Paolo, der eine Sektschale mit *Pommery* vor den Stammgast auf den Tresen stellt: »Wo ist der eigentlich abgeblieben, dein Chef?«

Paolo zu Fred: »Oder soll ich es hinten auf den Tisch stellen? Die Show geht in zwei Minuten los. Der Chef macht Regie.«

»Noch ein Künstler! Sie haben viele Künstlerfreunde!«

»Ja, bitte auf den Tisch.«

Fred Grohé geht in den hinteren Raum, in eine der mit rotem Samt ausgeschlagenen Kojen, und lässt sich majestätisch in einen ebenfalls rotsamtenen Fauteuil sinken, dabei rafft er seine dunkelblaue Anzugshose an den Knien und öffnet den mittleren Jackenknopf. Heute trägt er auch eine Weste, in blau-grauem Karomuster, es fröstelt ihn schon den ganzen Tag. Der Hauptkommissar schlendert ihm hinterher, noch immer im TV-Outfit, mit seinem Bier in der Hand, observiert das Ambiente. Keine weiteren

Gäste. Privatvorstellung also. Er setzt sich auf einen kleinen roten Samthocker neben Fred Grohé. Die Sportuhr an seinem kräftigen Unterarm könnte sogar von *Lacroix* sein, stellt Fred Grohé unbewusst bewundernd fest. Ob er sie geschenkt bekommen hat? Aber man kann sich täuschen. Vorsicht Glatteis. Der Hauptkommissar spielt mit ihm. In seinem Kopf blinken alle Alarmsignale.

Die elektrischen Kronleuchterkerzen züngeln noch morbider, über der mickrigen Showbühne an der schmalen Rückwand dreht sich eine Lichtorgel, Paolo steuert die Licht- und Tonanlage, und dann verrenken sich ein paar Jungs im Matrosenanzug und Military-Look zu dem uralten Village-People-Hit ›In the Navy‹, lecken sich die Lippen, was lasziv wirken soll, rutschen quietschend Poledance-Stangen hinunter. Das Übliche eben. Plötzlich landet auf dem Gesicht des Hauptkommissars ein Tigerslip, und ein Filipino, der mit beiden Händen sein Geschlecht verdeckt, wirft ihm ein Küsschen zu. Der Hauptkommissar schüttelt cool den Slip ab und wischt sich mit dem Handrücken den Mund ab.

»Herr Grohé, wer von den Jungs war denn am 14. November Ihr Begleiter durch die Nacht?«

»Er ist nicht dabei.«

»Ich will wissen, wer es war!«

»Ich sagte bereits, er ist nicht dabei!«

Der Hauptkommissar herrscht Paolo an: »Den Geschäftsführer! Und zwar auf der Stelle!«

Bruno, mit dem Glas *Primitivo* in der Hand, steht schon hinter dem Hauptkommissar: »Hat es euch gefallen? Niedlich, die Kleinen, nicht?«

Der Hauptkommissar dreht sich ganz langsam um: »Ja, wirklich niederschmetternd. Vielleicht können Sie dem Herrn hier mal auf die Sprünge helfen. Waren das dieselben ›Tänzer‹ wie am 14. November?«

Bruno legt seine Pranke mit abgespreizten Fingern auf die Brust seines Rüschenhemds und singt mit falscher Falsettstimme: »Das ist doch ewig her! Woher soll ich das wissen! Also eines kann ich euch sagen. Es waren mit Sicherheit nicht dieselben!« Er verdreht die Augen: »Bei uns herrscht eine solche Fluktuation. Das bringt der Beruf so mit sich. Heute hier, morgen dort. Das ist nicht wie bei euch in der Behörde, wo die alten Hennen seit dreißig Jahren auf ihren Hämorrhoiden hocken.«

Fred Grohé ungehalten: »Ich habe es Ihnen ja gleich gesagt, Sie verschwenden Ihre Zeit.«

»Ich will Ihre Buchführung sehen!«

Die Jungs haben sich längst verkrümelt. Zum Glück sind keine weiteren Gäste da, Paolo dreht trotzdem die Musik noch lauter.

»Sie können gerne mit in mein Innenleben kommen, ich meine mein Büro!« Bruno gackert ironisch wie eine Glucke aus einem Comic von Ralf König. Wenn die bewegten Männer, die nachts im Tiergarten auf die Knie gehen, alle so sind wie der, wundert es den Hauptkommissar nicht, dass der totgebissenen Hausinger keiner geholfen hat. Er fordert den Galeristen mit fester Stimme auf: »Na denn! Kommen Sie, Herr Grohé, es geht um Sie.«

Im Büro, das aussieht wie alle Hinterzimmer-Nachtclubbüros, obwohl auffallend aufgeräumt, führt Bruno dem Hauptkommissar die Homepage vor, mit den Fotos und den Maßangaben ›XXL‹, ›XL‹, ›L‹, ›sehr gut bestückt‹, ›gut bestückt‹…

Der Hauptkommissar baut sich vor dem PC auf: »Wollen Sie mich auf den Arm nehmen? Ich will Ihre Buchführung sehen, mit allen ›Eingängen‹ und ›Ausgängen‹!«

Bruno hält sich wie ein kokettierendes kleines Mädchen die fleischige Pranke vor den Mund: »Das ist intern, das darf ich Ihnen nicht zeigen!«

Der Hauptkommissar stemmt die Fäuste in die Hüften, herrscht ihn breitbeinig wie der Marshal in *Rauchende Colts* an: »Stellen Sie sich nicht so an!«

Bruno, grob und mit männlich tiefer Stimme: »Nur mit einem Hausdurchsuchungsbefehl.«

Der Hauptkommissar: »Okay! Wenn Sie darauf bestehen. Würde ich an Ihrer Stelle aber nicht. Wer weiß, was wir da alles finden! So viel können Sie gar nicht wegräumen!«

Bruno scheinheilig bewundernd: »Oh, you are hot stuff! Wollen Sie mich einschüchtern? Das wirkt bei mir nicht! Wenn Sie übergriffig werden, sage ich, Sie haben mich bedroht. Vor Zeugen.« Zeigt mit dem Kopf auf Fred Grohé, der seine Maniküre überprüft und so tut, als würde ihn das alles nichts angehen.

Der Hauptkommissar, wieder ganz ruhig: »Lieber Mann, Sie brauchen keine Angst vor mir zu haben. Ich will lediglich in einer Sache Auskunft, ja? Ich möchte die Liste der Jungs sehen, die am 14. November bei Ihnen beschäftigt waren beziehungsweise ›gearbeitet‹ haben. Mehr nicht! Das dürfte doch nicht so schwierig sein. Und der Herr hier, dessen Namen Sie noch kein einziges Mal in den Mund genommen haben heute Abend und den Sie kulanterweise schützen wollen, was Sie sehr ehrt, meine Hochachtung, dieser Herr soll mit seinem Brillantfingerchen auf den jungen Mann zeigen, mit dem er sich amüsiert hat. Das ist doch gar nicht so schwer. Also machen Sie schon, Herr Geschäftsführer.«

Bruno zieht einen Aktenordner aus dem Regal, legt ihn dem Kommissar vor.

Der Hauptkommissar blättert: »Schön! Deutsche Gründlichkeit macht sich bezahlt! Alles fein säuberlich abgeheftet. Perfekt. Nur die Vornamen! Aber mit Altersangaben. Wie man sich täuschen kann! Datenschutz? Ja? Aber Fotos! Ihre Ahnengalerie? Na ja, begnügen wir uns erst einmal mit den Fotos! Na, Herr *von* Grohé? Sind Sie auch dabei, vor zwanzig Jahren?«

»Werden Sie nicht unverschämt!«

»Pardon, Herr Grohe, ach nein, aber Grohééé stimmt, also, erinnern Sie sich noch, mit welchem dieser reizenden Herren Sie den Abend verbracht haben, oder haben Sie den Abend mit geschlossenen Augen genossen?«

»Mit dem da!«

»Prima! Name?«

»Sascha.«

»Und weiter?«

Fred gelangweilt: »Keine Ahnung.«

»Na so was!«

»Ich weiß es nicht und will es auch gar nicht wissen. Was habe ich denn davon?« Fred Grohé hebt geringschätzig die Schultern.

»Stimmt. Sie waren ja auch nicht an seinem Namen interessiert. So ein Pech. Bruno, da können Sie uns sicher weiterhelfen. Kompletter Name, Wohnsitz, wo gemeldet?«

»Darüber führen wir nicht Buch. Ich weiß ja nicht einmal, ob er wirklich Sascha hieß.«

»Na, da wird sich die Ausländerpolizei aber freuen! Dann müssen wir den Laden ja doch dichtmachen. Das täte mir aber wirklich leid! Das können Sie sich doch gar nicht leisten! Wovon wollen Sie denn dann leben? Von der Sozialhilfe, mit Wohnungs- und Heizungsgeld, einem Zuschuss für einen Mantel und Winterstiefel?« Der Hauptkommissar zückt sein Handy.

Unter Brunos Achseln breiten sich große Schweißflecken aus, auf dem Stiernacken und kahlrasierten Schädel glitzern Tröpfchen: »Buchführen lohnt sich da gar nicht. Das wäre viel zu aufwendig. Die Jungs kommen für ein Wochenende aus Polen oder Russland zu uns, und dann hauen sie wieder ab. Die verdienen sich hier ein paar Euro dazu. Und die haben Angst. Das müssen Sie doch verstehen. Von dem, was die bei sich zu Hause verdienen, kann kein Mensch leben. Und die ernähren oft eine ganze Familie!« Bruno ist selbst gerührt von seinen humanitären Worten.

Der Hauptkommissar prostet ihm mit seinem Pils zu und versucht mal wieder, eine Verwirrtechnik der Polizeipsychologen anzuwenden: »Edel sei der Mensch, hilfreich und gut! Wenn Sie nicht in den Himmel kommen, kriegen Sie zumindest das Bundesverdienstkreuz und werden zum Sommerfest des Bundespräsidenten in den Park von Schloss Bellevue eingeladen. Sie Seelenretter! Wo ist denn der Sascha jetzt?«

»Keine Ahnung«, antwortet Bruno leicht abwesend, weil er sich gerade vorstellt, wie er im weißen Smoking auf dem knirschenden Kies vor Schloss Bellevue auf einen Stammkunden zusteuert und ihm ganz fest die Hand drückt.

»Sagen Sie bloß, er war auch am 14. November nicht hier!«

Bruno wacht benommen aus dem Tagtraum auf: »Doch, da war er hier, und zwar den ganzen Abend.«

Der Hauptkommissar kratzt sich das Kinn: »Mann, Mann, den ganzen Abend …«

»Mit dem Herrn hier!«

»Klar, an seine Stammkunden erinnert man sich natürlich! Prima! Hm. Jetzt kann ich das den Sascha aber gar nicht fragen. Brauche ich ja auch gar nicht, oder, Herr Grohé? Wann haben Sie denn das Lokal verlassen?«

»Gegen halb zwei.« Fred Grohé lächelt impertinent.

Bruno ergänzt: »Als wir geschlossen haben!«

Der Hauptkommissar rechnet nach: »Genau! Und gekommen sind Sie, na, sagen wir mal, so gegen zweiundzwanzig Uhr!«

Bruno blüht vor Stolz und Sachlichkeit auf. Wenn er mit dem Staat so Hand in Hand arbeitet, wird der Club bestimmt nicht geschlossen: »Richtig! Sie können ja auch Paolo fragen, vielleicht kann er das auch bestätigen.« Kein Grund zur Panik mehr. Er wischt sich mit der bloßen Hand den Schweiß von der Stirn.

»Dann hätten wir ja noch einen Zeugen! Zwei Zeugen! Na wunderbar! Ich danke Ihnen, meine Herren! War ein unterhaltsamer Abend. Ich habe viel Neues erfahren.« Beim Verlassen des Büros fällt dem Hauptkommissar ganz zufällig etwas Nebensächliches, wirklich ganz Nebensächliches ein: »Ach, das hätte ich jetzt beinahe vergessen: Wo ist denn eigentlich Ihr kleiner Liebling heute?«

Bruno fröhlich entspannt: »Welchen meinen Sie denn? Ich habe mehrere!«

»Den Vierbeinigen. Ihren reizenden kleinen Schoßhund.«

Bruno traurig: »Sie kannten meinen Nero? Woher?«

»Nicht persönlich. Man hat so seine Quellen.«

»Den gibt es nicht mehr! Hat mich verlassen.«

»Oh, hat er das Zeitliche gesegnet?«, stimmt der Hauptkommissar in die Trauer ein.

»So würde ich es nicht sagen.«

»Sondern wie?«

»Nero ist ins Exil gegangen«, singt Bruno weinerlich, »weg aus diesem tierfeindlichen Land.«

Hauptkommissar Lau mit falschem Bedauern: »Und wohin ist er emigriert, wenn man fragen darf?«

»Einer der Jungs hat ihn mit in seine Heimat genommen.«

»Das arme Tier.«

»Im Gegenteil: das glückliche Tier. Lebt hoffentlich in einem Land, wo man Tiere nicht verfolgt!«

»Sagen Sie bloß, in Russland!?«

»So ist es!«

»Und wer hat ihn mitgenommen?«

»Na, Sascha, als Abschiedsgeschenk!«

»Der glückliche Sascha ist in seine Heimat zurückgekehrt? Als reicher Mann mit Hund?! Wohin genau?«

»Ich weiß es nicht. Russland ist ein so großes Land. Sascha wollte mir nie sagen, woher er wirklich kommt.« Schwärmerisch: »Er war so ein mysteriöser junger Mann!« Fred Grohé nickt lächelnd.

Der Hauptkommissar grinst: »Einen schönen Abend noch!«

Am Ausgang fängt ihn Paolo ab: »Du musst noch dein Bier bezahlen!«

Der Hauptkommissar legt einen Zehneuroschein hin: »Stimmt so.«

»Erstgetränke kosten dreißig Euro. Ohne Trinkgeld.«

Der Hauptkommissar legt noch einen Zwanzigeuroschein dazu und geht.

*

Freitag, 26. November, 18 Uhr. Es ist der Moment nach der öffentlichen Anhörung für die W2-Professur Theaterwissenschaft am Institut für Medien, Theater und Populäre Kultur an der Universität Hildesheim, in dem die Berufungskommission sich, wie das bei solchen Bewerbungsverfahren üblich ist, nach dem Bewerbungsvortrag mit dem jeweiligen Kandidaten, der jeweiligen Kandidatin zu einem Gespräch unter Ausschluss der Öffentlichkeit in den Sitzungsraum des Dekanats zurückgezogen hat.

Priv.-Doz. Dr. Hartmut Frohmann ist als letzter Kandidat an der Reihe und wird hinter verschlossenen Türen zu seinem Lehrkonzept und der Einwerbung möglicher Drittmittelprojekte befragt. Ein Stuhl wurde ihm nicht angeboten. Hartmut steht verschwitzt vor der Kommission, wischt sich mit dem Ärmel seines dunkelblauen Sakkos den Schweiß von der Stirn.

Der Vorsitzende der Berufungskommission, jovial und objektiv freundlich: »Herr Dr. Frohmann, Sie haben einen sehr schönen Vortrag gehalten, die wissenschaftliche Diskussion haben Sie prima gemeistert. Auch das Lehrprogramm, das Sie für den Fall einer Berufung an unser Institut vorschlagen, hat uns überzeugt. Dennoch haben wir noch ein paar Fragen an Sie, es sind ganz wenige. Wir haben Ihren Unterlagen entnommen, dass dies bereits Ihre elfte Bewerbung ist. Zuletzt hatten Sie sich auf eine W3-Professur an der LMU München beworben, parallel haben Sie sich auch auf einen Lehrstuhl an der Freien Universität Berlin beworben, also Ihrem Heimatort, wo Sie seit mehreren Semestern eine Professur vertreten, und nun gleichzeitig hier bei uns an der Universität Hildesheim. Wären Sie so freundlich und würden uns dies genauer erklären. Wir verstehen das nicht ganz.«

Hartmut Frohmann hüstelt: »Ja, also, ich war insgesamt fünf Mal auf Platz zwei, fünf Mal wurden die Stellen an Frauen vergeben. In zwei Fällen war das korrekt, da waren die Frauen höher qualifiziert als ich, auch älter als ich, haben Kinder und mussten versorgt werden. Aber in drei Fällen war ich höher qualifiziert und wurde eindeutig benachteiligt.«

Der Vorsitzende der Berufungskommission: »Und wie kommen Sie zu dieser Auffassung?«

Hartmut Frohmann: »Weil ich rein formal höher qualifiziert bin. Ich bin habilitiert, habe langjährige Lehrerfahrung. Das hatten die drei Bewerberinnen nicht vorzuweisen. Und warum ich mich gleichzeitig an der LMU und der Freien Universität und in Hildesheim beworben habe? Nun, das hat damit zu tun, dass meine Konkurrentinnen sich auch an allen Hochschulen gleichzeitig beworben haben. Da bin ich davon ausgegangen, dass das so korrekt ist, dass ich das auch tun kann.«

Schweigen. Der Vorsitzende der Berufungskommission: »Ja, vielen Dank, Herr Dr. Frohmann, das war es erst einmal. Sie hören dann zu gegebener Zeit von uns.«

Nachdem Hartmut Frohmann den Raum verlassen hat, diskutiert die Kommission noch einmal kurz über die Anhörungen und Bewerbungsgespräche mit den Kandidaten, um schon einmal ein Stimmungsbild für eine mögliche Liste zu erstellen.

Prof. Steinbrecher, in Lederjeans, Lederwestchen mit rosa Winkel, Aids-Schleifchen und Ohrring: »Ich verstehe nicht, warum Herr Frohmann ausgerechnet einen Vortrag über Rosa von Praunheim und seinen Film *Nicht der Homosexuelle ist pervers, sondern die Situation, in der er lebt* gehalten hat. Das war mir zu wenig. Ich finde, Herr Frohmann hat sich damit keinen Gefallen getan.«

Der Vorsitzende der Berufungskommission: »Inwiefern?«

Prof. Steinbrecher: »Ich habe Frohmann zuletzt in Berlin bei einer Veranstaltung zu Rosa von Praunheim getroffen. Ich vermute, sie sind befreundet. Na ja, das muss ja nichts heißen. Aber Rosa von Praunheim ist ein Dauerthema von ihm. Gleichzeitig wirkte sein Vortrag auf mich künstlich, so aufgesetzt. Theoretisch hochgestochen, bei einem Mangel an wirklicher Einfühlung. Außerdem habe ich den Vortrag bei einer Tagung zur *Queerness* schon einmal von ihm gehört. Eine Kofferpredigt!«

Prof. Dr. h. c. Wichmann, Musikwissenschaftsprofessor, kastanienfarben getönte Föhnfrisur, hochgestellter grüner Hemdkragen, kontert sanft empört: »Wollen Sie damit sagen, man muss homosexuell sein, um über Homosexualität forschen und einen Vortrag halten zu können bzw. zu dürfen? Ich fand den Vortrag sehr anziehend, geradezu fesselnd.«

Prof. Steinbrecher: »Nein, das will ich damit nicht sagen. Im Gegenteil. Ich hatte eher den Eindruck, er spielte uns den Homosexuellen betont vor.«

Der Musikwissenschaftsprofessor: »Wollen Sie mir unterstellen, dass ich einen homosexuellen Mann nicht von einem heterosexuellen Mann unterscheiden kann? Ich falle auf so etwas nicht herein!«

Frau Prof. Lechleitner, Spielpädagogin, mit gedehntem österreichischen Tonfall: »Warum sollte er uns denn den Homosexuellen vorspielen? Homosexuell, heterosexuell, das ist doch so was von wurscht. Meine Herren, ich bitte Sie!«

Der Student mit dem Irokesenschnitt, der die Fachschaft vertritt: »Knallenge Jeans, breiter Gürtel, offenes Hemd. Macht auf sexy, weil er weiß, dass in der Berufungskommission lauter Schwestern sitzen: drei Schwule, meine Wenigkeit inbegriffen, und eine Lesbe! Ich sag's, wie's ist! «

Der Vorsitzende der Berufungskommission: »Bitte nicht unter der Gürtellinie. Bleiben Sie sachlich!«

Prof. Staude, die Koryphäe des Pilotprojekts ›Theater der Authentizität‹ im deutschsprachigen Raum, ein gepflegter älterer Herr jenseits von Gut und Böse: »Mir persönlich fiel es wie Schuppen von den Augen. Ich kenne Herrn Frohmann von Kongressen, ich sehe Herrn Frohmann plötzlich in völlig neuem Licht. Für mich war das alles sehr überzeugend. Ein Vortrag, wie ich ihn nicht erwartet hätte, wie auch sein Auftreten. Ich hatte eher den Eindruck, er will uns sagen: ›Seht her! Hier steh ich! Das bin ich!‹ Offen und ehrlich! ›Ich habe nichts zu verlieren!‹ Mich hat das sehr beeindruckt.«

Frau Prof. Lechleitner: »Na ja, er ist aufgetreten wie ein sportlicher Macho. Mir war das eher unangenehm. Jemand, der so dominant tut und den Mann herauskehren muss. Ein Zeichen von Schwäche. Auf mich wirkte er sehr unsicher. Dem sieht man von Weitem an, dass er frauenfeindlich ist. Ich mag mir gar nicht vorstellen, wie der mit den Kolleginnen und weiblichen Studierenden umspringt.«

Prof. Steinbrecher, der sich länger zurückgehalten hat: »Entschuldigen Sie, Frau Kollegin, Sie verstehen nichts von Männern und Erotik! Das muss einmal gesagt werden. Warum sollte ausgerechnet ein maskuliner Mann frauenfeindlich sein? Vielleicht wollte er mit seinem männlichen Verhalten ja gerade nicht in den Verdacht geraten, als femininer homosexueller Frauen-Versteher gesehen zu werden. So what?«

Frau Prof. Lechleitner: »Naa, so jemanden möchte ich jedenfalls nicht als Kollegen haben. Als Gleichstellungsbeauftragte werde ich ein klares Veto einlegen.«

Prof. Steinbrecher: »Die Frage ist doch, wie verhält er sich, wenn er die Stelle bekommen hat? Setzt er das dann in der Praxis um?«

Der Student: »Dann ist er plötzlich nicht mehr schwul und wird zum Verräter. Wohnt in Berlin und ist nie da. Und wir haben das Nachsehen. Solche Typen kenne ich. Ich bin gegen ihn!«

Der Vorsitzende der Berufungskommission: »Meine Damen und Herren, so kommen wir nicht weiter. Wir müssen aufpassen, dass wir nicht Form und Inhalt verwechseln. Mir war das Auftreten von Herrn Dr. Frohmann auch etwas unangenehm. Aber man sollte das nicht überbewerten. Ich kenne Herrn Dr. Frohmann sonst ganz anders. Eher zurückhaltend, leise und scheu. So ein Bewerbungsgespräch verunsichert die Kandidaten immer. Wir dürfen niemanden vorverurteilen!«

Prof. Steinbrecher: »Mir kreist unsere Diskussion zu sehr um das Thema Homosexualität. Es geht um Inhalte, es geht um eine möglichst breit gefächerte Wissenschaft und Lehre. Und genau das vermisse ich bei dem Kandidaten Frohmann. Schwul sein ist nicht abendfüllend! Auch sollte es keine Bevorzugung geben. Ich bin strikt gegen den Schwulenbonus...«

Prof. Wichmann: »Und das aus Ihrem Munde, geschätzter Kollege!«

Der Vorsitzende der Berufungskommission: »Meine Damen und Herren, ich denke, dem ist nichts hinzuzufügen. Wir sind eine liberale Gesellschaft, wir praktizieren eine offene Demokratie, gleichwohl müssen wir offiziell geheim abstimmen, auch wenn wir uns im Ergebnis letztendlich immer einig sind. Wir wollen keine Unruhe in unser Kollegium bringen. Deshalb machen wir doch zum Abschluss unserer Runde einfach mal eine offene Probeabstimmung. Dann wissen wir, wohin der Hase läuft. Einfach mal so aus dem *Off* in den Raum gesprochen: Es bleibt dann also dabei, dass wir Frau Fletscher auf Platz eins setzen? Sehe ich das richtig? Ihr Habilitationsverfahren ist zwar noch nicht abgeschlossen, ihre Doktorarbeit noch nicht veröffentlicht, aber das tut nichts zur Sache, das kriegen wir schon hin. So, kann ich das dann schon mal als inoffizielles einstimmiges Votum werten?« Mehrheitliches Nicken. »Damit wäre Dr. Frohmann raus aus dem Verfahren? Ist das so?« Mehrheitliches Nicken. »Das kommt natürlich nicht ins Protokoll. Nun können wir uns also beruhigt ins Wochenende verabschieden. Den Rest erledigen wir nächste Woche. Berufungsliste, Laudatio Platz 1 Fletscher und so weiter. Ich danke Ihnen!«

*

Das Institut für Theaterwissenschaft der Freien Universität Berlin hat sich entschlossen, eine Trauerfeier für Frau Prof. Dr. Heidelind Hausinger auszurichten, nicht nur, weil sie die Favoritin für die Menninger-Nachfolge war. Immerhin war Frau Prof. Hausinger auch Vizepräsidentin und Gründungsmitglied der Gesellschaft für Theaterwissenschaft, Ex-Vizepräsidentin des Internationalen Theaterinstituts ITI, Sektion Deutschland, DFG-Gutachterin und Mitglied im Wissenschaftsbeirat des Bundesministeriums für Bildung und Forschung, eine enge Vertraute der Ministerin, die sich persönlich gefreut hätte, wenn Heidelind jetzt in der Hauptstadt hätte wirken können. Ein harter Schlag für das Institut für Theaterwissenschaft, auf einen so wichtigen ›Faktor‹ zum Erhalt des Instituts verzichten zu müssen. Der Dekan will mit der Trauerfeier ein deutliches Signal der Betroffenheit und der Verbundenheit setzen, auch in Richtung Bundesregierung, und es ist ihm ohne zähe Verhandlungen gelungen, spontan sogar Mittel aus der sogenannten ›Präsidentenreserve‹ für einen Kranz, Reisemittel für die Hinterbliebenen, Ehemann und Kinder, Rückfahrkarte mit Bahncard 2. Klasse und fünf Kisten Wein lockerzumachen.

Die Akademie der Künste, der Frau Prof. Hausinger im vergangenen Herbst als Ehrenmitglied zugewählt worden war, stellt, ebenfalls spontan, den Clubraum am Hansaplatz kostenlos zur Verfügung, und zwar für Samstag, den 27. November, 16 Uhr. Die Trauerfeier am Sonntag, dem 28. November, auszurichten, also am 1. Advent, als Matinee, um zwölf Uhr, mit anschließendem Umtrunk, diese schöne Idee des Präsidialsekretärs und engsten Mitarbeiters der Akademiepräsidentin, die heute bedauerlicherweise verhindert ist, ließ sich aus Termingründen leider nicht realisieren.

Und so ist nun also der dem Anlass angemessene Rahmen und Veranstaltungsort gefunden, um in Würde und dezenter Trauer von einer herausragenden Wissenschaftlerin und einem Menschen mit großem Herzen Abschied zu nehmen.

Das möchte auch Priv.-Doz. Dr. Hartmut Frohmann tun. Seine Kollegialität, ein merkwürdiges Gemisch aus Solidarität und Identifikation mit dem Opfer, wäre sogar so weit gegangen, ein Gedicht von Else Lasker-Schüler vorzutragen, über die Frau Prof. Hausinger ihre Dissertation geschrieben hatte. Mona hat Hartmut sehr zu diesem Schritt ermutigt, damit könne er einiges des von ihm am Institut zerschlagenen Porzellans wieder kitten, gerade auch jetzt, unmittelbar vor den Anhörungen. »Weißt du, Hartmut«, hat sie ihm gesagt, »die denken dann, der meint das alles gar nicht so. Verstehst du, was ich meine!?«

Das aus Frauen bestehende Trauerfeier-Organisationskomitee hat aber abgelehnt, nicht mal dankend. ›Frau‹ wollte die Feierlichkeiten auch klein halten. Hartmut Frohmann hätte sich leichter damit abgefunden, wenn es eine reine Frauenveranstaltung geworden wäre. Aber es wurmt ihn, dass ein karrieregeiler und erfolgreicher Jungdramatiker, dessen Namen man sich nach Professor Erfurts kompetentem Urteil nicht merken muss, ein paar Worte sagen darf, und nur deshalb, weil er darauf besteht, Frau Hausingers letzter Lieblingsschüler gewesen zu sein, und beim Regierenden Bürgermeister ein- und ausgeht.

Und so hält nun, in der Rangordnung immerhin vor dem aufstrebenden Autor, die Theaterkritikerin, Festivalleiterin und Welttheaterspezialistin Bettina Kottschynska den Abschiedsvortrag mit dem Titel *Theater und Tod bei Gertrude Stein*, die Chefdramaturgin des Wiener Burgtheaters liest eine Passage aus Virginia Woolfs *A Room of One's Own* – welche, will sie nicht preisgeben. Zur Eröffnung der Trauerfeier jedoch will die Gleichstellungsbeauftragte in freier Rede – zum Ausarbeiten eines Manuskripts hatte sie wegen Arbeitsüberlastung keine Zeit – die wichtigsten Lebensstationen der Kollegin und Freundin streifen; sie hat sie alle im Kopf, da sie sie in den Gremiensitzungen oft genug erwähnen durfte. Und schließlich soll, nach einer Flöten- und Harfeneinlage zweier Meisterschülerinnen der Universität der Künste, eine bedeutende Filmemacherin (›angefragt‹), auch sie eine der Feministinnen der ersten Stunde, als Höhe- und Schlusspunkt das Fragment eines noch nicht ins Englische übersetzten Vortrags vorlesen, den die Verstorbene in der kommenden Woche an der *Harvard University* hätte halten sollen, mit dem Arbeitstitel: *Abschied vom Geschlecht. Judith Butler revisited*.

Viele andere Beiträge waren, auch aus Zeitgründen, abgelehnt worden. Die Fachschaft und das Lesben- und Schwulenreferat haben vergeblich protestiert, wieder einmal kämen die Studierenden nicht zum Zug, nicht einmal mit einer kleinen nonverbalen Performance, die sie mit extra aus Mainz angereisten Kommilitoninnen zum Andenken Heidelinds erarbeitet hätten.

Dennoch verspricht es ein rundes Programm zu werden, so dass mit vielen Trauergästen und großer Betroffenheit und Begeisterung gerechnet werden darf und befürchtet werden muss, der Universitätswein werde nicht reichen. So spendieren die kollegialen Kollegen Prof. Erfurt und Prof. Schuster jeder noch zwei Kartons halbtrockenen Riesling von der Mosel aus ihrem Keller, wenn die wissenschaftlichen Hilfskräfte nicht vergessen haben, ihn rechtzeitig abzuholen.

*

Aber noch ist es nicht so weit. Es ist erst 14 Uhr, und Hartmut Frohmann, der die Nacht, wie so oft in letzter Zeit, wieder allein in seiner Wohnung in der Pestalozzistraße verbracht hat, sitzt noch in der Badewanne und bereitet sich auf die Trauerfeier vor.

»Hallo, mein Schatz, bist du fertig?« Fred kommt, um Hartmut abzuholen. Er hat sich aus blankem Voyeurismus von Mona überreden lassen, sie und Hartmut zur Trauerfeier zu begleiten. Es ist allerdings auch eine gute Gelegenheit, seinen neuen ochsenblutfarbenen Anzug mit Stehkragen in der Öffentlichkeit vorzustellen.

»Wo steckst du denn!?«

Hartmut fröhlich: »Im Bad!«

Hartmut streckt das rechte Bein aus dem Schaumbad, er ist gerade dabei, sich die Wade zu rasieren. Auf dem Klodeckel neben der Badewanne steht ein Glas Sekt. Hartmut nimmt einen großen Schluck.

»Was machst du denn da? Bist du wahnsinnig geworden?«

»Begrüßt man so seinen Mann? Komm erst mal her und küsse mich!« Hartmut richtet die Brause auf ihn.

»Mein Anzug!« Fred beugt sich hinunter, um Hartmut einen raschen Kuss auf den Mund zu drücken. Hartmut zieht ihn zu sich hinunter und küsst ihn leidenschaftlich. Fred fällt fast in die Badewanne, macht sich mit Mühe frei. Hartmut rasiert sich weiter das Bein.

»Bist du verrückt geworden? Was soll das werden?«

»Das siehst du doch! Ich rasiere mir die Beine!«

»Das sehe ich. Und was soll der Quatsch?«

»*Je fais mon rite de beauté!* Du kannst auch sagen, *rite de passage*...«

Hartmut steht in der Wanne auf, duscht sich ab, bedroht Fred wieder mit der Brause.

Fred schaut Hartmut fassungslos an: »Um Gottes willen! Das ist ja grässlich! Du siehst aus wie ein gerupftes Huhn! Die Schamhaare hast du dir auch rasiert! Aber noch viel schlimmer sind die Beine, mein Gott, Oberschenkel und Beine! Das sieht ja eklig aus! Auch die Arme!«

Hartmut nimmt einen Schluck Sekt, prustet Fred an, lacht: »Den Bart werde ich mir nächste Woche epilieren lassen.« Er steigt aus der Wanne und wickelt sich in ein riesiges rosa Badetuch.

»Also, jetzt hör auf! Ist hier Karneval oder was? Du weißt, ich verabscheue Transvestiten!«

»Und das aus dem Mund einer Tunte!« Hartmut geht an Fred vorbei in die Küche zum Kühlschrank, schenkt sich Sekt nach. Fred folgt ihm kopfschüttelnd. Hartmut füllt seinen Mund mit Sekt, beugt sich zu Fred vor, um ihm den Sekt mit einem Kuss in den Mund zu träufeln.

Fred zieht den Kopf zurück: »Doch nicht mit diesem Fusel. Mein Schatz, du bist dabei, dir nicht wieder gutzumachende Schäden zuzufügen! Weißt du, wie lange es dauert, bis die Haare an den Beinen und Armen wieder nachgewachsen sind? Wochen, wenn nicht gar Monate!«

Hartmut huscht ins Schlafzimmer: »Ich muss mich fertigmachen!«

Fred allein in der Küche: »Der Mann ist wahnsinnig geworden!« Ruft Hartmut hinterher: »Was soll der Quatsch? Was tust du mir an?! Ich kann dich nie wieder anfassen! Deine stachligen Beine... Die Haare auf der Brust... Wo sind sie? Ich bin mit einem Mann verheiratet und nicht mit einem Transvestiten oder Transsexuellen oder noch schlimmer: mit einer Frau!«

Hartmut ruft aus dem Schlafzimmer: »Du bist nicht nur frauenfeindlich, sondern obendrein auch noch *queer*-feindlich! Und mit so einem Mann bin ich verheiratet!«

Fred steht in der Schlafzimmertür: »Jetzt fehlt nur noch der ›schwule Selbsthass‹! Bitte verschone mich mit deinen Theorien von Transidentität, Intersexualität oder wie der ganze Unfug heißt! Ich habe weder etwas gegen Transvestiten noch gegen Transsexuelle und Transpersonen! Du weißt, dass ich ihre politische Arbeit mit Spenden und Benefizveranstaltungen unterstütze, aber ich will nicht mit ihnen schlafen! Ich will einen jungen Mann im Bett haben, einen sportlichen Knackarsch und kein gerupftes, weichgekochtes käsiges Suppenhuhn!«

Hartmut schiebt ihn aus dem Zimmer, schließt die Tür. »Würdest du mich bitte allein lassen. Ich muss mich ankleiden!«

Es klingelt. Mona steht vor der Tür, vollbepackt mit Tüten und Shopping Bags. Fred lässt sie verwundert herein.

»Hallo, Fred, mein Süßer! Hast du Hartmut schon bewundert? Ist er nicht hinreißend?«

»Was schleppst du denn da alles an?«, stottert Fred entgeistert.

»Na, Klamotten für Hartmut, er hat nichts zum Anziehen für die Trauerfeier!«

»Der ganze Schrank hängt voller Anzüge!«

»Aber er braucht ein Kostüm! Wärst du bitte so reizend, und würdest einer Dame, in diesem Falle mir, die Tüten abnehmen?«

Fred nimmt ihr die Tüten ab, stellt sie auf den Boden. Mona zieht ihren schwarzen Midi-Ledermantel aus und steht in einem geschickt ihre Rundungen verbergenden dunkelroten Sackkleid vor ihm. Ihren Pilzkopf hat sie, dem Anlass angemessen, schwarz gefärbt.

»Schau nicht so. Meine Konfektionsgröße haben sie bei *Prada* nicht! Schenk uns lieber mal etwas ein! Ich bin völlig geschafft und dehydriert!«

Fred rührt sich nicht von der Stelle. Mona drängt sich an ihm vorbei in die Küche, findet eine halbvolle Flasche Amaretto, nimmt zwei schmutzige Wassergläser aus der Spüle, hält sie kurz unter fließendes Wasser und gießt beide Gläser randvoll ein, nimmt einen großen Schluck und streckt Fred das andere Glas hin.

»Prost, mein Schätzchen. Na ja, ich war mit Hartmut shoppen am Kudamm und in der Friedrichstraße. Wir haben alles gefunden, was wir wollten. Stimmt alles, bis zur kleinsten Naht! Nur ein paar Kleinigkeiten mussten noch geändert werden. Du wirst entzückt sein, du Liebhaber des Details!« Mona lacht tief: »Alles vom Feinsten! Hat ein Vermögen gekostet! Alles bezahlt!«

Freds Panik nimmt weiter zu: »Womit?«

Mona antwortet ganz cool: »Na, mit deiner Partner-Kreditkarte!«

»Das würde Hartmut nie machen!«

»Aber ich!«

Fred steht aschfahl im Flur.

»Nun hab dich mal nicht so!« Sie packt ihn am Arm und zieht ihn in Hartmuts Wohn-Arbeitszimmer.

Fred herrscht sie an: »Schuhe ausziehen!«

Mona tut beleidigt: »Bei dem versifften Boden? Ick denke nicht daran!« Sie lässt sich auf das schwarze Ledersofa fallen und zieht Fred mit sich, stellt ihr klebriges Glas auf den Boden, ehe Fred es schafft, einen *Tagesspiegel* darunterzulegen. Sie kramt eine Zigarette aus ihrer taiwanesischen Lackleder-Handtasche.

Fred langt nach ihrer Zigarette: »Hartmut will nicht, dass hier geraucht wird.«

Mona ringt mit Fred, stößt ihn zurück, steckt sich die Zigarette an: »Der soll sich nicht so haben, bei allem, was ich für ihn tue. Und du sollst ooch nich so zickig sein. Freu dich lieber!«

Fred nimmt endlich mit spitzen Fingern einen großen Schluck Amaretto, verzieht das Gesicht und insistiert gequält: »Mona, was soll das! Du bist mir eine Erklärung schuldig!«

Mona vergreift sich an Freds Glas, denn ihres ist bereits leer. Sie lacht: »Wieso denn ich? Hartmut, wenn überhaupt einer!«

»Was wird hier gespielt?«

»Er hübscht sich auf. Für die Trauerfeier.«

»Hartmut dreht durch.«

»Was ist denn dabei?!«

»Das kommt überhaupt nicht infrage. Ich nehme ihn so nicht mit!«

»Du bist doch nicht sein Papi. Der kann rumloofen, wie er will. Wo sind wir denn!«

»Ohne mich!«

»Du hast Hartmut nichts vorzuschreiben! Und wenn er nackend über den Kudamm rennt, ist das seine Sache. Das geht dich aber auch nicht so viel an!« Sie schnippt mit dem Finger. Zigarettenasche fällt in eine Ritze des Ledersofas, Monas schwarze Pumps zeichnen schwarze Schlieren auf das Parkett. »Ich werde Hartmut voll unterstützen. Wenn es sein muss, gegen dich!«

Fred immer aufgebrachter: »Merkst du denn nicht... Hartmut tickt nicht mehr richtig! Der verstümmelt sich!«

»Der rasiert sich die Beine. Das wächst wieder nach, keine Sorge! Du brauchst keine Angst um deinen Kleenen zu haben!« Mona tätschelt ihn beschwichtigend.

»Mona, er hat mir gerade gesagt, er will sich die Barthaare epilieren lassen... Das sind irreversible Schäden!«

Mona brüllt zurück: »Jetzt bleib mal auf dem Teppich. So weit ist es ja noch nicht.«

Hartmut ruft aus dem Schlafzimmer: »Mona, kommst du bitte mal.«

Fred sackt in sich zusammen: »Der Mann ist krank! Krank!«

Er blickt auf. Vor ihm steht eine junge Frau in schwarzem Kostüm mit anthrazitgrauem Perserkragen, weißer Bluse, schwarzen Nahtstrümpfen, schwarzen Stilettos. Fred blickt an der merkwürdigen Erscheinung hinauf und hinunter. Pechschwarze Perücke, die Haare leicht in die Stirn gekämmt, ein schwarzes Seidentuch um Kopf und Hals geschlungen, eine große Sonnenbrille, Modell 60er Jahre, schwarze Netzhandschuhe.

Fred weiß nicht so recht, in welche Schublade er die Erscheinung stecken soll: ein Double der jungen Audrey Hepburn oder von Jacqueline Kennedy am Tag der Beerdigung von John F. Jedenfalls ist die Gestalt unerträglich.

Er rastet aus: »So eine billige Imitation!« Er springt auf.

»Hartmut hat siebentausend Euro auf sich«, strahlt Mona.

»Das ist doch viel zu dick aufgetragen! *La Cage aux Folles*! Und total altmodisch! Absolut lächerlich! Wenn man es schon macht, muss man es richtig machen! Das muss gekonnt sein. Aber doch nicht so! Das merkt doch ein Blinder! So kannst du zum Tuntenball gehen! Mit diesen knalligen Lippen, dem Puder! Peinlich! Geradezu billig und ordinär! Mit so jemandem gehe ich nicht auf die Straße! So jemand steigt nicht in mein Auto!«

Hartmut nimmt die Sonnenbrille ab, blickt sehr traurig. Mona drückt ihm einen dicken roten Kussmund auf die schlecht gepuderte stopplige Wange.

Hartmut wirkt so deprimiert und hilflos, dass Fred sofort ganz sanft wird. Er versucht, ihm in die Augen zu sehen. Hartmut weicht seinem Blick aus. Fred umarmt ihn und drückt ihn fest an sich. Mona geht hinaus und schließt die Tür. Fred und Hartmut stehen zwei, drei Minuten schweigend da, Fred drückt Hartmut an sich, streichelt seinen Kopf, Hartmut umklammert Fred.

»Was geht in dir vor? ... Was ist mit dir los? ... Bitte sag es mir ... Ich verstehe dich nicht mehr ... Was machst du ...?«

Hartmut traurig: »Du glaubst also auch nicht mehr an mich ...«

Schweigen. Hartmut macht sich abrupt frei: »Was ich mache? Dreimal darfst du raten ... Georg hat mir gesagt ...«

»Wer ist denn jetzt schon wieder Georg?«

»Mein alter Studienfreund, der Psychologe. Müsstest du eigentlich kennen. Er hat gesagt: Du kannst nichts ändern außer dich selbst.«

»Psychologensprüche!«

»Du wirst schon sehen! Lass uns gehen. Wir kommen zu spät.«

Hartmut setzt die Sonnenbrille wieder auf, zieht den Schal enger, rückt den Rock zurecht. Geht in den Flur. Fred läuft ihm nach, packt ihn an der Schulter: »Zieh sofort diesen beschissenen Fummel aus!«

Hartmut reißt sich los, kreischt: »Du hast mir nichts zu befehlen! Ich mache, was ich will! Ich lasse mir nichts mehr vorschreiben! Von keinem! Von keinem!« Er läuft aus der Wohnung. Schlägt die Tür zu, dass Putz von den Wänden fällt.

Mona zieht ihren Mantel an, Fred hilft ihr sogar. Dann macht Fred wie immer, diesmal aber etwas unkonzentriert und um sich selbst zu beruhigen, einen Kontrollgang durch die Wohnung, weil er bei Hartmut immer mit dem Schlimmsten rechnet, trägt Hartmuts Sektglas und die Wassergläser in die Küche, stellt sie in die Spüle, füllt Wasser hinein, damit der süße Amaretto nicht antrocknet, geht zurück ins große Zimmer, prüft, ob Monas Zigarettenstummel auch wirklich verglüht sind, wirft sie in den Müll und füllt Wasser in die Kaffeetasse, die Mona als Aschenbecher benutzt hat, zum Glück nur Steingut, löscht das

Licht in allen Zimmern, Küche, Bad und Flur und sperrt die Wohnungstür ab. Mona geht vor dem Haus frierend auf und ab und hakt sich auf dem Weg zum Auto bei Fred unter. Es nieselt schon wieder. Sie gehen rasch die Pestalozzistraße Richtung Grolmanstraße hinunter.

»Ich gehe nicht zu dieser scheiß Trauerfeier. Ich bringe dich aber hin.«

»Sei kein Spielverderber«, flirtet Mona. »Bitte, mir zuliebe, und Hartmut zuliebe. Du musst ihm zeigen, dass du ihn liebst. Dass du zu ihm stehst. Egal, was passiert.«

Fred reagiert gereizt: »Das tue ich doch!«

»Aber das kommt bei ihm nicht an!«

»Was soll ich denn noch alles machen als Beweis meiner Liebe?!«

»Du kommst jetzt mit!«

»Ich kann doch nicht so einen Schwachsinn unterstützen. Ich kann doch nicht zusehen, wie er mit offenen Augen in sein Verderben rennt!«

»Du kannst ihn nicht aufhalten.«

»Er macht Fehler über Fehler.«

Schweigen. Fred ist fassungslos: »Der lässt sich noch umwandeln!«

»Das glaube ich nicht. Alle quatschen auf Hartmut ein, er soll sich ein zweites Standbein suchen! Er soll sich Alternativen überlegen. Und jetzt probiert er etwas aus, dann ist es dir auch wieder nicht recht.«

»Aber doch nicht so etwas! Das ist damit bestimmt nicht gemeint! Das ist doch hirnrissig!«

»Was ist denn daran so schlimm?«

»Alles.«

»Es ist doch nur ein Test.«

Fred bleibt stehen, fixiert Mona: »Du verheimlichst mir etwas! Der Schuss kann nach hinten losgehen.«

Mona zieht Fred zum Auto: »Sei nicht so hysterisch. Du wirst ja schon wie Hartmut.«

»Soll er machen, was er will. Soll er im Fummel herumrennen, soll er sich umwandeln lassen! Aber dann ist es aus! Dann trenne ich mich von ihm!«

Mona lacht, aber es klingt etwas unsicher: »Jetzt drehst du aber durch!«

»Der Mann hat übermorgen seinen Bewerbungsvortrag! Der macht alles kaputt!«

»Ja, eben deshalb!«

*

15 Uhr 45. Fred parkt seinen Jaguar in der Parkverbotszone vor der Akademie der Künste im Hanseatenweg ein.

Mona schnaubt auf dem Beifahrersitz: »Da kann nichts schiefgehen, Fred. Glaub mir. Keiner traut sich, etwas zu sagen.«

»Hinterher wird es umso schlimmer. Das ist Leichenschändung.«

»Wir Theaterwissenschaftlerinnen nennen das ›Karnevalisierung‹.« Mona lacht: »Ich brauche etwas zu trinken. Los, lass uns aussteigen!«

Mona Schneider und Fred Grohé betreten den Clubraum der Akademie der Künste. Etwa zweihundert Trauergäste stehen herum. Die Stimmung ist gar nicht so gedämpft, da und dort wird leise gelacht. Menschen, die sich lange nicht gesehen haben, begrüßen sich freudig. Die Professoren Erfurt und Schuster haben beschlossen, schon jetzt Wein auszuschenken, man kann die Leute ja nicht auf dem Trockenen sitzen lassen. Und so reichen ihre ›Hiwis‹, wissenschaftliche Hilfskräfte, Tabletts mit Weißwein, Rotwein, Rosé und Mineralwasser. Aber sie verteilen auch schwarze Schleifchen, die an die roten vom World Aids Day erinnern, und die man an sich ans Revers heften soll.

Mona Schneider stürzt sich auf einen ›Hiwi‹ und krallt sich zwei Glas Rotwein. Fred Grohé setzt seine *Armani*-Sonnenbrille auf, hält Ausschau nach Prominenten. Der Feuilletonchef vom *Tagesspiegel*, im Gespräch mit Prof. Erfurt, heute in einem zerknitterten schwarzen Versandhaus-Anzug und hellbraunen Mokassins, ohne Krawatte, aber mit schwarzer Schleife zum ungebügelten weißen Hemd, gealterte Dichterinnen und Dramatikerinnen, die man aus Gedenkveranstaltungen im Literaturhaus kennt, eine freie Mitarbeiterin des *rbb* mit Aufnahmegerät, riesigem Mikrofon und Kopfhörer auf der Suche nach Stimmungsbildern im O-Ton.

Mona heftig zu Fred: »Nimm sofort die Brille ab. Hier kennt dich sowieso keiner.«

Fred nimmt die Brille nicht ab. So kann er das Geschehen besser beobachten.

»Hartmut ist erledigt«, stellt Fred apodiktisch fest.

Der Rotwein zeigt bei Mona inzwischen Wirkung: »Tiefer kann er gar nicht mehr fallen. Am Institut ist er längst unten durch. Aber sei froh, dass er überhaupt etwas macht. Ich möchte dich sehen, was du sagen würdest, wenn er den ganzen Tag depressiv in deiner Galerie sitzen würde. Kapierst du das nicht? Er will ein Zeichen setzen!«

»Eine Hundeduftmarke!«

Mona laut: »Ein Fanal!« Einige Trauergäste blicken peinlich berührt herüber.

»Am falschen Bäumchen. Das ist das falsche Örtchen!«

»Er wird schon keinem ans Bein pinkeln, der ist viel zu gut erzogen, dein Kleener!«

Der Feuilletonchef dreht sich irritiert weg, er plaudert inzwischen angeregt mit einer ehemaligen Staatsschauspielerin des seit Jahren geschlossenen Schillertheaters und einem Volontär von *Theater heute*, der einen Zehnzeiler schreiben soll.

Fred hält Ausschau nach Hartmut. Er steht steif neben dem Rednerpult, die Arme vor der Brust verschränkt, mit den Netzhandschuhen ein Glas Mineralwasser umklammernd.

So steht doch keine Frau! Fred würde am liebsten im Boden versinken.

Mona lässt ihn stehen und stürzt sich auf einen vollmondsichtigen Großkritiker: »Walter!« Sie küsst ihn auf die Wange: »Blendend siehst du wieder aus.« Versucht vergeblich, sich bei ihm einzuhaken: »Du, ich will nach Peking, kannst du mir nicht eine Vortragsreise verschaffen über das Goethe-Institut?«

Walter lässt Mona stehen und begrüßt lieber den Chefredakteur der *Berliner Zeitung*.

»Guten Tag, Herr Frohmann.« Hartmut zuckt zusammen. »Sie erkennen mich schon wieder nicht!? Nein, nein. *Sie* wollen nicht erkannt werden!« Hauptkommissar Lau steckt sich ein schwarzes Schleifchen ans Revers seines schwarzen Anzugs: »Eine attraktive Frau mit einem unbekannten jungen Mann! Meine Gesellschaft macht Sie nur noch mysteriöser und umso interessanter für die Trauergäste! Wir könnten glatt als Paar durchgehen, finden Sie nicht?«

Hartmut Frohmann sieht über den Hauptkommissar hinweg, aber dieser lässt sich nicht so einfach abwimmeln, denn er ist nicht privat hier, sondern dienstlich.

»Keine Angst, ich trete Ihnen nicht zu nahe, auch wenn Sie als Frau durchaus anziehend wirken. Aber keine Sorge. Ich bin nicht wegen Ihnen hier. Ihr Lebensgefährte interessiert mich im Augenblick viel mehr. Aber vielleicht komme ich ja noch auf Sie zurück!«

So wie sie dastehen, könnten sie tatsächlich als Paar gelten. Der Hauptkommissar flüstert ihr/ihm über die Schulter zu: »Ihnen kann ich es ja vertraulich sagen. Wir vermuten, dass Ihr Partner mit dem Fall Hausinger zu tun hat.« Damit lässt er Hartmut Frohmann stehen und schlendert weiter.

Hartmut stakst zu Fred, flüstert von der Seite auf ihn ein, so als solle man nicht merken, dass er mit ihm spricht: »Was wird hier gespielt? Wieso ist die Polizei hinter dir her?«

»Ach, das bildest du dir ein!«

»Du verschweigst mir etwas!« Packt ihn am Arm. Hartmut schreit leise: »Warum hast du das getan?!«

Einige Umstehende drehen sich um und schütteln den Kopf.

Hartmut im Crescendo: »Wieso mischst du dich in mein Leben ein? Ich habe dich nicht darum gebeten! Was tust du mir an! Das ist mein Leben! Ich brauche dich nicht! Ich brauche niemanden!«

Fred dreht sich weg und lässt Hartmut einfach stehen.

»Geht man so mit seinem Mann um, Herr Grohé? Noch dazu bei so einem traurigen Anlass?« Hauptkommissar Lau verbeugt sich vor Fred: »Na ja, das hat mich auch nicht zu interessieren. Ihr Tête-à-Tête mit Frau Professor Hausinger interessiert mich schon mehr. Nehmen wir mal an, Sie hätten sich mit ihr getroffen. Dann wäre doch die Frage: Wie und wieso sollten ausgerechnet Sie es geschafft haben, Frau Hausinger nachts in den Tiergarten zu locken?« Der Hauptkommissar lächelt: »Vielleicht ist der Vorgang ganz banal. Sie könnten vor Professor Erfurts Haus auf sie gewartet haben. Um sie etwas einzuschüchtern. Sie haben ja gewusst, dass sie dort ist.« Er malt die Szene und seine Betrachtungen darüber genüsslich aus: »Frau Hausinger verlässt mit einer Kollegin das Haus, geht zur nächsten U-Bahn-Station. Sie könnten der Dame unauffällig gefolgt sein und hatten ›rein zufällig‹ den jungen Russen mit dem Pitbull dabei. Und dann steigt Frau Hausinger am Zoologischen Garten aus und geht durch den Tiergarten. Nachts. Allein. Das könnte ihr Todesurteil gewesen sein. Was sagen Sie dazu? Reine Annahme! Vielleicht wollten Sie der Frau Professorin wirklich ›nur‹ etwas Angst einjagen. So etwas soll ja auch Befriedigung verschaffen. Und haben sich dazu das ›Schoßhündchen‹ aus dem Schwulenpuff ausgeliehen... Und dann hat sich der Hund eben von der Leine gerissen, weil er Frauen nicht riechen kann, und hat sie kurzerhand ›weggebissen‹. Und Ihnen könnte nicht viel passieren, falls man Ihnen überhaupt auf die Spur käme. Im schlimmsten Falle, wenn die Unfalltheorie scheitern sollte, wäre es ›Körperverletzung mit Todesfolge, ausgeführt mit einem gefährlichen Werkzeug‹. So lautet ja die neueste Formulierung! Oder ›fahrlässige Tötung‹! Na ja, das würde Ihnen Ihr Anwalt sicher auch gesagt haben. Drei Jahre auf Bewährung, allerhöchstens. Oder eine Geldstrafe. Wie dem auch sei. Was meinen Sie? Sie schweigen?«

Der Hauptkommissar wieder ganz sachlich: »Sagen Sie mal, glauben Sie wirklich, Ihr Partner kriegt die frei werdende Stelle in Mainz oder die in München, wo Frau Hausinger auf Platz eins stand? Oder gar die in Berlin, wo sie angeblich ebenfalls die

Wunschkandidatin war? Dann müsste ja auch noch die Zweitplatzierte aus dem Weg geräumt werden. Personenschutz hat mein Chef abgelehnt, Personalmangel, Kostenfaktor. Ist Ihre Liebe zu Hartmut Frohmann so bedingungslos und grenzenlos? Oder sind Sie ein Spieler? Würde ich bei längerem Nachdenken durchaus annehmen. Reine Spekulation, reine Spekulation! Sie brauchen sich keine Sorgen zu machen. Schöne Trauer noch, Herr Grohé.«

Der Hauptkommissar lässt ihn stehen und geht. Fred Grohé steht wie angewurzelt einsam im Clubraum. Auch Hartmut Frohmann steht, von allen ignoriert, wie ein Fremdkörper mitten im Raum, umklammert das inzwischen leere Mineralwasserglas, blickt ins Leere. Er tritt hilflos auf der Stelle, die Füße schmerzen. Wie ein Storch hebt er mal das eine, mal das andere Bein und reibt den Fußrist an der Wade.

Eine vornübergebeugte Gestalt, die sich mit ihren mit Zeitungen und Flyern vollgestopften *ALDI*-Tüten in alle Berliner Kulturveranstaltungen einschleicht, steuert auf Hartmut zu. Heute trägt die alterslose Erscheinung einen abgewetzten schwarzen Persianermantel, ein schiefsitzendes, verstaubtes, ehemals fuchsrotes Toupet, von ihrer Hakennase tropft weißer Schleim, während sie buckelnd mit ihrer Soubretten-Stimme auf Hartmut einredet: »Madame, haben Sie vielleicht ein paar Cent für mich, ich habe den ganzen Tag noch nichts gegessen.«

Hartmut Frohmann blickt über sie hinweg. Macht dann eine abweisende Handbewegung, als würde er einen Lakaien wegschicken.

Die Gestalt schreit auf: »Sie herzlose Person!« Geht weg, kommt zurück. Schreit wieder: »Sie herzlose Person!« Geht weg, kommt wieder zurück, schreit noch einmal: »Sie herzlose Person! Wissen Sie überhaupt, wer ich bin? Ich bin bekannt von Film, Funk und Fernsehen. Ich habe mit allen bedeutenden Regisseuren gearbeitet! Ich bin eine berühmte Schauspielerin und Sängerin.« Breitet die Arme aus, in der linken Hand ein halbvolles Rotweinglas, in der rechten ihre prallen *ALDI*-Tüten. Sie klopft mit dem rechten ausgelatschten Slipper den Takt: »Meine Liebe, deine Liebe, die sind beide gleich... daram, daram, daram, daram dadadadada... Aaaaaalles vorbeieieiei!« Die Stimme überschlägt sich: »Aaaaaalles vorbeieieieieieiei! Aaaaaaalles vorbeieieieieieiei!« Sie kippt Hartmut den Rotwein ins Gesicht, schlägt kraftlos mit den Plastiktüten nach ihm. Hartmut stakst hinaus. Die Person schreit ihm hinterher: »Sie arrogante Person! Wissen Sie, was Hunger ist? Du widerliches Weib! Ich hungere! Ich leide! Ich bin krank! Arrogantes Pack! Ihr alle!« Schluchzt laut und fällt in sich zusammen. Zwei junge ›Hiwis‹ geleiten die Person hinaus.

Inzwischen sind die Professoren Schwegler und Schuster bereits etwas angeheitert. Prof. Schwegler: »Sag mal, was war denn das für eine Vogelscheuche?«

Prof. Schuster mit einer wegwerfenden Geste: »Die Pennerin vom Fasanenplatz! Die schnorrt mich immer beim Theatertreffen an, der gebe ich im Spiegelzelt jedes Mal einen aus.«

»Die meine ich nicht. Ich meine die mysteriöse junge Dame in Schwarz.«

Prof. Schuster stiert ihr mit glasigen Augen nach: »Kenne ich nicht. Eine Studentin von mir ist es jedenfalls nicht.«

Prof. Erfurt gesellt sich zu den beiden Kollegen, prostet ihnen zu. Erinnert sich mit echtem Bedauern: »Sah aus wie Brigitte Horney in jungen Jahren. Aber die ist ja lange tot!«

Prof. Schwegler läuft zu Hochform auf, wie immer, wenn es einfache Rätsel zu lösen gibt: »Wir müssen die Schneider fragen!« Er winkt laut: »Fräulein Schneider!«

Mona Schneider schwankt auf die Dreiergruppe zu.

Prof. Schwegler sticht ihr den Zeigefinger auf die Brust, schiebt das Kinn nach vorn: »Fräulein Schneider! Gestehen Sie! Erstens, dass Sie über den Durst getrunken haben, zweitens, dass Sie die Dame kennen! Wer war der Vamp?«

Mona Schneider verhaspelt sich: »Die Freundin von Frau Hausinger, nehme ich an!«

Prof. Schwegler knurrt lüstern: »Habe ich es mir doch gedacht! Die Todsünde von Heidelind Hausinger! Das Mannweib Hausinger war ein *garçon manqué*, eine verkappte Lesbe!«

Prof. Schuster stiert auf die Gleichstellungsbeauftragte, die gerade eine Theaterintendantin und eine ergraute Dokumentarfilmerin begrüßt: »Wieso sind hier eigentlich nur alte Weiber?«

Prof. Erfurt begrüßt Fred: »Tag, Herr Grohé. In dunkelroter Livree! Passend zu meinem Wein. Ich steuere hier nämlich den Wein bei. Wo haben Sie denn Ihren Freund gelassen?«

»Er wird den Anlass nicht versäumen«, antwortet Fred schnippisch, »Sie werden Ihren Lieblingsschüler schon noch ausfindig machen. Eine Trauerfeier mit Ihnen lässt er sich bestimmt nicht entgehen.«

Die Professoren Schwegler und Schuster ignorieren Fred Grohé, der Erfurt zu ignorieren versucht. Sie wenden ihm den Rücken zu und führen etwas abseits ein ›Dienstgespräch‹. Sie merken nicht, dass Fred sich von hinten an sie heranspielt und ihnen aufmerksam zuhört. Prof. Schwegler wird plötzlich sehr nachdenklich, Außenstehende könnten meinen, er trauert: »Jetzt, wo sich die Hausinger die Kartoffeln von unten anschaut, sehen wir natürlich alt aus!«

Prof. Schuster winkt ab, mit funkelnden Augen: »Jetzt springen die Knospen von der Patricia Wolff auf!«

Prof. Schwegler lacht auf: »Eine Wölfin im Schafspelz! Es kommt nicht darauf an, was sie im Höschen hat, sondern was sie im Köpfchen hat! Bei der machst du sowieso keinen Stich! Die steht eher auf so einen wie den Frohmann.«

Prof. Schuster grollt drohend wie das in die Jahre gekommene Alpha-Männchen eines Gorillaclans: »Sag bloß, du favorisierst jetzt diesen Warmduscher!«

Prof. Schwegler wiegelt ab: »Der Frohmann stand doch nie ernsthaft zur Debatte. Diese Laus werden wir uns nicht in den Pelz setzen. Ich sage nur: ›Strohmann‹! Wir machen ›in der Person liegende Gründe‹ geltend!«

Prof. Schuster unterstreicht mit einer fahrigen Geste kategorisch: »Es sind doch genug Weiber auf der Liste! Die Stelle kriegt die Wolff, egal wie!«

Prof. Schwegler leckt sich lüstern Speichel und Wein aus dem Mundwinkel: »Nur weil die unten gepierct ist. Pass auf, dass du dir nicht die Zunge aufreißt! Das soll gefährlich sein! Da ziehe ich nicht mit dir an einem Strang!« Nimmt einen großen Schluck Wein.

Prof. Schuster: »Wann geht denn die Scheiße endlich los? Ich sage ja, wenn Weiber etwas organisieren. Diese blöden Fachschaftskühe.« Prof. Schuster zieht den Flachmann aus der Innentasche seiner Jacke.

»Ich habe meine Honneurs gemacht. Ich gehe in zehn Minuten«, unterstreicht Prof. Schwegler die Unabkömmlichkeit seiner Person, »das Stadtbad Charlottenburg schließt pünktlich seine Pforten.«

Prof. Schuster schlägt dem Kollegen auf die Schulter, schnappt nach Luft: »Da macht die Patricia ihre erst auf!«

»Monsieur! Ein *amuse-gueule*.« Beide lachen wieder schmutzig. Prof. Schwegler ruft in den Saal: »Warum ist das Buffet noch nicht eröffnet, Genosse Generalsekretär? Frau Dr. Schneider fällt vom Fleisch. Noch sind Sie ein gefundenes Fressen, Miss Mona. Zumindest, was die sichtbare Materie betrifft.« Er klopft ihr auf den Hintern. Mona ist schon nicht mehr reaktionsschnell genug, um sich zu wehren, sonst hätte sie ihm eine Ohrfeige verpasst. »Werden Sie ja nicht wie die Genossin Hausinger, Fräulein Schneider, sonst werfen die Sie der Meute zum Fraße vor! Aber da besteht ja bei Ihnen keine Gefahr.« Prof. Schwegler blickt triumphierend um sich, lässt Mona links liegen.

Prof. Erfurt gähnt Mona an: »Sind doch ziemlich viele Leute. Ich wusste gar nicht, dass die Hausinger so viele Unterstützer hat. Sie war doch eigentlich eine ziemlich unausstehliche Person, mit ihrer herrischen Art, mit ihrer metallischen Stimme! Wo bleibt denn eigentlich Hartmut? Wäre gut, wenn er sich hier zeigen würde.«

»Keine Ahnung.«

Prof. Erfurt zieht seine Taschenuhr auf: »Wann fängt denn das endlich an? Ich muss zum Busbahnhof, einen slowenischen Regisseur abholen. Willst du heute Abend nicht dazukommen, mit Hartmut? Nach dem Abendessen?«

Mona nimmt angewidert einen tiefen Schluck: »Mit dem Langweiler kannst du alleine saufen!«

Prof. Schwegler redet weiter auf Prof. Schuster ein, der kaum noch aufnahmefähig ist, weder für Wein noch für Worte: »Die Hausinger hätten wir als Kollegin gar nicht verhindern können. Bei der Lobby! Eigentlich müssten wir dankbar sein, dem Herrn ›Unfall‹ oder wem auch immer! Der Kelch ist an uns vorübergegangen. Ich bin richtig erleichtert. Das Schicksal hat es gut mit uns gemeint, vieles löst sich ganz von alleine, ohne unser Zutun! Jetzt ist die Hausinger Kandidatin für eine Berliner Sackgasse.« Nimmt einen großen Schluck Rotwein.

Prof. Schuster prahlt: »Ganz von alleine nun auch wieder nicht!«

Prof. Schwegler bewundernd entsetzt: »Sag bloß, du hast deine Finger im Spiel gehabt!? Es lebe der *deus ex machina*!«

»Das haben zum Glück andere erledigt!«

»Satan, weiche von mir!« Prof. Schwegler stößt mit ihm an: »Dir traue ich alles zu! Aber dass du dich an der vergreifst, kann ich mir in der Tat nur schwer vorstellen. Ich habe selten eine so unattraktive Frau gesehen. Eine Frau muss etwas Weibliches haben.« Rotwein tropft pathetisch auf sein weißes Hemd: »Wem sage ich das! Hausingers Todsünde zum Beispiel. Die hat doch etwas! Wie fandest du die?«

Prof. Schuster müde: »Was? Seit wann stehst du auf Lesben?«

Prof. Schwegler schwärmt: »Leicht skurril, aber verrucht, doch irgendwie zu herb! Gefährlich auf jeden Fall! *Quod erat demonstrandum!*«

Prof. Schuster mit hängender Unterlippe, von der ebenfalls Rotwein tropft: »Öffne deinen Mund, damit ich ihn mit Gutem füllen kann!« Lacht grunzend: »Von wem ist das?«

Prof. Schwegler verbirgt sein Unwissen mit einem schrillen Lacher: »Der Abgrund! Eine Femme fatale!«

Prof. Schuster beugt sich vor, Prof. Schwegler kann gerade noch verhindern, dass sein Kollege kopfüber hinstürzt.

Prof. Schuster: »Nach einer Nacht mit der kriechst du auf allen Vieren! Die macht dich fertig. Die reißt dir die Eier ab.«

Prof. Schwegler, den Kollegen stützend, ruft herrisch: »Frau Privatdozentin Dr. phil. habil. Mona Schneider! Wo ist die schwarze

Dame? Wir erteilen Ihnen hiermit den Auftrag, nach der schwarzen Dame zu fahnden, mit allen Mitteln! Nach erfolgreicher Erledigung erhalten Sie einen Zeitvertrag im Zeitschriftenarchiv!«

Mona schaut sie glasig an, reagiert nicht.

Prof. Schuster sabbert: »Ich bin schon vergeben!« Er holt den Flachmann heraus, kann ihn nur mit Hilfe des Kollegen Schwegler aufschrauben.

Prof. Schwegler beschwichtigt die Umstehenden: »Kollege Schuster ist ein oraler Charakter!«

Prof. Erfurt gelangweilt zu Prof. Schwegler: »Wird denn diese Veranstaltung auf Video aufgezeichnet?« Er zieht wieder seine Taschenuhr hervor: »Dann könnte ich mir das Video später zu Hause ansehen. Tristan wartet schon so lange. Der pinkelt mir noch ins Auto.«

Prof. Erfurt schlurft hinaus. Fred findet auch, dass es Zeit ist zu gehen. Er will Hartmut suchen. Die Gleichstellungsbeauftragte biegt das Mikrofon herunter auf ihre Höhe, um die Trauerfeier zu eröffnen: »Liebe Angehörige, meine Damen und Herren, wir sind heute zusammengekommen...«

*

Hauptkommissar Lau beobachtet vom Auto aus die Akademie der Künste, stößt die Beifahrertür auf, als Hartmut Frohmann am Auto vorbeistürmt: »Steigen Sie ein, Herr Frohmann. Ich bringe Sie nach Hause. Ist zwar kein Jaguar. Aber so können Sie nicht über die Straße gehen.« Hartmut Frohmann blickt unsicher um sich, steigt umständlich ein, zieht den Rock zurecht.

Der Hauptkommissar reicht Hartmut Frohmann ein Päckchen Papiertaschentücher: »Wischen Sie sich erst mal den Rotwein und den Lippenstift aus dem Gesicht. Ihr Make-up ist ganz verschmiert.«

Hartmut Frohmann wischt sich fahrig ab.

»So sehen Sie gleich ganz anders aus. Sie sollten das mit den Frauenkleidern lassen. Das passt irgendwie nicht zu Ihrem Typ.«

Hartmut Frohmann zittert.

»Ist Ihnen kalt? Ich habe leider keine Standheizung.« Der Hauptkommissar startet den Motor, stellt die Heizung an und fährt langsam los, Richtung Straße des 17. Juni.

»Ich frage mich, wie kann ein so sensibler Mensch mit so jemandem zusammenleben.«

Hartmut Frohmann schroff: »Ich weiß nicht, wovon Sie sprechen.«

»Einen Menschen wie Sie betrügt man nicht.«

Hartmut Frohmann scharf: »Halten Sie sofort an!«

Der Hauptkommissar ignoriert die Aufforderung, fragt ruhig weiter: »Fühlen Sie sich eigentlich bei Ihrem Freund sicher, geborgen, von ihm verstanden?«

Hartmut Frohmann fährt ihn an: »Sie wissen nicht, was Liebe ist.«

»Eben.« Nach einer längeren Pause: »Was finden Sie eigentlich an diesem Galeristen? Ist mir ein Rätsel. Na ja.« Langes Schweigen.

»Soll ich Sie zur Wohnung von Herrn Grohé oder zu Ihrer Wohnung bringen?« Schweigen.

»Wohin denn nun? Dann bringe ich Sie besser zu Ihrer Wohnung. Ich glaube, Sie brauchen jetzt etwas Zeit für sich.« Der Hauptkommissar fährt die Leibnizstraße hinunter, biegt in die Pestalozzistraße ein. Hält vor dem Haus, in dem Hartmut Frohmann wohnt. Der macht keine Anstalten auszusteigen. Der Hauptkommissar stellt den Motor ab, die Scheiben beschlagen von innen. Schweigen. Nach zehn Minuten startet der Hauptkommissar den Wagen wieder: »Steigen Sie jetzt bitte aus, Hartmut. Sie können mich jederzeit anrufen. Ich meine, wenn Sie Hilfe brauchen. Hier ist meine Handynummer.«

*

Es ist wieder Sonntag, als Fred und Hartmut wie immer zu ihrem ersten Kaffee in Hartmuts Bett in der Pestalozzistraße den *Tagesspiegel* lesen, Hartmut wie immer Kultur, Fred wie immer die Todesanzeigen. Heute kommt Fred besonders auf seine Kosten, denn die Todesanzeigen sind üppiger als sonst. Aber auch Hartmut kommt auf seine Kosten mit dem Essay einer feministischen

Aggressionsforscherin: »Neue Erkenntnisse über Weibchen als Rudelführerinnen«.

Fred leckt sich die Finger vom klebrigen Mandelhörnchen ab, vergnügt: »Die Trauerfeier gestern war doch richtig nett, findest du nicht? Dein Auftritt war allerdings misslungen. Aber du hättest nicht weglaufen sollen. Na ja, die Haare auf den Beinen und der Brust wachsen wieder nach.« Nach einer Lektüre-Pause: »Sieh einer an, heute ist sogar schon die Todesanzeige für die Hausinger drin. Jetzt müsstest du die Stelle doch eigentlich kriegen, wo sie aus dem Weg geräumt ist.«

Hartmut lässt die Kulturseiten sinken: »Hast du was mit dem Tod von der Hausinger zu tun?«

Fred genießerisch: »Sollte ich?«

Hartmut insistiert: »Hast du was mit dem Tod von der Hausinger zu tun?«

»Die Frage sollte man wohl eher dir stellen. Vielleicht lebe ich ja mit einem Serienmörder zusammen. Oder gehören die Kreuze auf deinem PC zu einem neuen Computerspiel?«

»Hast du damit zu tun? Ja oder nein?«

»Natürlich nicht, mein Schatz! Ich liebe dich!«

»Lügst du mich an?«

Fred drückt Hartmut einen flüchtigen Kuss auf die Wange: »Ich könnte dich nie anlügen.«

Hartmut dreht sich weg: »Wenn du damit zu tun hast, kann ich dir nicht mehr in die Augen schauen. Dann trenne ich mich von dir. Ich kann nicht mit einem Mörder zusammenleben.«

»Lieber einen Mörder als gar keinen Mann. Entspann dich! Ich mixe uns jetzt einen Sekt-Orange. Immerhin ist heute Sonntag. Was für ein schöner Sonntag!«

Fred springt aus dem Bett und mixt die Drinks. Er ruft gut aufgelegt aus der Küche: »Wir sollten mal wieder verreisen. New York oder Los Angeles. Ein Tapetenwechsel tut immer gut.«

Hartmut liest die Todesanzeige von Prof. Heidelind Hausinger.

★

Es ist noch immer der 1. Advent. 18 Uhr. Fred war zum Mittagessen mit einem Kunsthändler im *Borchardt* verabredet. Jetzt entspannt er sich in seiner Wohnung in der Mommsenstraße mit Olli vor dem Flachbildschirm bei ›Cody – Wie ein Hund die Welt verändert‹.

Hartmut ist in seiner Wohnung in der Pestalozzistraße geblieben. Er hat viel zu erledigen für die morgen anstehende Anhörung in der FU. Es klingelt an Hartmuts Wohnungstür. Mehrmals hintereinander. Nach gefühlten zehn Minuten reißt Hartmut die Tür auf. Ihm fällt das Gesicht runter: »Was willst du denn hier!?«

Sein Ex Wolfgang streckt ihm einen kleinen Blumenstrauß entgegen, den er für 5 Euro beim Asiaten an der U-Bahn-Station gekauft hat, mehr kann er sich nicht leisten. Hartmut dreht sich in der offenen Tür um und geht zurück in die Wohnung. Wolfgang tritt über die Schwelle, schließt die Tür leise hinter sich.

»Darf man wenigstens reinkommen?«

»Wenn's sein muss!«

Wolfgang streift seinen wattierten rosa Anorak ab, hängt ihn über den schiefen Kleiderständer im Flur, tritt in Hartmuts Wohn-Arbeitszimmer und dann ins Schlafzimmer. Er streckt ihm den Blumenstrauß entgegen: »Für dich! Für unseren letzten Sex im Fitnesscenter. War richtig geil!«

Hartmut ignoriert ihn: »Ist ja gut. Stell sie irgendwo hin, wo sie nicht stören.«

»Das ist ja ein toller Empfang!«

»Du brauchst dir keine Hoffnungen zu machen.«

»Ich habe auch eine Flasche gekühlten Prosecco dabei. Ich will mit dir anstoßen.«

Wolfgang steht hilflos im Raum, sieht sich in der Wohnung um. Auf dem Schreibtisch und auf dem Wohnzimmertisch stapeln sich Ordner, Bücher, lose Papiere. Auf dem Bett liegen Damenkleider, Damenschuhe. Er geht in die Küche, um in der mit verklebtem Geschirr zugestellten Spüle die Blumen zu versorgen und zwei Sektgläser zu holen. Eine Vase gibt es nicht, so füllt er Wasser in ein vertrocknetes Gurkenglas, kommt mit den Sektgläsern und den Blumen zurück ins Zimmer und will die Blumen irgendwo auf den Schreibtisch stellen.

Hartmut nimmt weiter keine Notiz von Wolfgang, wühlt in einem Haufen Damenunterwäsche, schaut kurz auf, fährt Wolfgang an: »Was soll das denn jetzt werden?«

Wolfgang schiebt auf dem Schreibtisch vorsichtig einen Stapel mit Unterlagen zur Seite, um die Blumen zu platzieren und die Sektgläser abzustellen.

Hartmut herrscht ihn an: »Rühr meine Sachen nicht an! Das geht dich nichts an!«

»Ich will doch nur die Blumen irgendwo hinstellen.«

»Vielen Dank, sehr freundlich! Was für eine reizende Geste! Ich brauche keine Blumen!«

Wolfgang stellt das Gurkenglas mit den Blumen auf den Boden, öffnet den Prosecco, geht mit den gefüllten Sektgläsern auf Hartmut zu: »Ich will mit dir feiern!«

Hartmut schroff: »Es gibt nichts zu feiern!«

»Doch. Ich habe einen Vertrag bekommen. Das will ich mit dir feiern. Ich bin in einer Vorabendserie.«

Hartmut trocken: »Glückwunsch.« Er stößt widerwillig mit Wolfgang an.

»Ich habe eine Nebenhauptrolle!«

»Als Prinzessin von Homburg?«

»Nein. Ich spiele einen Escort für reifere Damen.« Hartmut zeigt keine Reaktion.

Wolfgang stellt das Glas ab, versucht Hartmut zu umarmen: »Was ist denn los mit dir?«

Hartmut schüttelt ihn ab: »Lass mich in Ruhe!«

»Hartmut! Komm runter!« Wolfgang mustert Hartmut, der ein offenes Hemd und Shorts trägt und barfuß ist, von oben bis unten, entdeckt die rasierten Waden und die rasierte Brust.

»Was ist das denn?! Du siehst ja aus wie eine Frau!«

Hartmut stößt Wolfgang von sich. »Das geht dich nichts an! Lass mich in Ruhe! Hau ab!«

»Ich denke gar nicht daran. Du sagst mir jetzt sofort, was hier los ist! Drehst du jetzt völlig durch?! Willst du in einer Travestieshow im *Pulverfass* auftreten oder was?«

»Ich bin kein mittelloser Schauspieler, ich heiße doch nicht Wolfgang! Wenn du mich anmachen willst, kannst du gleich wieder gehen.«

Wolfgang versucht ihn wieder zu umarmen. Drückt Hartmut einen Kuss auf den Hals. Dann mehrere Küsse. Hartmut lässt es widerwillig zu. Wolfgang beißt ihn ins Ohr: »Du dummer Hund! Ich liebe dich! Immer noch.«

»*Tempi passati!* Wann kapierst du das endlich! Lass mich in Ruhe. So ein Schwachsinn!«

»Was sagt denn dein Göttergatte Fred dazu, dass du dir plötzlich die Beine und die Brust rasierst? Oder weiß er gar nichts davon? Ich kann mir nicht vorstellen, dass er das gut findet. Ich weiß sowieso nicht, wieso ihr zusammen seid. Der passt nicht zu dir. Dieses arrogante Arschloch. Sorry! Seit wann stehst du auf ältere Männer?« Er trällert: »›And my heart belongs to daddy…‹ Na ja, Kohle hat er ja ohne Ende, da hast du natürlich ausgesorgt.«

Hartmut stößt Wolfgang wieder weg: »Willst du mich beleidigen?! Das verstehst du nicht. Dafür bist du zu dumm! Ich liebe diesen Mann!« Er knallt sein halb geleertes Prosecco-Glas auf den Schreibtisch.

Wolfgang: »Dann erklär mir doch bitte, was das hier soll? Ich verstehe es nicht.«

Hartmut: »Du gehst jetzt besser! Los, raus!« Hartmut drängt Wolfgang in den Flur, nimmt den rosa Anorak vom Kleiderständer, drückt ihn Wolfgang in die Arme.

Wolfgang stammelt im Abgang: »Ich denke an dich. Ich drücke dir morgen die Daumen für die Anhörung. Ich bin Gedanken bei dir! Ich wünsche dir so, dass es diesmal klappt. Ich bin immer für dich da!« Er versucht, Hartmut zu umarmen. Hartmut schiebt ihn aus der Wohnung und schlägt die Wohnungstür zu.

*

Die Anhörungen zur Wiederbesetzung der Professur für Theaterwissenschaft finden diesmal ausnahmsweise nicht im Institut für Theaterwissenschaft statt, sondern im Hörsaal 1a der Rost- und Silberlaube der Freien Universität, und zwar am Montag, den 29. November, ab 8 Uhr c. t. Um die Anhörungen herum wurde ein interdisziplinäres Kolloquium gebaut, in Kooperation mit dem Wissenschaftszentrum und, eigentlich nicht üblich, mit der Humboldt-Universität. In der Not frisst der Teufel Fliegen. Der Anlass soll genutzt werden, das Institut wieder mehr ins Gespräch zu bringen und ein möglichst breites Publikum mit den aktuellen Forschungsinhalten und Fragestellungen an den Schnittstellen zwischen Theaterwissenschaft, Kunstwissenschaft, Kultur- und Medienwissenschaften ganz allgemein bekannt zu machen. Wirklich ins Gespräch gebracht hat das Institut aber eher das plötzliche Ableben von Frau Prof. Dr. Hausinger, die ebenfalls zur Anhörung eingeladen war. Da hätte man sich das Kolloquium sparen können. Trotz des tragischen Ereignisses, das alles überschattet, hat der Dekan entschieden, mutig und entschlossen, vor allem geschlossen nach vorn zu blicken und die Anhörungen stattfinden zu lassen. Immerhin sind aus dem gesamten Bundesgebiet Wissenschaftlerinnen und Wissenschaftler angereist, die zur Anhörung eingeladen wurden, die will man nicht unverrichteter Dinge nach Hause schicken. Und der Kostenfaktor, auch wenn die Reisekosten nicht übernommen werden, spielt ebenfalls eine Rolle. Und immerhin, und das war das schlagende Argument, wurden die Olympischen Spiele in München nach dem verheerenden Anschlag, bei dem sehr viel mehr Opfer und ganz anderer Art zu beklagen waren, auch fortgesetzt. »The games must go on!« Der Dekan war stolz auf diesen Vergleich und fand sofort breite Unterstützung in den Universitätsgremien. Nur Prof. Erfurt zögerte, aber das tut er immer.

»Wirklichkeit der Inszenierung – Inszenierung der Wirklichkeit? Modelle des Performativen«, so lautet der griffige Obertitel. Und so ist der Hörsaal fast voll besetzt, obwohl in den Frühnachrichten vor überfrierender Nässe gewarnt wurde. Nur die erste Reihe ist frei, denn die Berufungskommission und alle namhaften

Wissenschaftlerinnen und Wissenschaftler sitzen mit selbstsicherer Zurückhaltung in der zweiten Reihe. Kaum ein Studierender oder Oberassistent würde es wagen, vor der Mauer des Wissens Platz zu nehmen.

Der Kommissionsvorsitzende Prof. Dr. Siegfried Erfurt, heute wieder im Fischerhemd, tappt in seinen Gesundheitssandalen zum Rednerpult und kündigt – es ist inzwischen 10 Uhr c.t. – noch immer verkatert den nächsten Kandidaten an. Er hat am Abend zuvor ein paar Kommissionsmitglieder bekocht, um sie auf die Anhörungen einzustimmen, hat aber vergessen, vor dem Zubettgehen eine Aspirin einzuwerfen.

»Meine Damen und Herren, ich darf Ihnen nun unseren nächsten Kandidaten vorstellen. Es ist Privatdozent Dr. Hartmut Frohmann. Er ist vermutlich vielen von Ihnen bekannt, ich muss eigentlich gar nicht viel sagen.« Prof. Erfurt gähnt: »Er vertritt die Stelle seit drei Jahren. Er wurde letztes Jahr – oder war es vorletztes Jahr? – habilitiert ... mit einer Arbeit über *Pasolini und die Ästhetik des Widerspruchs*, 2010 wurde er promoviert mit einer Dissertation über *Lorca und die Frau als Maskerade*, eine sehr intelligente, wenn auch umstrittene Polemik gegen die tradierte Lorca-Rezeption. Er hat zu diesen und ähnlichen Themen auch etliche Aufsätze publiziert und Vorträge auf Kongressen gehalten.« Er gähnt erneut, sieht fragend in Richtung Berufungskommission: »Ist noch etwas zu erwähnen? Ich glaube nicht ...« Er tappt zurück ins Auditorium und lässt sich auf einen Sitz in der ersten Reihe plumpsen.

Privatdozent Dr. Hartmut Frohmann schreitet von der letzten Reihe ganz langsam hinunter zum Rednerpult. Er trägt einen schwarzen Anzug mit schwarzer Krawatte und weißem Hemd. Mit der rechten Hand umklammert er eine große *ALDI*-Plastiktüte. Am Rednerpult angekommen, stellt er die Plastiktüte vor sich aufs Pult. Tristan, der vor Erfurt auf dem Boden schläft, steht auf und schaut schwanzwedelnd und sabbernd auf die Plastiktüte.

»Meine Damen und Herren«, beginnt Hartmut Frohmann mit leiser Stimme, »ich danke Ihnen für die Einladung zu dieser Anhörung und dafür, dass ich das Wort ergreifen darf.«

Studierende aus der letzten Reihe rufen: »Lauter!«

Hartmut Frohmann beugt sich vor zum Mikrofon: »Der Herr Kommissionsvorsitzende hat das Thema meines Vortrags nicht genannt. Vielleicht hat er es vergessen.« Er blickt bitter und böse auf Erfurt, der umständlich seine Pfeife stopft.

Hartmut Frohmann richtet sich auf, knöpft sein Jackett auf und zieht es aus, legt es auf den Tisch neben dem Rednerpult, löst den Knoten seiner Krawatte, zieht sie über den Kopf, legt sie zum Jackett, knöpft die Manschetten und dann das Hemd selbst auf.

»Das Thema meines Vortrags sollte lauten: *Das Performative in der Fotokunst Cindy Shermans*. Doch dieses Anhörungsverfahren entpuppt sich für mich immer deutlicher als Farce, bei dem die eingeladenen Männer als Staffage für Ihre Besetzungs-Inszenierung herhalten müssen, sehr geehrte Damen und Herren der Kommission, die mitzuspielen ich nicht mehr willens bin.«

Stille im Saal. Hartmut Frohmann zieht das Hemd aus der Hose. Seine Stimme gewinnt langsam an Kraft: »Eine gekonnte, genau geplante Inszenierung, mit der Sie Ihre intriganten Machenschaften kaschieren wollen. Was das verehrte Auditorium aus Kunst und Wissenschaft vielleicht noch nicht weiß und die Studierenden schon gar nicht: Die Würfel zur Besetzung dieser Stelle sind längst gefallen. Hinter verschlossenen Türen wurde beschlossen, die Stelle umzupolen in eine Professur mit Schwerpunkt Frauen- und Geschlechterforschung und sie mit einer Frau wiederzubesetzen.«

Prof. Erfurt stößt hustend dicke Rauchwolken aus.

Hartmut Frohmann: »Sie, werte Damen und Herren der Berufungskommission, spielen uns hier Theater vor. Sie besitzen die Frechheit, vier junge männliche Wissenschaftler von weither aus dem ganzen Bundesgebiet, aus der Schweiz und Österreich auf eigene Kosten anreisen zu lassen, ihnen also weder Reise- noch Hotelkosten zu erstatten, obwohl Sie die Situation von Privatdozenten genau kennen, die einen Bruchteil von einem Facharbeiter verdienen. Das ist pervers! Die Kandidaten arbeiten unbezahlt einen Vortrag aus! Mit dem einzigen Trost Ihres gnädigen Entgegenkommens, ihn, ohne Honorar natürlich, vielleicht in einer Ihrer ach so renommierten Zeitschriften veröffentlichen zu dürfen. Vielen Dank!«

Hartmut Frohmann steht inzwischen mit nacktem Oberkörper am Rednerpult. Leises Tuscheln.

»Zuerst haben Sie meine Kandidatur abgelehnt! Aus Angst, dass ich mit meinem Insiderwissen an die Öffentlichkeit gehe, haben Sie mich nachnominiert, um mir den Mund zu stopfen, um mich zu täuschen, um mir ›entgegenzukommen‹ und der Öffentlichkeit den Schein der ›Gleichberechtigung‹, der Transparenz und Einhaltung demokratischer Spielregeln vorzugaukeln. Ich bin Ihnen ja so dankbar!«

Hartmut Frohmann zieht die Schuhe, die Strümpfe, dann die Hose und schließlich den Slip aus, aber er lässt das Auditorium nicht aus den Augen.

Studenten raunen: »Oooh! Mhhhh!« Ansonsten eisiges Schweigen.

Prof. Schwegler blickt um sich, steht auf, knöpft seine Trachtenjoppe zu. Ironisch: »Herr Kollege Frohmann, ich finde Ihre ›Performance‹ zwar hochinteressant, ich weiß nicht, wem Sie imponieren wollen, vermutlich versuchen Sie, Cindy Sherman nachzueifern, ich bin gespannt! Aber Sie verwechseln offenbar den Schauplatz. Wir befinden uns nicht im Theater, sondern bei der Theater*wissenschaft*, auch ist dies keine Aufnahmeprüfung für einen Studienplatz als Schauspielschüler an einer Schauspielschule.« In Richtung Prof. Erfurt. »Herr Kommissionsvorsitzender, walten Sie Ihres Amtes! Die Zeit schreitet voran!«

Applaus. Lachen. Prof. Erfurt klopft seine Pfeife am Klappsitz aus, kämpft sich von seinem Sitz hoch: »Hartmut, was soll denn das?«

Der Dekan erhebt sich, knöpft das Jackett seines dunkelblauen Anzugs zu, rückt die gelb-blau gestreifte Fliege und das weiße Einstecktuch zurecht. Stille. Abwechselnd zu Hartmut Frohmann und zum Auditorium, sich an der Lehne des Vordersitzes festhaltend, übertönt er mit seinem reinen Mozart-Tenor mühelos die schlechte Akustik des Hörsaals:

»Meine Damen und Herren: Ich finde, Scherze sind hier völlig fehl am Platze. Herr Dr. Frohmann, entweder halten Sie jetzt Ihren Vortrag oder Sie verlassen das Rednerpult. Ihr Verhalten ist eine Provokation!«

Hartmut Frohmann steht inzwischen neben dem Rednerpult, schreit: »Nein! Jetzt hören Sie mir zu!«

Einige Studenten johlen und klatschen.

Der Dekan läuft rot an, seine Stimme mutiert zum Heldentenor eines Wagner-Ritters: »Das ist ja ungeheuerlich! Verlassen Sie sofort das Rednerpult! Ich rufe den Hausmeister! Ich rufe den Wachdienst!«

Die Gleichstellungsbeauftragte schüttelt entsetzt lächelnd den Kopf und raunt einer Kollegin etwas ins Ohr. Prof. Schuster hat sein Handy gezückt und telefoniert.

Hartmut Frohmann öffnet seine Plastiktüte, zieht ein etwa sechzig Zentimeter langes Fleischermesser heraus und legt es vor sich auf das Rednerpult.

Der Tumult bricht schlagartig ab. Der Dekan steht fassungslos da, blickt hilflos zu Prof. Erfurt, dieser blickt hilflos zum Dekan und noch hilfloser zu Hartmut Frohmann.

Hartmut Frohmann spricht ruhig, aber mit kräftiger Stimme ins Mikrofon: »Wenn wir jungen Männer nicht mehr Männer sein dürfen, um von der Gesellschaft, die eine Männergesellschaft ist, akzeptiert zu werden und eine gleichberechtigte Chance im Berufsleben zu erhalten, bleibt uns nichts anderes übrig, als uns entweder zu unterwerfen, unser Schicksal anzunehmen, ins Exil zu gehen oder Hand an uns zu legen.«

Er holt eine schwarze Damenstrumpfhose aus der Tüte, zieht sie an, das Auditorium immer fixierend. Holt einen schwarzen Minirock aus der Tüte, zieht ihn an, zieht langsam den Reißverschluss zu. Steigt in die mitgebrachten schwarzen Stilettos. Studenten in den hintersten Reihen pfeifen bewundernd.

»Aber wir können auch protestieren und kämpfen. Mit allen Mitteln! Auch mit den Mitteln des Gegners, den Waffen der Frau!«

Hartmut Frohmann holt einen roten Spitzen-BH aus der Tüte und legt ihn an. Lachen und Johlen bei den Studierenden, Entsetzen bei den Professoren.

»Meine Generation wird in die Geschichte dieses Landes eingehen als die betrogene, die verratene Generation!«

Hinten an der Saaltür hört man plötzlich Walkie-Talkie-Rauschen und Stimmen. Mehrere Polizisten und Rettungskräfte der Berliner Feuerwehr stehen an der Tür und flüstern. Sie zögern offenbar, ob sie einschreiten sollen.

Hartmut Frohmann redet unbeirrt weiter: »Die fortschreitende Feminisierung dieser Gesellschaft verlangt den Feminisierungsnachweis, so wie Menschen in der gar nicht so weit zurückliegenden Geschichte den Ariernachweis erbringen mussten, wenn sie einen Arbeitsplatz erhalten wollten! Ich vollziehe den Akt der Feminisierung!«

Er holt eine weiße Bluse und die schwarze Kostümjacke mit dem grauen Persianerkragen aus der Tüte, zieht beides an und schließt die Knöpfe.

Prof. Schuster brüllt von seinem Sitz aus: »Aufhören!«

Hartmut Frohmann fährt unbeirrt fort: »Ich demonstriere mit dieser Aktion gegen die neuen Geschlechtergesetze, die nichts anderes sind als eine Umwidmung der Rassengesetze des Dritten Reiches!«

Prof. Schuster springt auf: »Schluss! Sie sind ja wahnsinnig! Ich verbitte mir diese Verunglimpfung der Opfer des Nationalsozialismus!«

Mehrheitliches betroffenes Nicken. Eine Bibliothekarin läuft weinend aus dem Hörsaal. Prof. Erfurt geht zum Rednerpult. Tristan springt ihm schwanzwedelnd nach. Hartmut Frohmann nimmt das Fleischermesser auf. Prof. Erfurt bleibt stehen. Tristan legt sich jaulend neben sein Herrchen.

Prof. Schwegler posaunt, als würde er eine nonverbale Videoeinspielung ankündigen: »Der postdramatische Dr. Frohmann greift nach der Macht!«

Prof. Erfurt: »Hartmut!«

Hartmut Frohmann lässt sich nicht unterbrechen: »Wir müssen uns in Frauen verwandeln. Der Transformationsprozess hat begonnen. Es bricht eine neue Zeit an, das Frauenzeitalter. Es lebe Lysistrata!« Zu Prof. Erfurt und mit dem Messer auf die Berufungskommission zeigend: »Ihr seid die Täter! Früher habt ihr junge Frauen geopfert! Und jetzt opfert ihr die jungen Männer! Wofür? Für euren eigenen Seelenfrieden! Für eure bundesdeutsche Saturiertheit, eure dicken Pensionen, eure Verbeamtung, die ihr euch mit euren 68er-Protesten erschlichen habt. Euer Marsch durch die Institutionen war nichts weiter als ein Marsch *in* die Institutionen. Euer Feminismus ist so pervers wie eure verlogene Homophilie, wie euer obszöner Philosemitismus! Eure Rede von Diversität, von der geschlechtslosen Gesellschaft ist nichts weiter als ein zynisches gesellschaftliches Rollenspiel patriarchaler, hegemonialer Attitüde und Gewalt, was eurer hohlen Existenz das Überleben sichern soll. Ihr forscht über Emigration im Dritten Reich und schweigt zu dem, was an Ausgrenzung und Verfolgung um euch herum geschieht.«

Hartmut Frohmann legt das Fleischermesser vor sich hin, holt eine Marilyn-Monroe-Perücke aus der Tüte, setzt sie auf, greift Schminkzeug aus der Tüte, beginnt sich zu pudern, in der Linken einen kleinen Handspiegel, in der Rechten eine Puderquaste, ohne das Publikum aus den Augen zu lassen.

»Und ich bin mir völlig bewusst, dass dieser Akt der öffentlichen Verwandlung in euren Augen ein theatralischer, ein künstlicher, nicht einmal ein künstlerischer Akt ist, und die Authentizität meiner Handlung von euch ignoriert werden muss, weil ihr Gender-Switching in euren Vorlesungen und Seminaren zwar vollmundig paraphrasiert und propagiert, aber nicht duldet, dass ein Mann sich in eine Frau, eine Frau sich in einen Mann verwandelt.«

Das Mikrofon wird abgestellt. Der Dekan läuft nach hinten zur Polizei. Prof. Erfurt versucht mit kraftlosem Gestikulieren zu Hartmut Frohmann Kontakt aufzunehmen, umsonst.

Hartmut Frohmann schreit in den Saal: »Und hier offenbart sich, wie verlogen eure Großzügigkeit ist, die ihr angeblich dem

›schwachen Geschlecht‹ gegenüber praktiziert: Sie ist sexistisch, oberflächlich und geheuchelt. Denn sonst würdet ihr akzeptieren, dass auch ein Mann seine weiblichen Anteile nicht nur akzeptiert und akzentuiert, was ihr seit jeher bekämpft, sondern dass er seine Identität transzendiert und gleichberechtigt agieren, denken und leben kann und darf.«

Hartmut Frohmann trägt, während er spricht, Wimperntusche und Lidschatten auf. Prof. Erfurt geht mit besorgter Miene zurück zum Dekan, der mit der Polizei verhandelt. Tristan bleibt vor Hartmut liegen und beobachtet ihn gebannt. Wenn Hartmut etwas aus der *ALDI*-Tüte holt, wedelt er mit dem Schwanz und bellt freudig. Prof. Erfurt versucht mit den Armen fuchtelnd Hartmut Frohmann, die Kollegen und seinen Hund zu beschwichtigen. Die Polizisten ziehen ihre Sicherheitswesten an. Inzwischen sind auch ein Notarzt und mehrere Kamerateams eingetroffen.

Hartmut Frohmann schreit immer gehetzter und mit überschnappender Stimme ins Auditorium:

»Hier zeigt sich, dass euer Denken und Empfinden sich an rein machistischen Vorstellungen und Prägungen von Körperlichkeit orientiert und von ihr durchdrungen ist und dass euer Verhalten im Grunde nur eine invertierte, pervertierte und subtile Form der Unterdrückung alles Weiblichen und jeglicher Alterität ist, eine Extinktion der Imagination, dass ein Mann einen Mann liebt, eine Frau eine Frau, ein Mann als Frau einen Mann, ein Mann als Frau eine Frau, ein Mann eine Frau als Mann, eine Frau als Mann eine Frau, oder eine Frau einen Mann als Frau. Doch um dies zu verstehen, ist euer Horizont zu eng, und ihr unterdrückt weiter alle Lebensformen und Denkweisen, die nicht eurer eindimensionalen Welterfahrung entsprechen.«

Der Notarzt, Prof. Erfurt, eine Polizistin und ein Polizist gehen langsam in Richtung Rednerpult. Tristan hat sich auch vorgerobbt und sitzt inzwischen in zwei Meter Abstand vor Hartmut und bellt ihn freudig an.

Hartmut Frohmann malt sich die Lippen rot an, nimmt das Fleischermesser wieder auf und drückt sich die Klinge an den

Hals, dass die Adern hervortreten. Der Notarzt, Prof. Erfurt, die Polizistin und der Polizist gehen ganz langsam weiter, bleiben etwa fünf Meter vor dem Rednerpult stehen. Inzwischen haben sich auch die meisten Anwesenden von ihren Sitzen erhoben, vielleicht, weil ihnen das ›Rettungskomitee‹ die Sicht versperrt, vielleicht aus Angst vor einer möglichen Eskalation. Mona Schneider ist mittlerweile auch eingetroffen und redet heulend auf Prof. Erfurt ein, Fred sei der Einzige, der mit Hartmut reden, der etwas bewirken könne. Er müsse sofort kommen.

Hartmut Frohmann fährt unbeirrt in seinem Redeschwall fort: »Und vermutlich ist euch nicht einmal aufgefallen, dass ich die Begriffe Schwuler, Homo, Tunte, Schwuchtel, Transe, Lesbe nicht erwähnt habe, mit denen ihr Menschen wie mich in euren kleinen Hirnschubladen zerquetscht. Wenn ihr nur einen Funken von dem begreifen würdet, was ich hier sage, hättet ihr nicht so aberwitzige Begriffe und Paragraphen wie ›Frauenförderung‹, ›Erhöhung des Frauenanteils‹ eingeführt. Wären wir so borniert und stumpf wie ihr, müsste meine Generation ein Manifest zur Vernichtung der Frauen verkünden, einen Verein für Maskulinität, eine Kommission zur Männerförderung mit Planstellen für ›Männerbeauftragte‹ einklagen. Diesen Kalvariengang erspare ich euch und mir und entblöße mich vor euch in meiner ganzen Verletzlichkeit und mit meinen ganzen Verletzungen...« Hartmut Frohmann ritzt sich leicht in den Hals. Ein erstickter Aufschrei geht durch die Reihen, inzwischen ist es wieder ganz still geworden.

»...in meiner Identität der Nichtidentität. Mehr habe ich nicht zu bieten. Und ich erwarte auch nichts mehr von euch! Weil ich das, was ihr mir zu geben habt, gar nicht mehr haben will.«

Hartmut Frohmann weicht langsam vom Rednerpult zurück, immer mit der Messerklinge am Hals, rückwärts, Richtung Notausgang. Er geht durch die Tür ab. Der Dekan hält die Polizei zurück. Mona liegt schluchzend in Prof. Erfurts Armen, sie hat Fred auf dem Handy nicht erreicht. Die Polizisten sammeln mit Schutzhandschuhen Hartmut Frohmanns Kleidungsstücke zusammen. Tristan zerbeißt die Plastiktüte auf der Suche nach Leckerli.

Der Dekan tritt an das wieder eingeschaltete Mikrofon und verordnet eine halbstündige Unterbrechung, danach werde man mit den Anhörungen fortfahren.

*

Von all dem hat Fred Grohé nichts mitbekommen. Er hat sich die Anhörung geschenkt. War ohnehin ohne Aussicht auf Erfolg. Außerdem hätte er es nicht ertragen, mit ansehen zu müssen, wie sein Lebensmensch, wie die Liebe seines Lebens leidet, erniedrigt und gedemütigt wird. Da könnte er für nichts garantieren.

So tröstet Fred sich zur selben Zeit lieber mit Olli, dem Bahnhofsstricher. Er hat sich breitschlagen lassen, ihm eine Lederjacke *made in China* zu schenken und ihn anschließend in die Schlemmeretage des KaDeWe einzuladen. Zwei Fliegen mit einer Klappe: denn wenn er Olli nach den Austern los ist, will Fred in der Kosmetikabteilung noch einen Trostpreis für Hartmut kaufen, einen herben Herrenduft. Der muss endlich wieder seine ›Maskulinität‹ akzentuieren!

Aber so weit ist es noch nicht. Er quetscht seine Limousine in eine Parklücke in der Nürnberger Straße und steigt aus, um am Automaten den Parkschein zu lösen. So verpasst er ausgerechnet heute den für ihn vielleicht wichtigsten Teil der rbb-Kulturnachrichten. Olli, der sich im Spiegel der Beifahrer-Sonnenblende bewundert und einen Mitesser ausdrückt, merkt gar nicht, dass das Radio läuft, sonst hätte er längst auf SCHLAGERRADIO umgeschaltet.

Redakteurin im Studio: »Meine Damen und Herren, am Ende unserer Sendung angelangt, werfen wir wie immer noch einen Blick auf die kulturellen Ereignisse der Hauptstadt. Dass das längst totgesagte politische Theater wieder im Aufwind ist, beweist eine Reality-Show, die heute Morgen die Freie Universität in der Habelschwerdter Allee in Atem hielt. Am Telefon habe ich unseren Reporter Thorsten Krüger, der vor Ort war. Was genau ist denn heute Morgen geschehen, Thorsten?«

»Hallo Kerstin. Ja, da muss ich etwas ausholen. Unsere Zuhörer wissen vielleicht nicht, dass an der Freien Universität, genauer gesagt am Institut für Theaterwissenschaft, ein Lehrstuhl wiederzubesetzen ist, der längere Zeit vakant war. Nach zähen Verhandlungen mit der Senatsverwaltung wurde die Stelle, die eingespart werden sollte, dann doch zur Wiederbesetzung freigegeben, und so fand nun heute Morgen das statt, was ›öffentliche Anhörungen‹ heißt, also die Vorstellungsgespräche. Bekanntlich ist die Freie Universität von massiven Sparmaßnahmen bedroht, und besonders alle kulturwissenschaftlichen Einrichtungen, insbesondere auch das Institut für Theaterwissenschaft, so heißt es zumindest. Diese Wiederbesetzung ist nur ein Etappensieg, das heißt...«

Redakteurin im Studio: »Was ist denn nun genau geschehen heute Morgen?«

Reporter: »Ja, also, es war so. Ein junger Mann, offenbar ein Mitarbeiter des Instituts oder ein Student, hat das Podium des vollbesetzten Hörsaals gestürmt und einen Striptease gemacht. Dazu muss man sagen, um den Hintergrund zu verstehen, dass diese Anhörungen im Rahmen eines Kolloquiums mit dem Titel ›Wirklichkeit der Inszenierung – Inszenierung der Wirklichkeit‹ stattfinden. Also im Grunde genau der richtige Rahmen für eine Performance, wie sie unsere kunstbegeisterten Zuhörerinnen und Zuhörer vermutlich von den *Guerilla Girls* aus den USA kennen, nur war es hier eben ein junger Mann, der sich vor der Professorenschaft, vor dem Auditorium nackt auszog, um eben auf die Not der Berliner Hochschulen hinzuweisen, insbesondere auch auf die Misere der Berliner Hochschulpolitik, die ja nun wirklich, man kann es so sagen, ziemlich ›nackt‹ dasteht.«

Redakteurin im Studio: »Und auf die Tatsache, dass Frauen an der FU noch immer unterrepräsentiert sind...«

Reporter: »So ist es! Der Protagonist hat sich im weiteren Verlauf der Aktion als Frau verkleidet, hat sich dann ein Messer an den Hals gedrückt, also im Grunde eine Art Harakiri angedeutet, wie wir es aus den japanischen Filmen oder dem Kabuki-Theater kennen, was wir letztes Jahr bei den Berliner Festwochen bewundern durften. Die Szene hat also in einer ganz deutlichen, wenn auch etwas drastischen Bildersprache das Kamikaze-Unternehmen Freie Universität vor Augen geführt.«

Redakteurin im Studio: »Bilder, wie Theaterleute sie eben lieben. Aber es hat dennoch große Aufregung gegeben. Das schaffen die Berliner Theater nicht alle Tage. Könnern Sie dazu etwas sagen?«

Reporter: »Also zunächst haben sich die Berliner Polizei und die Feuerwehr bei der Universitätsleitung beschwert, nicht vorher informiert worden zu sein. Damit hat sich die Universität keinen Gefallen getan, denn sie wird die Kosten für den Einsatz zu tragen haben. Zum anderen hat diese ganze Aktion auch einen negativen Beigeschmack. Denn sie hat in einer zwar durchaus eindrucksvollen, aber doch übertriebenen und teilweise geschmacklosen Art die Gefühle des unvorbereiteten Auditoriums verletzt. Hier stellt sich dann auch die Frage nach der Wirksamkeit solchen Theaters. Mit solchen Spontan-Aktionen wird das Institut für Theaterwissenschaft nicht zu retten sein und die Freie Universität schon gar nicht. Das muss am Verhandlungstisch geschehen, und man kann nur hoffen, dass das Institut für Theaterwissenschaft sich selbst damit keinen Bärendienst erwiesen hat, um in einem Berliner Bild zu bleiben.«

Redakteurin im Studio: »Dem Anliegen der Frauenförderung also eher geschadet als genutzt hat, was ja eigentlich der Sinn der Aktion war.«

Reporter: »So ist es, Kerstin. Der Schuss kann womöglich nach hinten losgehen.«

Redakteurin im Studio: »Wird die Sache ein Nachspiel haben?«

Reporter: »Die Wiederbesetzung der Stelle scheint, so heißt es zumindest aus unterrichteten Kreisen, zum Glück nicht gefährdet zu sein. Wenn die Stelle nun tatsächlich mit einer Frau besetzt wird, wäre das ja zumindest ein Teilerfolg. Für die Aktion selbst wird der Institutsleiter den Kopf hinhalten müssen. Er deckt sie anscheinend. Offen ist auch, ob die Performance von den Professoren selbst inszeniert wurde oder von Vertretern der Fachschaft, von einer als leicht militant bekannten Frauengruppe. Die Studierenden jedenfalls sind begeistert. Solche spektakulären, wenn auch teilweise unrühmlichen Aktivitäten haben ja Tradition an der Freien Universität, und man erinnert sich in der Tat mit einem lachenden und einem weinenden Auge an die wilden Zeiten von 1968, als die Generation von Rudi Dutschke die Vorlesungen sprengte.«

Redakteurin im Studio: »Die Reality-Show war ja so gut vorbereitet, dass sie zunächst für bare Münze genommen wurde. Rettungskräfte wurden in Alarmbereitschaft versetzt, Sie haben es angedeutet, Kamerateams waren sofort zur Stelle, wie es ihre journalistische Pflicht gebietet. Die Frage, die sich hier aufdrängt: Darf eine staatliche Institution zu solchen Mitteln greifen, um auf sich aufmerksam zu machen, also auch die Medien auf diese Weise für ihre Zwecke benutzen, um nicht zu sagen, missbrauchen? Oder handelt es sich nicht doch, das wurde auch angedeutet, um die Einzelaktion eines geistig verwirrten jungen Menschen? Weiß man denn mehr von diesem jungen Mann?«

Reporter: »Dass die Sache abgesprochen war, darauf deutet schon die Tatsache hin, dass der junge Mann spurlos verschwunden ist. Man hat ihm sozusagen den Abgang gesichert. So ist das eben mit dem eingreifenden Theater, wenn es authentisch sein will. Das sind die Spielregeln. Nein, also das mit der Einzelaktion eines Verrückten, das halte ich für ein Gerücht, beziehungsweise höchstens für ein Ablenkungsmanöver der Universitätsleitung, um sich geschickt aus der Affäre zu ziehen. Denn die ganze Aktion ist vielleicht doch etwas zu weit gegangen, auch wenn sie die Freie Universität und nicht zuletzt das Berliner Theater wieder ins Gespräch gebracht hat.«

Redakteurin im Studio: »Vielen Dank, Thorsten Krüger. Meine Damen und Herren, das war war's für heute. Gleich meldet sich die Nachrichtenredaktion mit den neuesten Meldungen. Ich darf mich von Ihnen verabschieden. Bis morgen. Tschüss, Ihre Kerstin Welter.«

In diesem Augenblick kommt Fred mit dem Parkschein zurück, öffnet die Tür, er bekommt nur ›Theater‹ mit und legt den Parkschein auf die Frontablage.

Fred: »Worum ging es denn?«

Olli bewundert sich weiter im Spiegel, leckt sich die Lippen: »Was?«

*

Noch immer Montag. Es ist inzwischen 16 Uhr. Hauptkommissar Lau platzt zum zweiten Mal in Fred Grohés Galerie. Seinen roten Beetle hat er in der zweiten Reihe stehen lassen. Nach seiner Schlemmerei im KaDeWe steht Fred versonnen vor dem Merz-Iglo und raucht einen *Davidoff*-Zigarillo.

»Oh, Besuch von der Hundestaffel der Berliner Polizei! Hetzjagd auf den Mörder?«

»Erst einmal guten Tag!«

»Sie haben etwas von einem Pitbull. Sie beißen sich fest und lassen nicht mehr los! Respekt!«

»Danke für das Kompliment! Sagen Sie, Herr Grohé, haben Sie schon Nachrichten gehört? Nein? Dann habe ich also das Vergnügen, es Ihnen mitzuteilen. Die Staatsanwalt geht von einem ›Unfall mit Todesfolge‹ aus. Jetzt sind Sie doch aus dem Schneider! Keine unangenehmen Fragen mehr von diesem scheußlichen kleinen ›Oberinspektor Lauwarm‹! Mein Kompliment! Bei dem Wort ›Unfall‹ haben die Fernsehteams bei der Pressekonferenz sofort ihre Kameras abgebaut! Kein Mord, keine fahrlässige Tötung, kein Ehedrama, keine rechte Gewalt, keine Neonazis. Sollen diese dämlichen Bullen doch erst mal diesen Scheißköter finden von irgend so einem asozialen Idioten. Bei dem Personalstand! In Berlin! Das schaffen die nie! Dann sieht man, ob das noch einen ›take‹ oder eine ›Schlagzeile‹ wert ist, wir alle wollen ja das Berliner Hundedrama nicht allzu sehr hochkochen. Diese armen Alleinstehenden mit ihren kleinen Renten und Sozialhilfe! Jetzt wollen ›die‹ ihnen auch noch ihren Waldi wegnehmen! Ihren besten Freund! Es wurde schon genug Unheil angerichtet in dieser Stadt!« Blickt auf den Iglo von Mario Merz. »Sie haben ja Ihre Hundehütte immer noch nicht verkauft. Oder haben Sie den Jumbo nach Kalifornien schon gechartert? Begleiten Sie das Objekt?«

»Sind Sie fertig? Ich habe Wichtigeres zu tun als mir Ihre primitiven Interpretationen der Berliner Probleme anzuhören!«

»Schmeißen Sie mich doch raus! Sie haben das Hausrecht! Dazu sind Sie aber viel zu neugierig! Sie möchten nämlich wissen, ob dieser kleine Kommissar nicht doch noch einen Trumpf in der Tasche hat! Ob er Sie nicht doch in die Enge treibt, und zack, schnappt die Falle zu! Ein Kommissar kommt nicht einfach so! Richtig, werter Herr Grohé! Gehen wir doch mal davon aus, dass der Staatsanwalt erst einmal die Wogen glätten wollte, damit wir in Ruhe ›recherchieren‹ können.« Hauptkommissar Lau berührt den Iglo.

»Nehmen Sie Ihre Finger weg!«

»Ganz schön spitz!«

»Das Kunstwerk ist mehr wert als Ihre Wurstfinger!«

»Oh, oh! Wer hätte das gedacht! Stellen Sie sich doch mal vor, wie es wäre, wenn wir wüssten, dass Sie ›mit der Sache‹ irgendwie zu tun haben, um es freundlich zu umschreiben, aber wir können es noch nicht beweisen … Der Herr Grohé macht sich seine Finger nicht schmutzig! Zumindest nicht an einer Frau! Das haben Sie mir ja wörtlich gesagt. Wenn ich deutlichere Worte gebrauchen würde, könnten Sie mir ganz schön an den Wagen fahren! Aber das wiederum würden Sie vermutlich nicht tun! Sie sind nicht so dämlich wie Oscar Wilde!«

»Reden Sie nicht so gespreizt. Sie überfordern sich und meine Geduld!« Fred drückt den Zigarillo in einem kleinen weißen KPM-Aschenbecher aus, den er in der linken Hand hält.

Hauptkommissar Lau reibt sich die Hände: »Wie gesagt, der Herr Grohé macht sich die Finger nicht schmutzig, die kleinen Russen haben damit kein Problem. Und so ein kleiner Spaziergang mit Hund, was ist das schon? Weniger anstrengend, als fetten Männern im Rock einen Orgasmus vorzuspielen. Und besser bezahlt. Der Herr Grohé würde sich die Sache etwas kosten lassen! Wie viel ist eine deutsche Professorin wert? Nein, die Frage ist falsch gestellt. Pardon! Wie viel ist die ›Sache‹ wert? Zehntausend Euritos? Wenn es hochkommt! Für den kleinen Russen ein Vermögen. Dafür hätte er in Berlin mindestens zwei Jahre seinen Hintern hinhalten müssen – Sie sagen ja gar nichts, Herr Grohé?« Fred steht bleich und bewegungslos im Raum, wie eine Skulptur.

Hauptkommissar Lau wird immer entspannter: »Sie können mich gerne wegen Beleidigung und Diskriminierung einer Minderheit anzeigen! Ich freue mich schon auf die Schlagzeilen! – Wo ist der Junge? Im Kaukasus? In Sibirien? Ist ja auch scheißegal! Selbst wenn wir Ihren Igor oder Sascha oder wie auch immer schnappen würden, das interessiert kein Schwein! Da wandert höchstens ein Ausländer in die JVA Tegel! Oh Gott, wenn ich nur an diesen ganzen Behördenkram denke! Interpol, Überführung nach Berlin, Zuständigkeitsstreitereien, womöglich wieder Rücküberstellung an die russischen Behörden! Und dann vielleicht nur Jugendknast, ein Jahr, oder womöglich Aussetzung der Strafe wegen eines positiven HIV-Tests! Aber so profitiert vielleicht eine ganze Familie vom plötzlichen Reichtum! Da hätten Sie vielleicht sogar noch eine gute Tat vollbracht! Fred Grohé, der Samariter! Und Ihr Freund? Privatdozent Dr. phil. Hartmut Frohmann? Haben Sie für den auch eine gute Tat vollbracht? Wie soll es denn nun weitergehen? Verzeihung, ich will mich nicht in Ihre Familienangelegenheiten einmischen! Tja, jetzt stehen wir hier herum! Ich bekomme langsam einen trockenen Mund. Sie bieten mir nichts zu trinken an? Na dann eben nicht.« Hauptkommissar Lau zieht eine Packung Kaugummi aus der Tasche, öffnet sie langsam, zieht den Kaugummi langsam mit der Zunge in den Mund und lässt die Verpackung auf den Boden fallen. Fred Grohé steht weiter unbeweglich im Raum. Er zeigt nicht die geringste Regung, den Gefallen tut er dem kleinen Kommissar nicht.

Der Hauptkommissar lässt eine Kaugummiblase vor Freds Gesicht platzen: »Gott gibt und nimmt das Leben! Haha! Sie fühlen sich sicher auch manchmal als kleiner Gott! ›Little Caesar‹ aus Charlottenburg! Was mich wirklich ärgert, aber was ich gleichzeitig auch bewundere, ist, dass Sie ein wasserdichtes Alibi haben … Im Grunde sind wir beide, abgesehen vom kleinen Russen, vielleicht die Einzigen, die wissen, dass Sie ein Mörder sind! Falsch: dass

Sie einen Mord in Auftrag gegeben haben, dass Sie einen Killer angeheuert haben. Keine Reaktion? Könnten Sie sich vorstellen, dass der Russe eines Tages zurückkommt und Sie erpresst? Sie so richtig unter Druck setzt, ausnimmt wie eine Weihnachtsgans? Aber was soll's! Das wird Sie unbeeindruckt lassen. Sie haben es ja! Oder Ihnen fällt etwas anderes ein... Na ja. Die Kinder von Frau Professor Hausinger kriegen ihre Mutter nicht zurück! Ich dachte, jetzt lächeln Sie milde über diesen kleinen Polizei-Spießer mit seinen sentimentalen Anwandlungen! Auch das tun Sie nicht! Ich bekomme es richtig mit der Angst zu tun! Aber was mich wirklich beschäftigt: wie treten Sie Ihrem Freund von nun an gegenüber? Mit diesem Wissen? Mit dieser ›Last‹? Was sagen Sie Ihrem Freund? Nichts natürlich! Sie werden sich hüten! So, wie der durch den Wind ist! Der wäre der Erste, der Sie in die Pfanne haut!«

Fred Grohé eiskalt: »Sie wissen nicht, was Liebe ist!«

»Ist das ein Filmtitel? Glauben Sie im Ernst, dass Sie Ihrem Freund auf diese Weise eine Stelle verschaffen? Indem Sie ›Konkurrentinnen‹ aus dem Weg räumen? Oder wollten Sie ›ein Exempel statuieren‹? Das lässt mich an Ihrem Verstand zweifeln! Es gibt genug Frauen – und Männer –, die nachrücken. Oder wollen Sie Ihren Freund loswerden? Fast hätten wir ihn verhaftet. Dem haben Sie nämlich kein Alibi verschafft!«

Fred fängt sich langsam: »Und warum haben Sie ihn nicht verhaftet?«

»Weil ich für ihn die Hand ins Feuer lege!«

Fred zieht eine Augenbraue hoch.

»Nein, ganz so ist es natürlich nicht! Darauf lässt sich meine Behörde nicht ein. Wir haben ihn genau überprüft. Er hat in der ›Tatnacht‹ zu Hause von seinem PC etliche Drohbriefe per E-Mail verschickt. Freut Sie das? Das hat ihn gerettet. Ist zwar nicht ganz hieb- und stichfest, aber wir haben das Beweismittel zugelassen.«

»Wir?«

»Mein Oberstaatsanwalt. Der ist über alles im Bilde. Tja, Herr Grohé. Sie haben Ihrem Freund mehr geschadet als genutzt. Sie haben ihm im Grunde die Karriere versaut. Hat Ihr Freund nicht verdient. Tut mir irgendwie persönlich leid. ›Abgebrochene Karrieren‹. Apropos: Hat sich Ihr Freund inzwischen bei Ihnen gemeldet? Können Sie mir sagen, wo er sich derzeit befindet? Könnte einfacher sein, wenn Sie uns helfen. Ihm droht nämlich ein Verfahren wegen Erregung öffentlichen Ärgernisses.«

Fred dreht sich weg, blickt auf seine Uhr.

»No comment? Fühlen Sie sich nicht zu sicher, Herr Grohé. Und das ist eine Warnung. Wir haben ein Auge auf Sie!«

Hauptkommissar Lau dreht sich um und verlässt grußlos die Galerie, ohne die Tür hinter sich zu schließen. Fred wirft die Galerietür zu, zieht sein Handy hervor, ruft die Nummer der *Paris Bar* auf: »Ja, hier ist Grohé. Habt Ihr frische Austern? Wunderbar! Einen Tisch für zwei Personen. Um zwanzig Uhr!«

*

Hauptkommissar Lau steigt in sein Auto, fährt vor zum Kudamm und dann Richtung Nollendorfplatz. Dreht das Autoradio an. »88.8. Aktuell. Zuverlässig. Mittendrin. Immer 100% Berlin. Und hier noch eine Fahndungsmeldung. Gesucht wird der 35-jährige Hartmut Frohmann. Der Gesuchte ist etwa 1,85 m groß, sportlich, hat dunkelblondes Haar und blaue Augen. Zum Zeitpunkt seines Verschwindens trug er ein schwarzes Damenkostüm mit grauem Pelzkragen und schwarze Damenschuhe mit hohem Absatz, dazu eine blonde Damenperücke. Hartmut Frohmann wurde zuletzt am Bahnhof Zoo gesehen. Achtung: der Gesuchte gilt als äußerst aggressiv und ist bewaffnet. Hinweise über den möglichen Aufenthaltsort nimmt jede Polizeidienststelle entgegen. Und hier der Wetterbericht: Die Temperatur betrug um sechzehn Uhr am Meteorologischen Institut in Dahlem minus zwei Grad. Achtung Autofahrer: In Bodennähe Gefahr überfrierender Nässe. Gegen Abend Einsetzen teilweise länger anhaltenden Schneefalls.«

Am Nachmittag nach den aufreibenden Anhörungen entspannen sich Prof. Schuster und Prof. Schwegler auf dem Weg zum U-Bahnhof Dahlem Dorf am Stehtisch einer Imbissbude. Prof. Schuster in Freizeitlook, in einem senffarbenen wattierten *C&A*-Blouson, brauner Flanellhose, Trachtenschuhen, mit in den Nacken geschobenem Tirolerhut. Prof. Schwegler im blauen Zweireiher-Kamelhaarmantel, weißer Hose und weißen Slippern. Einen optimistischeren Kontrast zum nebelgrauen Berliner November kann man sich kaum vorstellen. Rex Gildo singt aus dem Transistorradio auf dem Tresen: »Hossa, hossa! Fiesta, Fiesta Mexicana...« Die letzten Sonnenstrahlen blinzeln durch die kahlen Baumwipfel. Sozialleistungsempfänger stoßen mit Bierdosen an, grölen, qualmen, husten, spucken aus. Hundegebell.

Prof. Schuster: »Rosi, einen doppelten Espresso und einen doppelten Korn.«

Prof. Schwegler: »Für mich einen Piccolo, *s'il vous plaît!*«

Prof. Schuster fragt seinen Kollegen gewichtig: »Kannst du mir sagen, warum eine Chinesin über das *Käthchen von Heilbronn* promoviert? Und ausgerechnet bei mir?«

Prof. Schwegler süffisant: »Weil dein pädagogischer Eros keine Grenzen kennt.«

»Falsch! Weil ich ein eingefleischter Feminist bin.« Haut mit der Faust auf den Imbisstisch.

Prof. Schwegler: »Fußnote: Was macht denn dein Schmetterling?«

Prof. Schuster kippt seinen Korn: »Ich verstehe nicht, was du meinst.«

»Die Frau deiner Träume... Patricia Wolff.«

Prof. Schuster reagiert nicht.

Prof. Schwegler: »Na die, die du durchdrücken wolltest! Jetzt, wo du sie für den Lehrstuhl nicht durchgekriegt hast, wird sie dir den Laufpass geben. Hoffentlich zahlt sie es dir nicht heim! Da kannst du mächtig Ärger kriegen!«

Prof. Schuster raunzt: »Die Weiber sind alle gleich.«

Prof. Schwegler nippt an seinem Piccolo: »Ich habe dich gewarnt. Die ist eine Nummer zu groß für dich.«

Prof. Schuster mit einer wegwerfenden Handbewegung: »Die hat keine Chance gegen mich.«

Prof. Schwegler stößt seinen Kollegen mit dem Arm an: »Aber wie wäre es denn mit der da? Sieh, das Gute liegt so nah.«

Er zeigt auf eine hochbeinige Frauengestalt, die mit dem Rücken zu ihnen am Imbissstresen steht, in einem knallengen glühwürmchenfarbenen glitzernden Kostüm, goldfarbener Plastikhandtasche mit Goldkette über der Schulter, weißblonder Frisur, breiten Schultern, schmalen Hüften, roten Stilettos.

Prof. Schuster: »Nicht mit mir! Willst du mich mit einem Transvestiten verkuppeln?«

Prof. Schwegler seufzt: »Ich meine es doch nur gut.«

Prof. Schuster steckt sich einen Zigarillo an: »Da hätte ich ja gleich den Frohmann bumsen können, was? Ha, ha, ha! Wie hat denn der den Erfurt rumgekriegt?« Bietet seinem Kollegen einen Zigarillo an.

Prof. Schwegler lutscht am Zigarillo: »Du hast recht, sie sieht ihm irgendwie ähnlich.«

Prof. Schuster: »Sieht eher aus wie Klosterfrau Melissengeist, ha, ha, ha.«

Prof. Schwegler: »Soll ich mal fragen?«

Prof. Schuster: »Bist du wahnsinnig, lass mich mit den Weibern in Ruhe!«

Sie trinken und rauchen schweigend.

Prof. Schwegler nachdenklich: »Jetzt haben wir den Salat. Alles nur wegen diesem Budenzauber. Jetzt wird die Stelle womöglich ganz gestrichen. Was soll denn aus dem jetzt werden?«

»Aus wem?«

»Na, dem Frohmann!«

»Vielleicht geht er auf den Strich.«

Prof. Schwegler ernst: »Glaubst du wirklich? Na ja, von irgendwas muss er ja leben.«

Prof. Schuster mit seiner wegwerfenden Handbewegung: »Ach was, der kriegt doch den Arsch nicht hoch.« Mit feistem Lachen: »Dem haben wir es besorgt, was!? Rosi, noch einen doppelten Korn!«

Prof. Schwegler: »Irgendwo tut mir der Frohmann leid. Von C4 zu Hartz IV. War doch eigentlich ein nettes Kerlchen. Schon ein Verlust, irgendwie.«

»Bist du jetzt homo oder was?«

Die anderen Freizeit- und Berufstrinker am Kiosk prosten ihnen grölend und hustend zu, spucken aus, reißen ihre bellenden Hunde an der Leine.

Prof. Schuster schwärmt paffend: »Mein Gott, was haben wir alles verhindert!«

Prof. Schwegler traurig: »Eigentlich war er ein ganz sympathischer junger Mann.«

Prof. Schuster leert sein Glas in einem Zug: »Keine Sentimentalitäten!«

Die Frauengestalt, die mit dem Rücken zu ihnen am Imbissstresen steht, zahlt und geht in Richtung U-Bahn. Auf halbem Weg bleibt sie stehen und dreht sich um. Blickt zurück. Dann setzt sie ihren Weg fort.

Prof. Schwegler stößt seinen Kollegen an: »Du, ich glaube, das war er! Der Wanderer ins Nichts!«

Prof. Schuster gähnt: »Wer? Du siehst Gespenster!«

*

Ein paar Tage später. Vormittag. Behördenalltag im LKA. Das Faxgerät streikt, Papier und neue Patrone für den Drucker sind beantragt, die Kollegin ist im Mutterschaftsurlaub, die Sekretärin krankgeschrieben. Hauptkommissar Bernd Lau macht Ablage.

Anruf eines Kollegen vom Kriminaldauerdienst: »Hallo Bernd. Hier ist der Jossi vom KDD. Habe Neuigkeiten für dich. Du bearbeitest doch die Tote von der Löwenbrücke. Wir haben eine weitere Leiche. Tiergarten, wieder Löwenbrücke. Wir wissen noch nicht, ob es sich um einen Mann oder eine Frau oder etwas anderes handelt. Wird gerade in der Gerichtsmedizin untersucht. Jedenfalls trug die Person ein schwarzes Kostüm. Ihr hattet doch die Fahndung nach dem durchgeknallten Typen von der FU rausgegeben. Möglicherweise handelt es sich um die gesuchte Person. Wie hieß die noch? Frohmann, ja, Frohmann. Aber diesmal keine Hunde. Keine Hetzjagd, kein Mord, kein Totschlag. Normaler Suizid. Harakiri. Hat sich eindeutig selbst abgestochen. Ausgeblutet wie eine Sau im Schlachthof. Hatte das Messer noch in der Hand. Ach so, ja. Neben der Person kniete ein Typ im Pelzmantel, Mann, Mitte, Ende vierzig, würde ich sagen. Der hat seine Hand gehalten und geheult wie ein Schlosshund. Das hättest du sehen sollen. Der Alte kniet im Dreck, der Pelzmantel, blutbeschmiert, hängt in die Pfütze. Vermutlich irgend so ein Perverser. Die Personalien werden gerade überprüft. Na ja, vielleicht besteht da ein Zusammenhang zu deinem Fall. Wichtig: Keine Infos an die Presse. Der Oberstaatsanwalt sagt, wir sollen keine schlafenden Hunde wecken. Dein Fall geht zu den Akten. Schönes Wochenende! Tschüssi!«

Hauptkommissar Lau wippt auf seinem ungepolsterten Schreibtischstuhl, schaut durch die ungeputzten Fensterscheiben hinaus auf die Keithstraße in den rieselnden Schnee und spitzt seinen Bleistiftstummel.

*

Einige Monate später ist der Frühling in Berlin eingekehrt. Bei offenem Fenster und Vogelgezwitscher trinkt Hauptkommissar Lau wie jeden Morgen nach Dienstantritt seinen Kaffee aus der verblichenen gelben Olympiatasse und blättert den Berliner Pressespiegel durch, den ihm der Ausschnittdienst des LKA zugeschickt hat. Er stockt bei ›Nachrichten aus der Wissenschaft‹:

»Dr. Elke Fletscher hat einen Ruf auf eine Professur für Theaterwissenschaft an der Universität Hildesheim und einen Ruf an die Ludwig-Maximilians-Universität München abgelehnt und den Ruf an die Freie Universität Berlin angenommen. Dr. Elke Fletscher wurde am Institut für Theaterwissenschaft zur W3-Professorin im Beamtenverhältnis auf Lebenszeit ernannt.«

The End